W0192760

btb

Buch

Jean le Bleu, der blaue Hans, der Träumer. So hat man den großen französischen Schriftsteller Jean Giono bereits als Kind scherzhaft genannt. Der Autor beschreibt in »Jean der Träumer« die Jahre seiner Jugend in der Einsamkeit des kleinen Ortes Manosque in der Provence. Er erzählt von der Lebens- und Erfahrungswelt des jungen Jean, von seiner Liebe zu seinem Vater, einem allseits geachteten Schuster, vom Leben auf dem Feld, von der Sehnsucht der ersten Liebe. Schwelgerisches Entzücken erfaßt Jean, wenn er, ganz allein mit sich, in der betörenden provencalischen Landschaft träumt und liest. Doch noch mehr als die Natur faszinieren ihn die Menschen dieser Gegend: die Landbevölkerung, verschlossene Bauern und Hirten, geheimnisvolle Durchreisende. Sie öffnen sich ihm und erzählen ihre Geschichten. Und hinter dem Idyll der duftenden Landschaft offenbaren sich Komödien und Tragödien, während sich am Horizont bereits die Wirren des drohenden Ersten Weltkriegs abzuzeichnen beginnen.

Autor

Jean Giono (1895–1970) zählt zu den bedeutendsten Schriftstellern Frankreichs. Er übte harsche Kritik an der Zivilisation des 20. Jahrhunderts und war Pazifist. Aufgrund seiner Überzeugungen wurde er mehrmals inhaftiert. Giono lebte völlig zurückgezogen in der Provence und schrieb zahlreiche Romane, Gedichte und Theaterstücke. Das Werk des »Homer der Provence« ist geprägt von einer urwüchsigen Bejahung des Lebens und der Ablehnung alles Kriegerischen.

Jean Giono

Jean der Träumer
Roman

*Aus dem Französischen übertragen
von Käthe Rosenberg*

btb

Titel der Originalausgabe »Jean le Bleu«

Im Anhang findet sich ein Gespräch mit Jean Giono.
Das Gespräch hat Sabine Gruber übersetzt.

btb Taschenbücher erscheinen im Goldmann Verlag,
einem Unternehmen der Verlagsgruppe Bertelsmann.

1. Auflage
Genehmigte Taschenbuchausgabe Juni 1998
Copyright © 1991 by Matthes & Seitz Verlag GmbH, München
Alle Rechte vorbehalten
Copyright © der Originalausgabe by Grasset & Fasquelle, Paris
Umschlaggestaltung: Design Team München
Umschlagmotiv: Claude Monet
Satz: IBV Satz- und Datentechnik GmbH, Berlin
KR · Herstellung: Augustin Wiesbeck
Made in Germany
ISBN 3-442-72287-X

»Wenn du das weißt«, sagt der Schuster-Vater zu seinem Sohn, JEAN LE BLEU, »wenn du das weißt, wie man Wunden löscht, wie die Könige von Frankreich, die Aussätzige mit den Fingern berührten und heilten, und wenn du weißt, was Dichtung und Weisheit ist, dann – dann wirst du ein Mann sein.«

Ich bin doch da. Ich bin doch bei dir, sagt nun dieses Buch jedem, der sich auf den offenen Weg begibt.

»Hoch über allen stürzt Ikarus« (S. 224) – hoch über dem Leben der anderen, nicht mitten in dieses hinein, zerschellt und verpulvert schon am atmosphärischen Gürtel der Menge. Ohne auf das Leben aller zu treffen, stürzt Ikarus. Sein Scheitern bemerkt man nicht. Von der Katastrophe des äußersten Vorsprungs gelangt nicht einmal ein Staubkorn bis zu den Leuten.

BOTHO STRAUSS

ERSTES KAPITEL

Die Pappelchaussee – »Sire« – Djuan
Das Skapulier

Die Leute meines Alters erinnern sich noch an die Zeit, da die Landstraße, die nach Sainte-Tulle führt, mit einer dichten Pappelreihe gesäumt war. Es ist eine lombardische Sitte, längs der Landstraßen Pappeln zu pflanzen. Diese hier kam mit ihrer Prozession von Bäumen tief aus dem Piemontesischen herauf. Sie stieg über den Mont-Genèvre, lief an den West-Alpen entlang und kam bis hierher mit ihrer Ladung von langen, kreischenden Karren und von Trupps kraushaariger Erdarbeiter, die weit ausschritten und ihre Lieder und bauschigen Hosen im Winde wehen ließen. Sie kam bis hierher, aber nicht weiter. Sie führte mit ihren Bäumen, ihren Ratterwagen und ihren Piemontesern bis zu dem kleinen Berge Toutes-Aures. Von dort schaute sie hinunter nach der andern Seite. Von dort sah sie im dunstigen Grund den stäubenden Vaudluse, der, heiß und schlammig, wie eine Kohlsuppe dampfte. Von dort roch es nach Feldgemüse, nach Reichtum und nach Flachland. Von dort sah man bei schönem Wetter die mit Kalk geputzten Höfe bleich und reglos liegen und wohlgenährte Bauern behäbig in den Reihen der Frühbeete knien. Von dort stieg an windigen Tagen der brodelnde Geruch der fetten Düngerhaufen auf und die zerfetzten blutigen Wolkenleiber der Rhônegewitter. Hier hörten die Pappeln auf. Schwer holpernd rollten die Karren mit ihrer Ladung von Maismehl und dunklem Wein in den offenen Rachen der Fuhrmannsherbergen ein. »Porca Madonna«, sagten die Erdarbeiter, sie niesten wie die Maultiere, wenn man ihnen Pfeifenrauch in die Nüstern bläst, und blieben mit den Pappeln und den Karren diesseits des Berges. Das größte Wirtshaus hieß »Zur Grafschaft Piemont«.

Damals bestand das Land hier aus Wiesen und lieblichen Obstgärten, die sich in herrlichster Frühlingspracht entfalteten, sowie die erste Wärme von der Durance aufstieg. Sie hatten gelernt, das Nahen der festlichen Tage zu erkennen. Woran? Das weiß man nicht; an irgendeinem Vogelschrei, oder an jenem grünen Leuchten, das an den Aprilabenden über den Hügelhängen flimmerte. Auf jeden Fall begannen sie zu erzittern, wenn noch der Rauhreif auf dem Wiesengras lag, und eines schönen Morgens, gerade in dem Augenblick, da die Wärme über der schwellenden Durance lastend blaute, da sangen alle Obstgärten, über und über mit Blüten angeputzt, im lauen Wind. Das haben wir alle mit angesehen, als wir noch schmutzige Kinder in Schulkitteln waren.

Ich erinnere mich an die Werkstatt meines Vaters. Ich kann an keinem Schusterladen vorbeigehen, ohne zu denken, daß mein Vater noch irgendwo dort im Jenseits weiterlebt, daß er da mit seiner blauen Schürze, seinem Kneif, seinem Pechdraht und seiner Ahle vor einem rauchigen Tisch sitzt und gerade ein paar Schuhe aus Engelshaut für irgendeinen tausendfüßigen Gott macht.

Ich wußte, wenn ein fremder Schritt die Treppe heraufkam, ich hörte, wie meine Mutter unten sagte:

»Im dritten Stock, gehen Sie hinauf, da werden Sie das Licht schon sehen.«

Und eine Stimme antwortete:

»Grazie, signora.«

Dann kamen die Schritte.

Alle stolperten sie über die eine Sandsteinstufe kurz vorm ersten Stock. Der Treppenabsatz war ganz aus den Fugen und schepperte unter den derben Schuhen. Im Dunkeln tasteten sich die Hände an beiden Wänden entlang.

»Da kommt einer«, sagte mein Vater.

Der Mann suchte nach dem Türgriff. Er lag versteckt, war

ein wenig ausgeleiert und ging nicht auf den ersten Anhieb auf.

»Putana!«

»Das ist einer aus der Romagna«, sagte mein Vater.

Dann kam der Mann herein.

Ich erinnere mich, daß er ihnen immer den Stuhl am Fenster anwies und dann seine Brille hochschob; er begann auf italienisch mit dem Mann zu reden, der vierschrötig, die Hände auf den Oberschenkeln, dasaß und ganz nach neuem Samt und nach Wein roch. Manchmal dauerte es lange. Manchmal aber erschien das Lächeln fast sofort. Mein Vater redete, ohne sich zu rühren, oder machte nur ein paar schwerfällige Bewegungen, weil er in der einen Hand einen Schuh und in der andern seinen Kneif hielt. Er redete, bis er das Lächeln sah. Der andere mochte nur immer seine Papiere herausziehen und mit dem Rücken der Hand darauf klopfen:

»Porca di dio!«

Solange das Lächeln nicht da war, redete mein Vater, und manchmal sagte der andere dann halb geflüstert:

»Ché belezza!«

Und dann lächelte er.

Sie kamen übrigens nicht gleich zu meinem Vater; ich weiß nicht einmal, welch ein Wunder sie zu ihm führte. Es mußte sich wohl unter ihnen wie Schwalbenwissen von einem auf den andern übertragen, oder es war in irgendeinem Wirtshauswinkel mit dem Messer in die Wand geritzt. Ein Zeichen, ein Kreis mit Kreuzen, ein Stern oder eine Sonne, irgend etwas, das in ihrer armseligen Sprache heißen mußte:

»Geht zum Vater Jean.«

Ein Zeichen, das man wohl nur sah, wenn man verloren war, verloren wie eine arme kleine Maus, an der Klagemauer mußte das Zeichen eingeritzt sein, der Mauer, an die man sich mit dem Ellenbogen lehnt, um zu weinen. Man lehnte sich an, um zu weinen, und dann gewahrte man das Zeichen, das in den Stein geritzt war, und man ging zum Vater Jean.

Wenn ich mich in der Nähe der Ausspanne aufhielt, um die

langen, weinbeladenen Karren heranschwanken zu sehen, sah ich auch Männer aus der Romagna und aus Canavezzo kommen. Sie sangen ihr »dolce amore«. Sie hatten den breiten Filzhut schief auf dem Ohr, und breitschultrig blieben sie auf ihren weitgespreizten Beinen stehen, um die Mädchen anzugucken, die vorübergingen. Von diesem Zeitpunkt an bis zu dem Augenblick, wo sie, sich zu beiden Seiten an der Mauer haltend, unsere Treppe heraufkommen mußten, wurde so gesoffen und gespielt, daß sie sich fast die Augen ausschlugen, so benebelt waren sie am Ende, und so eisenhart waren die Fäuste.

Zuerst das Lächeln. Dann schrieb mein Vater Briefe an den König von Italien. Zu jener Zeit hatte ich großes Vertrauen zu den Briefen an den König von Italien. Ich bewunderte diese schlichte Tischplatte des Schusters, das Groschentintenfaß, den Federhalter, an den die Feder mit einer Schweinsborste festgebunden war, und auch die von schwarzen Schrunden ganz zerkerbte Hand meines Vaters, die sich langsam fortbewegend das Wort »Sire« schrieb.

Jetzt weiß ich es, Vater, du allein vollbrachtest damals die Wunder.

»Gehen Sie hinauf, da werden Sie das Licht schon sehen!«

An jenem Abend wollten wir gerade hinuntergehen. Es war höchste Zeit zur Abendsuppe. Mein Vater hielt die Messinglampe schon in der Hand.

»Warte«, sagte er.

Auf der Treppe sang jemand, und der Schritt war rasch und sicher; ein Schritt, der mitten in der Nacht sah, der durch ein Vorgefühl im Haus Bescheid wußte.

»Wer das wohl sein mag«, sagte mein Vater.

Durch Nacht und Mauern, durch die hallenden Schatten unseres Ganges und durch die geheimnisvolle Frommheit unseres alten Klostergebäudes kam der andere auf uns zu. Er sang.

»Wer kann das sein?«

Es war ein schöner Mensch, jung und blond. Er füllte die ganze Tür. Er hatte seine marineblaue, dicke wollene Baskenmütze spitz über der Stirn heraufgezogen, so daß sie um seinen Kopf eine Art herzförmigen Heiligenschein bildete.

»Torino?« fragte mein Vater.

»Ja, Turin«, sagte der andere mit einem kaum merkbaren Dialektanflug, »Gemeinde San Benedetto.«

Er begann gleich zu reden. Dieser brauchte nicht erst zum Lächeln gebracht zu werden: er lächelte übers ganze Gesicht; er war ein einziges Lächeln. Dabei besaß er eine solche Selbstverständlichkeit in der Art, sich zu bewegen und seinen Oberkörper geschmeidig hin und her zu wiegen, seine langen Finger spielten so sicher und behende, Schönheit, Jugend und Blondheit verliehen ihm ein solches Gleichgewicht, daß er durch die bloße Anmut seiner Lebensfülle bezauberte.

»Beim Heiland«, sagte er, »ich bin vielleicht der kränkste von allen. Man hat mir gesagt, ich soll zu Ihnen gehen. Ist das hier?«

»Ja, es ist hier«, sagte mein Vater.

Der Mann sah sich um in der armseligen düstern Werkstatt mit ihrer Streu von Lederschnipseln und den langen Spinnwebwimpeln, die von der Decke hingen.

»Sprich dich aus, wenn's eilt, sonst komm morgen wieder. Wir wollten gerade zur Suppe hinuntergehen, wie du siehst.«

»Ich hab's gesehen«, sagte der Mann, »der Tisch ist unten gedeckt, aber die Meisterin hat gesagt, ich sollte hinaufgehen. O ja, es eilt.«

»Also?«

»Man liebt mich zu sehr«, sagte er.

Mein Vater stellte die Messinglampe auf die Ecke der Nähmaschine, er zog seinen Tabaksbeutel heraus und stopfte sich seine kleine weiße Tonpfeife.

Mein Vater hatte Zeit, drei Pfeifen zu stopfen und zu rauchen. Es waren allerdings kleine Pfeifen, Marke Aristophanes, der Kopf war nicht größer als ein Mädelfingerhut. Ich sah ihm zu, er rauchte nicht wie gewöhnlich hübsch bedächtig und mit Ruhepausen; regelmäßig wie eine Pumpe sog er am Rohr und blies den Rauch von sich, ohne innezuhalten. Seine Augen blickten immer dunkler unter seinen dichten Augenbrauen. Zwei- oder dreimal sagte er: »Weiter, weiter, rasch.«

Er ließ den blonden jungen Mann nur aus den Augen, um Tabak aus seinem Beutel zu zupfen.

Ich verstand nicht recht, was der Mann sagte. Es ging wie ein Klagelied von ihm aus, wie das leise Heulen eines Hundes, der nach Liebkosungen ausgehungert ist. Seine Worte fielen in mich hinein wie Steine in einen glatten Wasserspiegel; ich war ganz aufgerührt, zitternde Kreise, in denen mein Herz erbebte, rundeten sich in mir oder brachen sich plötzlich in meiner Kehle als eine kalte und bittre kleine Wasserwelle. Für mich hatte es nur die Wirkung eines Liedes, aber eben die ganze starke Wirkung, die ein Lied hat. Er, der Sprecher, aber war davon verwandelt, als ob das Licht, in dem er leuchtete, reicher an Öl war als der matte Schein unserer Messinglampe. Samenkörner platzten auf, und um mich herum erblühten daraus neue Dörfer, ich hörte das Rieseln ihrer Karren, ihrer Pflugscharen, ihrer Gießbäche und ihrer Herden, ich hörte das Aufflattern der Hühner, der Schwalben und der Raben. Berge schwollen unter unserm Fußboden auf und trugen mich, wie ich da stand, hinauf in Himmelshöhen wie die Sturmwellen einer riesigen See. Und da war ich nun, da oben, ich armer, verzückter Schiffbrüchiger, abgetrennt von meinem Vater, weggerissen vom lieben festen Hafen seines Mundes, vom schönen Laubwerk voller Vögel, das sein Bart für mich war, und von den sanften Abhängen seiner Backen; ich aber war da oben, im Schaum der Schlagwelle, nackt und allein, zerschlagen und aufgerieben bis aufs Blut von einem furchtbar ätzenden Salz; doch vor mir lag weites Neuland, Tummelplatz aller Winde, aller Regengüsse und allen Frostes, und der große blaue Wirbelsturm der Freiheit wühlte sich vor mir in Sandfahnen ein.

Mein Vater nahm die Pfeife aus dem Mund.

»Armer Wicht«, sagte er.

Er sagte es zu diesem blonden Mann, und der schien auf einmal entzweigebrochen und tot zu sein, als ob man mit vollen Händen in seinem Leib gewühlt und den kleinen Mechanismus herausgezogen hätte, der die Finger und die Zunge in so schöner verführerischer Ordnung bewegte.

Einen Augenblick lang sah mein Vater den stummen und reglosen Mann an.

»Du heißt?«

»Djuan.«

Er nahm die Lampe.

»Komm und iß unsere Suppe mit uns.«

Mein Vater trug das Licht, und wir gingen die Treppe hinunter, ich als zweiter. Hinter mir suchte Djuans Schritt die Stufen. Er blieb hängen und hielt sich an meiner Schulter fest.

»Pardon, boccia«, hörte ich ihn leise und demütig sagen.

Meine Mutter machte wie gewöhnlich in solchen Fällen hinter der Schranktür zuerst ein schiefes Gesicht und hob die Achseln. Ich hatte schon vom Geschirrbord einen Teller geholt.

»Stell ihn da hin, vor den Spiegel«, sagte mein Vater. »Nimm deine Mütze ab, mach dir's bequem«, sagte er dann zu ihm. »Du bekommst eine Armensuppe bei uns zu essen.«

Meine Mutter teilte die Würstchensuppe aus. Sie fragte Djuan, ob er die Kartoffeln lieber ganz oder zerdrückt hätte. Er hatte sich abgewendet. Er leckte sich über die Handfläche und strich dann seine Haare glatt.

»Erinnerst du dich, Pauline«, sagte mein Vater, »daß du einmal in Chorges gewesen bist?«

»Nein«, antwortete meine Mutter.

»Als du mit dem Kleinen nach Remollon gefahren bist.«

»Da ist mir im Wagen schlecht geworden; ich hab nichts gesehen.«

»Der Bursche kommt aus Chorges«, sagte mein Vater. »Er hat Schweinereien dort gemacht.«

Ich aber erinnerte mich an dieses Dorf an der Landstraße.

Ein fliegendes Lager, ein Lagerplatz für Steine und eine Raststätte für Reisende. Tage und Nächte erfüllt vom Knarren der Achsen, vom Rattern der Räder und Peitschenknallen, vom Rollen der Postwagen, von Rufen und Schrein. In den Spuren der schweren Karren, die das Wirtshaus verließen, schäumte der beizende Geruch der Ställe. Die Knechte schwenkten Laternen. Ein Mädchen lief einem Tilbury nach. Die Rumpelkiste von Gap fuhr hochbepackt und mit einer Plane bedeckt ab und streifte an allen Platanenästen an. Auf der italienischen Seite wieherten an den Kehren der Bergstraße die Pferde, die den Rastplatz witterten. Ich erinnerte mich an unsere Ankunft bei einbrechender Nacht. Wir froren. Eine eisige Luft drang durch die Fensterfugen. Der Postillon trampelte mit den Füßen, um sich zu erwärmen. Die Pferde dampften im Schein der Laterne, als hätte man sie mit kochendem Wasser übergossen. Die Straße hallte hart unter den Rädern. Ich sah meine Mutter vor mir, ganz blaß wimmerte sie unaufhörlich mit entfärbten Lippen, und ihr Kopf schlug gegen das Holz des Wagens. Draußen – nichts wie eine nackte Schieferklamm, ein gewundener grüner Gießbach, Nacht und Wind. Und da auf einmal lachte uns das weit geöffnete Wirtshaus, das bis in seinen tiefen Schlund hinein erleuchtet war, voll und grell gerade in die Wagenfenster. Ein Mann in einer Schaffelljacke rauchte eine Pfeife vor der Tür. Der Wagen hielt an. Es roch nach warmem Herd, nach einem Teller Suppe und Lampenlicht...

»In Chorges selber?« fragte mein Vater.

»Nein«, antwortete Djuan, »auf einem Gehöft.«

»Auf welcher Seite?«

»Auf La Menestre zu.«

»Was machtest du da?«

»Bloß so.«

Das sollte heißen: zu tun hatte ich da wahrhaftig nichts, aber der Zufall hat es eben so gewollt.

»Ich hatte mit einem schlimmen Fuß da Rast gemacht«, sagte Djuan.

»Die Frau oder die Tochter?« fragte mein Vater.

»Die Frau.«

»Laß ihn essen«, sagte meine Mutter.

»Er kann ruhig dabei essen«, sagte mein Vater. Sein Kinn hatte den ihm manchmal eigenen harten Ausdruck unter seinem Bart. Er fügte hinzu:

»Der Mann da oben wird wohl auch nicht essen.«

»Ich pfeife auf den Mann«, sagte Djuan.

»Und daß du ihm den Schlaf und die Lust zum Essen gemordet hast?«

»Darauf pfeif ich auch.«

»Und daß du dem da genommen hast, was ihm zu eigen gehört hat?«

»Die Frau mag ihn nicht mehr. Sie mag mich. Sie ist ganz nach meinem Geschmack. Sie ist jung; Freiheit muß sein.«

»Davon red ich nicht.«

»Man muß doch auch bedenken...«, sagte meine Mutter.

»Ich rede von seinem Seelenfrieden«, sagte mein Vater.

Djuan hatte seinen großen Hirschfänger gezogen, der am Griff breit wie eine Sichel und dessen Schneide schärfer als ein Schlächtermesser war.

»Wieso seinen Seelenfrieden?«

»Ich kenne die Höfe da oben«, sagte mein Vater. »Kennst du sie auch?«

»Ja, es ist ebenso wie in Suza.«

»Schön; um da zu leben, muß man seinen Seelenfrieden haben.«

»Darauf pfeif ich auch.«

»Nein«, sagte mein Vater.

»Doch sag ich dir, darauf pfeif ich auch«, sagte Djuan.

»Was hast du da um den Hals?«

Mein Vater zeigte mit dem Finger auf Djuans Hals, und ich sah eine rote Schnur.

»Die Madonna.«

Er zog ein Skapulier aus Tuch heraus, in dessen Mitte ein orangefarbenes Herz blutete.

»Ich hab vom Seelenfrieden geredet«, sagte mein Vater.

Die Suppe war aufgegessen.

»Sie war seine Hilfe und sein Beistand«, fuhr mein Vater jetzt fort. »Der Mensch ist wie so ein Gummiball. Manchmal, da muß ihm jemand einen Schlag versetzen, damit er wieder aufsteigt; aus eigner Kraft vermag er's nicht. Wenn er allein ist, springt er zwei-, dreimal im Gras hoch und bleibt dann tot liegen. Verstanden?«

Er hatte mit der Hand das Spielen mit dem Ball nachgeahmt. Er fuhr fort:

»Er hat seine Frau, solange du sie ihm läßt, solange er nichts weiß. Du, du hast das geweihte Bild.«

»Dann soll einer so viel haben wie der andere«, sagte Djuan.

Er durchschnitt die Schnur mit seinem Messer. Er klatschte das Stoffherz auf den Tisch.

»Ich laß es dir hier.« Und nach einer kleinen Weile setzte er hinzu: »Recht so, Meister?«

Er hatte seine Hand auf dem blutigen Herzen liegen lassen. Er sagte »Meister« zu meinem Vater, der niemandes Herr und Meister war, nicht einmal seiner selbst. Seine Lippen zitterten, und seine Augen waren weit geöffnet wie bei einem, der den Tod kommen sieht.

»Schon ein bißchen besser«, sagte mein Vater. »So ist es wenigstens gerechter.«

Djuan zog langsam seine Hand zurück. Er stand auf und setzte seine Mütze auf.

»Gute Nacht alle miteinander«, sagte er und hob die linke Hand zum Gruß in die Luft.

Er öffnete die Tür und ging hinaus, ohne sie hinter sich zu schließen. Draußen regnete es.

ZWEITES KAPITEL

Antonine und die beiden Louisen – Das Kloster –
Schwester Dorothee – Schwester Clementine –
Die tote Jungfrau Maria

Ich ging zu den Schwestern von Mariä Opferung in die Schule. Gewöhnlich wurde ich von einer der Plätterinnen aus der Bügelstube meiner Mutter hingebracht. Bald von Antonine, bald von Louisa, bald von noch einer zweiten Louisa.

Antonine war rauh und heftig; mit hartem Griff schüttelte sie mein Handgelenk. Sie ging mit großen Schritten. Sie lachte, wenn sie den Burschen ins Gesicht blickte, und dabei öffneten sich ihre schmalen Lippen über den blendenden Zähnen, als würden sie mit einem Messer zerteilt. In solchen Augenblicken sammelte sich ihr Blick ganz im Augenwinkel an, es war, als ließe sie das schmutzige Violett ihres gewöhnlichen Blickes zur Seite in die spitze Ecke fließen, um ihn von dort wie aus der Tülle eines Kännchens ins Auge der Burschen zu träufeln.

Ich sah das recht gut. Ich hatte jedesmal Angst, ich würde nachher nur den Blick der leeren weißen Augäpfel wiederfinden und würde sehen, wie die Burschen sich eiligst mit der Farbe von Antonine aus dem Staube machten... Man konnte das Schlimmste fürchten, denn wenn sie mich an der vergitterten Tür der Schule verließ, schaute sie mich ganz mit dem gleichen Blick an, und ich wußte es wohl, daß nachher der ganze Tag in violetten kleinen Mondkringeln schillerte und ich nichts mehr ansehen konnte: nicht Blume, nicht Buchsbaum, nicht Bildnis der Heiligen Jungfrau, ohne vom tanzenden und leuchtenden Geflimmer dieses Gestirns umgeben zu sein.

Die erste Louisa war glatt, weiß und süß wie eine Zuckererbse. Vor dem Weggehen wandte sie sich zum Spiegel, bürstete ihr Haar blank, zupfte ihren Spitzenkragen zurecht und zog ihr Puderdöschen heraus.

»Ja, Louisa«, sagte meine Mutter, »schon gut, geh nur, Mädchen.«

Louisa hatte kleine Hände, lauwarm und bebend wie Vögelchen. Bei jedem Pferdegetrappel oder Geschrei auf der Straße zog und preßte sie mich so an sich, daß mein Kopf an ihrem Oberschenkel lag. Und jedesmal wunderte ich mich, wenn ich unter ihren Röcken dieses dicke, warme und bewegliche Ding spürte. Konnte da unter ihren Röcken – die immer sauber und fein ausgezackt, immer frisch und mit Blüten bestreut wie eine Weißdornhecke waren –, konnte da unter ihren Röcken gar ein nacktes, schnurrendes Tier sitzen? Louisa hatte helle runde Augen, die einen klar und voll anblickten mit einer Kinderunschuld, die ihr in ihrer Jugendschönheit und durch diese Schönheit erhalten geblieben war. Sie bot dem Wind und der Straße die Stirn, der Straße, die überfloß von Pferden, rohen Kerlen, Schubkarren und Männern, die Bretter und Latten trugen; sie blickte alledem mit ihrem Zuckererbsengesicht und ihren schönen stillen Augen tapfer entgegen. Solltet ihr's wagen, schien sie zu sagen. Das kleine Kind hier und ich, ich? ... So süß war dieses Ich, so glatt und weiß! Ich schob meine kleinen Hände tief hinein in die laue Wärme der ihren. Ich blickte sie an, sie lächelte mir zu. Wir gingen im gleichen Schritt, ich mußte mich ein wenig anstrengen, um mit dem weit ausholenden Rhythmus ihres schwankenden segelnden Ganges auf hohen Absätzen mitzukommen; zuweilen summte sie ein leichtes Liedchen, das ganz von ihrem Duft erfüllt war und sie und mich wie eine Wolke dahintrug.

Eine Wolke!

Eine Wolke hätte unter ihren Röcken wohnen müssen und nicht jenes warme Tier, das ich noch nie gesehen hatte, aber liebend gern gesehen hätte – liebend gern, nein, oder doch jedenfalls nur mit schrecklicher Angst – und das da dumpf unter der unschuldigen Louisa murrte. Vor dem Gitter neigte sie sich zu mir herunter, sie gab mir einen Kuß, und ich betrat die Schule, indem ich mir die Lippen leckte.

Die zweite Louisa ging nicht oft mit. Sie war nicht böse darüber und ich auch nicht. Sie sprach nie ein Wort. Sie arbeitete. Nie hob sie die Augen. Sie arbeitete. Rasch, rasch begleitete sie mich und sehnte sich nach ihrer Arbeit. Sie war vom Land. Ihr Vater besaß einen großen Hof. Sie hatte sich bei uns eingemietet und lernte bei meiner Mutter das Bügeln; nicht so sehr, um es später als Gewerbe zu betreiben, als vielmehr, um sich das Handgeschick einer vollendeten Hausfrau anzueignen. Ihre derben Farben, ihre derben Hände, ihr derber, gesunder Sinn, ihr fester Tritt, – das alles gab Anlaß zum Lachen in der Bügelstube. Ihr Portemonnaie trug sie in einer Stofftasche unter dem Kleid befestigt, und wenn sie für einen Einkauf in einen Laden trat, suchte sie sich einen Winkel, um ihren Rock hochzuheben. Der Schulweg mit ihr ging still und stumm vonstatten, und ich ließ mich ein wenig ziehen. Sie zeigte mir die erforderliche Strenge, um mich fühlen zu lassen, daß auf diesem Gang zur Schule sie die Herrin war, gleichzeitig aber war sie auch so nachgiebig, wie sich's einem hübschen kleinen Jungen wie mir gegenüber gehörte.

Hübscher kleiner Junge! Ich meine, was meinen Anzug betrifft, denn was das übrige anging, so hatte ich ein langgezogenes, mageres und unanmutiges Gesicht, in dem nur ein Paar zärtliche Augen sprachen. Dafür aber waren meine Schultern von einem stattlichen gesteiften Kragen eingerahmt, und zahllose Hände hatten die herrliche himmelblaue Seide meiner losen Krawattenschleife breitgezogen und aufgebauscht, ehe ich Louisa Nummer zwei anvertraut wurde. Man wußte, auf sie war nicht zu zählen, falls unterwegs an meiner Kleidung etwas in Unordnung geriet, und erst fix und fertig und geschniegelt überließ man mich ihren wackern rauhen Händen. Wir gingen los. Daß Louisa zwei grüne Augen hatte, konnte ich nur von unten, wenn ich die Nase zu ihr aufhob, an dem Schein erkennen, der unter dem Saum ihrer gesenkten Lider hervor das Pflaster bewachte, wo sie und ich die Füße hinsetzten. Sie war ohne Geheimnis für mich. Ich hatte keine Angst, sie zu verlieren, wenn wir uns am Gitter trennten; ich wußte, ich würde sie am Abend stets unverändert wiederfinden; ehe sie weiterging, sagte sie zu mir:

»Wenn Sie Pipi machen müssen, dann sagen Sie's.«

Sie war die einzige, die »Sie« zu mir sagte.

Voriges Jahr habe ich sie wiedergesehen...

Ich habe sie übrigens alle drei in den letzten Jahren wiedergesehen und habe ausgerufen:

»Antonine!« – Und dann: »Du bist doch eine tolle alte Schrulle gewesen! Weißt du noch, wie du mich in den Wäschekorb schlafen gelegt hast und wie du mich an jenem Sonntag mit dem neuen Anzug in den Bach hast fallen lassen?«

»Red nicht davon«, hat sie mir geantwortet, »deine Mutter zittert sicher heute noch.«

Ich habe den Mann von Louisa Nummer eins begrüßt, ich hab ihrem großen Jungen die Hand gedrückt und habe sie alle drei miteinander reden hören. Ich dachte, daß ich im Grunde wohl immer ein wenig verliebt in sie gewesen bin. Sie hat sich nicht geändert, ist noch immer die gleiche.

Zu Louisa Nummer zwei aber – ich konnte einfach nicht anders – habe ich »Fräulein Louisa« gesagt.

Sie ist Alleinherrin ihres Hofes geblieben. Man spürt, daß sie hart und bitter geworden ist, daß alle ihre Kräfte nur auf ein Ziel gerichtet sind und daß dieses kein Ziel für Frauen ist. Jetzt blickt sie einem auch voll ins Gesicht, zu voll, mit flehenden und ausgebrannten Augen.

Der Garten unserer Schule war wie eine dicke Frucht voll Fleisch und Saft. Die Mauern preßten ihn zusammen, so daß er brodelte und spritzte; überall quoll Flieder heraus; die großen Buchsbäume warfen Duft und Schatten gegen die Wände unseres kleinen Schulzimmers, und der Efeu, der von Bienen brodelte, wallte wie Schaum beim Früchteeinkochen über die hohe Terrassenmauer hinunter. Die Wege waren mit kleinen Feldkieseln gepflastert. Schwester Dorothee war die Steinsetzerin. Immer kauerte sie in irgendeinem Schatten-sprenkel am Boden, und immer stieß man ganz plötzlich auf sie. Sie reihte ihre Steinchen in Form von Kreisbogen auf dem Weg an, auf dessen Breite jedoch nur ein kleines Seg-ment davon zu sehen war: das vom Kloster aus sichtbare und beschirmte Kreissegment; der übrige Teil ging dann im Gar-ten in Rauch auf, verlief sich da draußen in der Welt, weit, weit jenseits der Mauern und der Hügel, die kaum sicht-bar waren, und Gott allein weiß, wohin er kam und welchen Kreisbogen er beschrieb, ehe er in die Hände von Schwester Dorothee zurückkehrte.

Wir hatten schnell heraus, daß es sich hier um eine Pö-nitenz handelte und daß man gesündigt haben mußte, um bunte Steinchen aneinanderzureihen. Immer traf es Schwe-ster Dorothee. Sie hatte kaum mehr Verstand als wir. Wir krochen auf allen vieren hinter den Buchsbäumen entlang, um sie aufzusuchen. Bald stießen wir auch mit den Nasen anein-ander.

»Wo wollt ihr hin?« fragte sie leise.

»Dich besuchen.«

»Versteckt euch.«

Wir versteckten uns.

»Wer hat die Aufsicht auf dem Hof?« fragte sie.

»Schwester Philomene.«

»Dann sind mindestens schon fünf bestraft.«

»Sechs!«

»Und dazu ihr vier, die man bestrafen wird, weil ihr mich besucht habt, das macht?«

»Zehn! – Sollen wir dir helfen?«

»Nein, es macht mir Spaß.«

»Willst du Schokolade?«

»Wer hat welche?«

»Ich!«

Sie wischte sich die Hände an der Rückseite ihres Kleides ab.

»Kommt!« sagte sie.

Unser Versteck war unter einem dichten Oleander. Er strömte einen so üppigen und so starken Duft aus, daß man betrunken war, sowie man nur unter seine Zweige kroch. Der Duft lastete mir auf den Augen. Im Handumdrehen verschwamm alles, was überhaupt sichtbar war, vor meinem Blick. Die Gesichter meiner kleinen Kameraden schmolzen in dem blauen Schatten wie ein brennendes Kirchenlicht, schmolzen und zerflossen, und das machte Flecken im Gras und machte tanzende Flecken im Schatten, es war, als ob zerschmolzene Talgstückchen darin herumschwebten, auf denen sich ein Auge, ein Mund, ein Ohr oder das leuchtend rote kleine Fenster einer Backe befand. Schwester Dorothee streckte sich im Gras aus. Sie wurde darin zu einer schwarzen Welt voll Berg- und Hügelbuckeln, zerfurcht von trockenen und stummen Tälern ohne Baum und Wasser, öd und verlassen und gleichsam ausgestoßen. Leben war nur in der glücklichen Welt ihres Gesichtes, wo ihr Mund Schokolade aß und ihre Lippen endlich einen feuchten Laut hervorbrachten, wo ihre Wange sich in einem schrägen Sonnenstrahl mit sammetweichem blonden Flaum bezog, der mir in meiner Düftetrunkenheit zu wallen und zu wogen schien, wie ein weites Meer von reifen Halmen.

Dort blieben wir und wagten kaum zu atmen. Da drüben hallte der mit großen Steinfliesen gepflasterte Hof vom Laufen und Spielen wider; die Mauern knisterten und knatterten in einem Mischmasch von Geschrei; die Eisenringe des Turngerüstes klirrten, und die Stricke vom Trapez knirschten in den Haken. In dem kleinen Schulzimmer buchstabierten drei Bestrafte mit gleichförmigen Stimmen ihre Aufgabe.

Der Oleander war wirklich groß und stark wie ein Mann.

»Seid ganz still«, sagte Schwester Dorothee.

Wir hielten den Atem an.

Der Kies knirschte. Schlüssel klirrten. Eine Weidengerte klopfte leise mit nervösen kleinen Schlägen gegen ein Gewand, wie eine Katze, die sich mit ihrem Schwanz peitscht, während sie sich in der Gegend umschaut. Schwester Philomene! Ihr Fuß stieß an die verlassene Pflasterung. Sie schnüffelte um sich herum mit allem, was spitz an ihr war: ihre Spürnase schnupperte der Luft bis auf den Grund, ihr wohlgeschärftes Auge durchbohrte den Schatten. Aber der Oleander war wirklich groß und stark wie ein Mann. Man war gut unter ihm geschützt; er war voll Dichte und voll prächtiger Lügen. Man liebte ihn auch darum so sehr, daß man sein Leben hätte hingeben können. Schwester Philomene seufzte. Sie blickte noch einmal auf die Kreisbruchstücke des Pflasters; die Bruchstücke, die davonliefen, um sich da draußen in der Welt, jenseits der Hügel, irgendwo zum Kreis zu runden. Sie seufzte, ja, sogar mehrere Male, und dann trollte sie sich wieder, beinahe geräuschlos, ganz wie eine dicke Katze, und man hörte nur das kleine Stöckchen, das nervös gegen ihr Gewand schlug.

Man legte meinen Freund Paul meistens auf der untersten Stufe des Klassenzimmers ganz flach auf einen Tisch. Schwester Clementine scheuchte die Kinder mit dem Flügelschlagen ihrer langen Arme fort.

»Räumt rasch den Tisch ab: weg mit den Tintenfässern, den Heften... Da, die Schiefertafel noch, rasch, rasch...«

Unterdessen tupfte sich Paul die Nase mit seinem blutbefleckten Taschentuch ab und wartete sanftmütig, von der übrigen Welt durch sein Nasenbluten geschieden, von Gottes Hand berührt, ein geduldiges Objekt für Schwester Clementines Fürsorge und für die Neugier aller andern. War der Tisch freigemacht, wurde er flach mit tiefliegendem Kopf darauf ausgestreckt, nachdem man ihm gesagt hatte:

»Paul, laß deine Nase zufrieden.«

Schwester Clementine und Louisa Nummer eins sind für alle Ewigkeit weiß und aufrecht wie Lilien in mein Herz eingepflanzt.

An Schwester Clementine war die Mitte ihres Körpers besonders verführerisch. Um die Wahrheit zu sagen, so war da, wenn sie sich nicht bewegte, eigentlich nur der dicke und grobe Strick und die Falten ihres schwarzen Barchentkleides, soweit ich mich erinnern kann, drei große Falten, die wie Girlanden zu ihrer Brust aufstiegen, und zehn andere, die bis auf ihre Füße hinunterfielen. Sie trug die Kleider ziemlich kurz, so daß ihre Knöchel zu sehen waren. Wenn sie so reglos stand, die Arme angebogen, um ihr Gebetbuch zu halten, und den Kopf gerade aufgerichtet, dann hatte sie den Adel einer Säule. Aber...

Aber zuweilen in unsern Morgenschulstunden, wenn wir, abgetrennt von der lärmenden Welt der Stadt und Straße, die Stille des Klosters vernahmen, die mit dem Gurren der Tauben und dem Rascheln des Flieders an der Mauer in uns hineinsickerte, dann begann Schwester Clementine zu schreiten. Im Augenblick, da ich dieses schreibe, meine beißende Zigarette im Mundwinkel, mit schon angegriffenen Augen, bei meiner Lampe, in diesem Augenblick, da die Nacht im Tal, in dem noch das matte Leuchten der Bauernwagen hinkriecht, sich an meine Fensterscheibe drängt – da lege ich die Feder hin und denke an alle Erfahrungen meiner Mannesjahre. Wahrlich, die geheimen Augen meiner Sinne haben den Tanz aller lockenden Schlangen dieser Welt gesehen.

Niemals habe ich eine Freude gekostet, die reiner, melodischer, voller, die ausgewogener in ihrer Harmonie gewesen wäre als die Freude, Schwester Clementine schreiten zu sehen.

Es entstand wie ein Wirbelwind. Das Holz der Stufen gab einen kleinen geheimnisvollen Schrei von sich. Sie schritt. Sie trug Filzsandalen; ihre Fußsohlen klatschten leise auf. Eine Wellenbewegung, die gleichzeitig Woge, Schwanenhals und Klagelaut war, stieg in der Säule hoch. Die Bewegung war so weit und stark, sie wuchs so geradewegs aus den Tiefen der Erde herauf, daß sie den Hals von Schwester Clementine wie einen Irisstengel umgeknickt hätte, wenn sie so hoch hinaufgestiegen wäre. Jedoch sie fing die Wellenbewegung im schönen Schwung ihrer Hüften auf, sie wandelte sie in das Schwanken einer ausfahrenden Fregatte, und ihr ganzer Oberkörper: Brust, Schultern, Hals, Kopf und Nonnenhaube, erbebte wie ein Segel, das ein Windhauch schwellt.

Paul lag lang ausgestreckt auf dem Tisch und blutete, ohne seine Nase anzufassen. Er rührte sich nicht mehr als ein Toter und war auch ebenso blaß. Das Blut bildete ein dickes Klümpchen an seinem Nasenloch. Einen Augenblick hörte es auf zu fließen. Paul schniefte, das Klümpchen löste sich und glitt wie eine kleine Blüte an einem leuchtenden Stengel frischen Blutes an seiner Wange herunter. Man hatte seine blutbefleckten Taschentücher beim Fenster über eine Stuhllehne ausgebreitet. Es sah aus wie eine Kindermetzgerei. Nach einer kleinen Weile klopfte die Laienschwester an und trat herein mit ihrem Geruch von Zwiebeln und Kräutern.

»Er wird sich wohl wieder das Diebskraut ›Schröpf-dich‹ in die Nase gestopft haben«, sagte sie. »Schön siehst du aus, Herr Paul!«

Schwester Clementine kam und richtete den Kranken auf. Er machte sich ganz schlaff in ihren Armen. Er blickte sie mit Kalbsaugen an. Tief in seiner Kehle gurrte eine ganz verschleimte Klage.

»Ja-ja, mein Dicker«, sagte sie und wischte ihn ab.

Sie benetzte einen Zipfel ihres Taschentuches mit ihrem Speichel und putzte mit der Fingerspitze Pauls verkrustete Lippen sauber.

»Nehmen Sie ihn mit«, sagte sie zu der Laienschwester. »Geh, mein Jungchen.«

Und sie strich ihm mit der Hand über die Haare.

Nur zwei oder drei von uns wußten, daß Paul um Schwester Clementines Liebe willen, um diese Hand, die ihm über die Haare strich, um diesen Speichel auf seinen Lippen das Diebskraut schnupfte. Er hatte eine ganze alte Schuhwichsbüchse voll davon getrocknet. Wie ein Schatz ruhte sie verborgen unter unsern Füßen. Man brauchte bloß ein Dielenbrett ein wenig zu lüpfen. Es war genug, uns allen Blut abzuzapfen wie einem Stier.

An einem Ostermontag hatte ich es in einem Obstgarten voll blühender Mandelbäume vor einer ganzen Volksversammlung zum erstenmal mit der Heiligen Jungfrau zu tun; ich meine: ernstlich zu tun.

Die Klosterschule wurde, wie sich's gehört, moralisch, finanziell und überhaupt von allem, was da in seidnen Kleidern in der Stadt herumspazierte, unterstützt. Die Frau Notar, die Frau Apotheker, die Frau Major a. D.; Frau Gutsbesitzer und Frau Friedensrichter und Frau Gerichtsvollzieher, die Kanzleirätinnen, die langen Fräulein vom Marienstift, die Harfenspielerinnen, alle jungen Damen aus Zucker, Delphine, Clara und so weiter, die Herde der gesenkten Augen und Hände in Halbhandschuhen, alles, was in Fischbein eingezwängt gespreizt und zimperlich einherstolzierte, das alles gehörte zur Klosterpartei und fütterte, schniegelte und striegelte das Kloster wie ein braves Tier, das Ruhm einbringt und Milch und Honig zum Schlecken.

Man könnte sich darüber wundern, daß mein revolutionär gesinnter Vater eingewilligt hatte, mich in diese Schule zu schicken. Im Augenblick der Entscheidung hatte es sich aber um nichts Geringeres als ums tägliche Brot gehandelt. Mein Vater war alt. Er arbeitete allein, selbst wenn er gut zu tun hatte; in dem hochgelegenen, dunkeln Raum im Hinterhaus mit seinem Gewerbe allein, ohne Laden und ohne Auslage, war er der Sklave der Stadt. Das Paar Schuhe kostete zwanzig Francs. Es war gut und dauerhaft gearbeitet, und man war sicher, wie er sagte, daß man auf Leder ging. Aber um zu jener Zeit sicher zu sein, daß man auf Leder ging, mußte man zu den »Oberen« gehören. Man hatte ihm freundlich die Pistole auf die Brust gesetzt.

»Das hübsche Kind«, hatte die Dame gesagt, die in die

Werkstatt trat, indem sie sich die Nase zuhielt und dann knapp auf der Kante des Stuhles Platz nahm, »das hübsche, zarte Kind, und dabei seiner Mutter so ähnlich! Sie wissen vermutlich, Meister Jean, daß Fräulein Pauline vor ihrer Heirat mit Ihnen an unsern religiösen Zusammenkünften teilnahm, und zwar, wie ich zu sagen wage, mit solchem Eifer, daß wir alle die größten Hoffnungen hegten. Nun – sie hat sich nach ihrem Geschmack verheiratet. Wir haben niemals jemanden beeinflussen wollen, und wir wissen, daß Sie trotz des Unterschiedes der Religionen gut zu ihr sind.«

Mein Vater unterbrach sie mit einer Handbewegung.

»Es besteht kein Unterschied, gnädige Frau.«

»Es heißt, daß Sie Protestant sind«, fuhr sie fort.

»Wäre ich's, so würde ich es ohne Scham gestehen«, sagte mein Vater, »aber ich muß bekennen, daß ich es nicht bin. Man glaubt es vielleicht, weil ich die Bibel lese und auch davon rede. In Wahrheit bin ich nichts, ich glaube an Gott, und wenn ich anders denke als meine Frau, dann nur in dem einen Punkt: sie glaubt, Gott habe hier auf Erden Filialen und Büros geschaffen mit Beamten und Angestellten, die Fahrscheine zu ihm hinauf ausstellen; und ich, ich hab mir eingebildet, daß er groß genug ist, um alles selbst zu tun, und daß man ihn übrigens, wenn man ihn braucht, überall findet.«

Die Madam wiegte den Kopf, und der Schatten der Straußenfeder auf ihrem Hut machte dazu den Hanswurst an der Wand.

»Wir wissen, daß Sie trotzdem ein redlicher Mann sind«, sagte sie, »und auf ein bißchen Ungereimtheit soll es nicht ankommen... Pauline hat uns gesagt, daß Sie ihr gestatten, die Messe zu besuchen...«

»Sie ist frei«, sagte mein Vater.

»Sie werden zugeben«, sprach die Dame, daß auch wir sehr nett gewesen sind. Pauline zuliebe hat man Ihnen die Schuhbesohlungen für das Kloster übertragen, mein Mann hat seine Jagdstiefel bei Ihnen bestellt, und ich weiß, daß Frau von... wegen eines alten Mannes im Hospiz mit Ihnen sprechen will, sie interessiert sich für ihn, und seine Schuhe müssen demnächst ausgebessert werden.«

»Worum handelt es sich nun im Grunde?« fragte mein Vater.

»Um folgendes«, sagte sie. »Wir haben eine Schule in Saint-Charles, wie Sie wissen. Sie haben gesunden Menschenverstand genug, um einzusehen, daß man die Ausbildung und die Erziehung bei den frommen Schwestern mit dem, was die Lehrerinnen der weltlichen Schule zu geben vermögen, gar nicht vergleichen kann, nicht wahr?... Die Kinder werden den ganzen Tag bis sechs Uhr dabehalten. Es sind Gärten dort. Die Pension beträgt zwanzig Sous die Woche...«

»Pauline ist frei«, sagte mein Vater.

Eine stumme Pause folgte, in der man nur das Knirschen der Ledersohle hörte, an der mein Vater nähte.

Die Dame sagte: »Auf Wiedersehn«; ich leuchtete ihr auf der Treppe. Sie ging zu meiner Mutter hinunter.

Mein Vater hatte gesagt:

»Wenn er von meiner Art ist, wird er sich schon von selber zurechtfinden. Schick ihn hin, wenn es dir Freude macht.«

Am Ostermontag wurde in dem Kirchlein von Saint-Charles ein ganz besonderer Nachmittagsgottesdienst abgehalten. Die Fenster waren keine bunten Kirchenscheiben, sie bestanden aus ehrlichem wassergrünen Glas, ein bißchen wie Flaschenglas, und man sah den oberen Teil des Turngerüstes mit seinen zehn Strickenden für die Ringe, das Trapez und die Schaukel durch sie hindurch. Der Altar war aus vergoldetem Holz mit einem Fries von großen Sternen. Die Sakristei – ein einfaches Regal und ein kleiner Schrank – befand sich gleich hinter dem Altar. Da zog sich auch der Priester um; man konnte seinen Arm und seine Schulter sehen, wenn er das Meßgewand anlegte.

Am frühesten Nachmittag schon trafen die Damen ein. Die Halle der Schule war empfangsbereit. Die kalten Fußbodenfliesen glänzten wie ein schönes, schwarzes Gewässer, und die Keramikblüten des Musters schwammen darauf wie auf einem schönen, friedlichen und verwunschenen Teich.

Dieses Mal brachten mich meine Mutter und meine Patin in die Schule. Mein Kragen war von blendenderem Weiß und steifer gestärkt als je, und mein Schlips war so blau, daß meine Augen, die für gewöhnlich doch auch blau waren, an diesem Tag wie zwei kleine Aschenkügelchen wirkten. Man hatte mir baumwollene Handschuhe angezogen, in den oberen Rand meiner Socken war ein heimliches Gummiband eingenäht, und an beiden Armen zerrte man mich nach der Schule. An beiden Armen: meine Mutter zerrte mich am einen, meine Patin am andern; wie ein gefangenes Äffchen lief ich zwischen ihnen hin.

Ich sollte das Dankgebet an die Heilige Jungfrau aufsagen.

Man hätte mir nicht erst einzuschärfen brauchen, es zu Haus geheimzuhalten und meinem Vater nichts davon zu sagen. Es genügte für mich, die Nähe eines Mysteriums zu spüren, und ich wurde sofort zum leibhaftigen Kind des Schweigens. In alles, was an das Jenseits der Atmosphäre rührte, war ich tief innerlich verliebt, wie in eine Heimat, wie in ein einst bewohntes und heißgeliebtes Land, aus dem ich verbannt war, das aber noch voll und ganz in meinem Innern lebte mit seinem Gewirr von Wegen, seinen großen Flüssen, die wie Bäume mit langen, langen Zweigen flach auf dem Boden ausgebreitet lagen, und mit den bewegten Wellenzügen schaumgekrönter Hügel, in denen ich jede Furche kannte. Ich war mir bewußt, weit mehr als alle Erwachsenen hiervon zu wissen, ich kannte Schattenspiele, vor denen Antonine und beide Louisen die Flucht ergriffen hätten und die ich ganz ruhig, nur mit einem kleinen Anflug von Grundeis an einer gewissen Körperstelle, betrachtet hatte. Das hatte eine Art übermenschlichen Dünkel in mir erweckt. Wenn der Herr Christus, die Jungfrau Maria oder gar Gott-Vater mir erschienen wären, wenn sie mich zu ihrem Bundesgenossen auf Erden erkoren hätten, ich hätte nicht Lärm geschlagen wie die Jungfrau von Orléans oder Bernadette, die Welt würde nichts davon erfahren haben, es wäre mir ganz natürlich vorgekommen.

Übernatürlich dagegen und unbegreiflich erschienen mir jene Frauen, die in der Klosterhalle herumsummten, und ich konnte ihre Existenz nach meinem Gefühl einfach nicht gleichzeitig mit der Geographie der unsichtbaren Länder, wo im Staub der Wolken die unermeßliche Herde der Götter schwärmte, in Einklang bringen. Daß diese Frauen einen Körper und die Gabe der Rede besaßen – das war wirklich übernatürlich. Das rauschte und raunte wie das Meer am Strand, ein Klirren von Glasklunkern und Armbändern, ein Seidengeknister und Gelall. Was konnte das mit der Jungfrau Maria zu tun haben, zu der ich jetzt gleich sprechen sollte, und was konnte das selbst auch nur mit der kleinen Schwester Dorothee zu tun haben, die, wieder einmal bestraft, eben vorüberging, die Hände voller kleiner runder Steine?

Zwei kleine Knaben und zwei kleine Mädchen, die Kirchenfahnen trugen, stellten sich im Viereck um mich auf. Sie schielten verstohlen nach mir, und bebende Angst zuckte wie eine große Fliege in ihrem Blick. Auch Schwester Dorothee blickte mich an, ehe sie im Spalt der Küchentür entschwand.

»Leb wohl, leb wohl!« schien sie mir zuzuflüstern.

Das Kirchenschiff, das mich zum Lande des Mysteriums tragen sollte, schloß sich ganz von selbst auf Befehl der starken unsichtbaren Mächte um mich herum. Ich hatte keine kleinen Spielgefährten noch Freunde mehr; sie waren nur noch Planken des Schiffes; sie sammelten sich um mich und fügten sich ineinander, um mich zu tragen, und die goldenen Knospen der angezündeten Kerzen bebten wie die Pflöcke und Bolzen eines Seglers, wenn Wind und Wellen ihn belecken.

Allein Schiffsherr und Besatzung waren ruhig. Die Oberin ordnete den Zug, richtete eine Fahne gerade, neigte eine Kerze schräger, klopfte mit dem Finger auf eine Wange, lächelte der jungen Catherine von Faidherbe zu und kniete sogar vor ihr nieder, um einen Volant an ihrem schönen wei-

ßen Moirékleid zu glätten. Als ob es darauf ankam! Genau
betrachtet war ich doch der Führer, dachte ich. Ich war die
Hauptperson bei dieser Sache. Wer würde denn das Wort er-
greifen bei der Landung im Jenseits? Wer würde als erster den
einsamen Strand betreten und der Jungfrau entgegengehen,
wer würde den hehren Götterblick ertragen? Wer ist das Op-
fer, alles in allem? Ich! Gut. Wäre es alsdann nicht gescheiter,
mich ein wenig beiseite und aus der übrigen Mannschaft her-
auszunehmen, mich hinter ein aufgerolltes Ankertau oder
eine Teertonne zu ziehen und mir da ungestört die kleinen
Freundschaftsbezeigungen zu erweisen, die einem Mut machen? Wäre es nicht gescheiter, das zu tun, als irgendeine
Catherine von Faidherbe zu streicheln, die hier nichts weiter
als ein Wimpel am Heck war?

»Steh still«, flüsterte mir meine Mutter zu.

Die Pforte zum Garten wurde geöffnet.

Sonne und Frühling kämpften mit Stößen lauen Windes da
draußen gegeneinander; die Mandelblüten wirbelten nach allen Seiten.

Auf ein Klatschen glitt der Kiel des Kinderschiffes ins Meer:

>»Du gnadenreiche Mutter,
Hör unserer Herzen Not...«

Die Orgelpfeifen bliesen aus voller Kehle. Mein Herz war
nicht in Not. Geschmeichelt und gestreichelt schwamm es
voll erschlossen gleichsam im Meer neben dem Schiff her im
Rhythmus der Bewegung, der Schritte, in diesem Seewind,
der uns über Steuerbord getroffen und auf einen Schlag alle
Kerzen ausgeblasen hatte. – Alle Kinder hatten aufgeschrien,
wie Vögel im Mai: »Ah! Ah!« Alles verlieh unserer schönen
Ausfahrt Sang und Klang. Wir waren mittendrin im Garten. Ich erkannte die vertraute Landschaft wohl wieder: die
Buchsbäume, die großen Feigenbäume, die Oleanderbüsche,
aber bei weit geöffneten Fenstern sang der Kinderchor zur
Orgel:

»Du gnadenreiche Mutter,
Hör unserer Herzen Not...«

Die Kirchenbanner schlugen wie große Tauben mit den Flügeln. Hinter mir reichte man sich brennende Lavendelfackeln von Hand zu Hand, und ich hörte unter den Bäumen die derben Mägde der Heiligen Jungfrau eilen, die ihr zurufen mußten:

»Sie kommen, sie kommen!«

Wir kamen.

Die Jungfrau Maria wohnte tief im Hain der Mandelbäume. Alles war aus Blumen und grünem Gras. Es war ein schönes Haus. Seine Pfeiler waren die schwarzen Stämme, die wie kranke Menschen ihre gerungenen Arme zum Himmel aufreckten. Eine riesige Blütenlast war sein Dach. Den Teppich bildete dichter, krauser Lattich und Löwenzahn, der unter den Tritten Saft spritzte.

Die Jungfrau Maria thronte wie immer auf ihrem Sockel. Sie war aus Sandstein, vom Regen ganz zerlöchert, und ich wußte, daß sie zu gewöhnlichen Zeiten... Ich hatte mich ihr eines Abends genähert und wußte, was sie zu gewöhnlichen Zeiten tat. An jenem Abend war es wie immer windig gewesen. Ein launischer Wind, der bald kalt wie Wasser war und einem dann auch wieder wie ein Gluthauch die Backen erhitzte. Die Jungfrau Maria aus weichem Stein war ganz mitgenommen vom Regen. Sie sang im Wind...

Heute schwieg sie. Es waren zu viel Leute da. Ich, der ich sie kannte, ich fühlte wohl, daß sie nicht so war wie sonst, daß es nicht der rechte Tag war und wir zu unpaß kamen, daß sie, wenn sie Zeit gehabt hätte, uns durch ihre Magd hätte sagen lassen, sie wäre krank, wie meine Patin das zuweilen tat.

Das beste, was man tun konnte, war, sich auf Zehenspitzen zurückzuziehen, fortzugehen, Fenster und Türen zu schließen, die Orgel anzuhalten und ihr Muße zu lassen, sich in ihrem Haus von Bäumen, im zärtlichen Schoß der Sonne und der Blumen zu pflegen.

Ich wußte das, aber ich hatte ja nicht zu befehlen. Und das war auch gar nicht im Sinn der Leute, die die Expedition bezahlt hatten. Schon stand ich ganz alleine vor ihr.

Die andern da hinten warteten in Schweigen gesammelt. Die Oberin blickte mich an.

»Fang an, mein Jungchen.«

Ich hob die Augen zur Jungfrau Maria auf.

»Heilige Mutter Gottes«, sagte ich, »die du herrlich bist wie ein aufgebrochener Granatapfel und wie die süße reife Frucht der Orange...«

Ich brach in Schluchzen aus und rief:

»Sie ist tot! Sie ist tot!«

Es gelang mir ziemlich schnell, zu entwischen, während alle Welt herbeistürzte. Ich sah nur noch, wie man meiner Mutter ziemlich deutlich den Standpunkt klarmachte.

Am Hortensienweg stieß ich auf Schwester Dorothee.

»Du wirst dich doch in deinem schönen Anzug nicht auf der Erde wälzen«, sagte sie.

»Doch«, gab ich zur Antwort.

Sie wagte nicht, mir zu widersprechen, und kroch mir auf allen vieren voran unter den Oleander.

Sie küßte mich.

Ich gab ihr Schokolade.

»Schwester Dorothee«, sagte ich, »Schwester Dorothee, die Jungfrau Maria, weißt du schon, die Jungfrau Maria...«

»Ja«, sagte Schwester Dorothee, »die Jungfrau Maria, und was weiter?«

»Sie ist tot«, sagte ich.

»Aber ja«, nickte Schwester Dorothee.

Und ich sah, daß sie das schon lange wußte.

Sie lachte, während sie meine Schokolade verzehrte.

DRITTES KAPITEL

Der Anarchist

Eines Abends, als mein Vater gerade die Tür nach der Straße zugesperrt hatte, klopfte es. Zweimal wurde laut und sehr rasch hintereinander geklopft, und eine unbekannte Stimme rief verzweifelt und gedämpft:

»Vater Jean!«

»Was ist?« fragte meine Mutter, weiß wie ein Weidenrohr.

»Ich werde nachsehen.«

Er hob den Eisenriegel auf. Der Mann draußen auf dem Gehsteig trat mit seinen derben Schuhen unruhig von einem Fuß auf den andern. Mein Vater öffnete die Tür einen Spalt breit. Nie werde ich diese verlorene Hand vergessen. Sie war fett und schmutzig. Sie tauchte aus der Straße auf. Sie zerrte an der Tür, um sie ganz zu öffnen. Sie war verstört und jammervoll wie eine Ratte, die man mit Stockschlägen hetzt. Die Tür ging auf. Der Mann stürzte zu uns herein und schloß sie augenblicklich hinter sich.

»Sperrt zu, sperrt zu«, sagte er zitternd und zeigte auf den Riegel.

Mein Vater schob den Riegel vor.

Wir standen alle drei am Eingang drinnen: mein Vater, ich und der Mann. Ein wenig tiefer im Raum, hinter dem Tisch, hob meine Mutter die Lampe hoch, und jetzt konnte man sehen, daß der eben Hereingeschneite mager und abgerissen war und daß sein Gesicht unter seinem Bart ganz blau schien.

Er hörte den Riegel schnappen und sagte darauf wie zur Entschuldigung: »Coupard. Herr Coupard.«

»Schickt der dich her?« fragte mein Vater.

»Nein, aber er hat mit mir gesprochen.«

»Von wo kommst du?«

»Ich arbeitete in Salon, als ich festgenommen wurde.«

»Und dann?«

»Die Gendarmen brachten mich nach Digne. Ich wollte pissen. Sie haben mir die Hände losgemacht. Da hab ich zugeschlagen und bin gelaufen.«

»Weit?«

»Am Eingang der Stadt.«

»Sei still«, sagte mein Vater.

Man hörte Laufschritte auf der Straße. Sie eilten gerade an unserer Tür vorbei. Sie wandten sich nach links durch die Straße, die nach den düstern Vierteln führte.

»Mach Kaffee, Pauline«, sagte mein Vater. »Hast du gegessen?«

»Nein.«

»Gib Brot und Käse her.«

Ich ging nach hinten zu meiner Mutter.

»Dein Vater, dein Vater«, sagte sie leise und schüttelte den Kopf. Sie schaute zu den Männern hinüber. Sie hatten sich beide gesetzt, sie redeten nicht.

Der Mann kam langsam wieder zu Atem.

Oben im dritten Stock neben der Werkstatt meines Vaters richteten wir ihm eine Kammer her in dem Verschlag, wo die Oliven aufbewahrt wurden. Vor dem Hinaufgehen sagte der Mann:

»Ich würde mir sehr gern die Hände waschen.«

Wir breiteten eine Matratze auf den Boden.

»Schlaf und sorg dich um nichts«, sagte mein Vater.

Der Mann streckte ihm seine Hand hin, die jetzt einer schönen, stillen Taube glich.

»Danke, Kamerad.«

Ich wandte mich um, ehe ich hinausging. Der Mann hatte ein Spiegelchen und einen kleinen Kamm aus der Tasche gezogen und kämmte sich den Bart.

Unser Haus war in allem doppelt: es hatte zwei Stimmen und zwei Gesichter. Im Erdgeschoß lag die Bügelstube meiner Mutter. Ein großer Tisch mit weißen Tüchern bespannt. Meine Mutter sang wie ein Vogel: »Kirschenzeit«; »Das goldne Korn«; »Töricht, töricht sind die Schmerzen«; »Die schwarzen Strümpfe« und anderes. Louisa Nummer eins sang die zweite Stimme dazu. Antonine pfiff wie ein Mann. Louisa Nummer zwei wiegte den Kopf im Takt. Dann gab es noch zwei kleine Lehrmädchen, die mit einem großen Korb die Wäsche abliefern gingen. Man nahm das Kleid von Frau Pangon vom Bügel. »Gebt acht auf die Achselbänder!«

Es wurde in den Korb gelegt. Taschentücher wurden aufgestapelt, Damenhosen zusammengefaltet.

»Die Spitze nach außen.«

»Für das, was die damit macht«, sagte Antonine.

»Vorsicht, der Kleine ist da.«

»Das wird er bald von alleine lernen.«

»Komm her, mein Mandelkern, gib mir einen Kuß.«

Warme und feuchte Hände, die nach warmem Leinen rochen, faßten mein Gesicht.

Die Schlächterfrau und die Bäckerfrau, die Tür an Tür wohnten, kamen hin und wieder auf einen Augenblick herein.

»Ich weiß nicht, was ich hier oben am Schenkel habe, es ist dick wie eine Nuß. Fühlt einmal.«

Die eine oder auch die andere hob ihren Rock hoch. Meine Mutter fühlte, Antonine fühlte, die beiden Louisen und die Lehrmädchen fühlten.

Der öffentliche Ausrufer kam herein, sein Horn unterm Arm.

»Blas ein Liedchen«, bat Antonine.

»Sei keine Närrin«, schalt meine Mutter.

Der Ausrufer pflanzte sich breitbeinig hin, rundete den Arm und stieß an die Wäsche, die auf Leinen hing.

»Um Gottes willen, die Hauben von Fräulein Delphine!«

Ein gewisser Freund von Antonine ging am Fenster vorbei.

»Er ist noch immer da«, sagte sie, »ich werde den Kübel nach ihm ausschwappen wie nach einem Hund.«

»Man sollte ihn auch nach dir ausschwappen«, sagte meine Mutter. »Gib Obacht, gleich wirst du was versengen, du kleine Dirne du!«

Eine Tür führte in den Gang. Da hörte man noch immer die Straße, die an die Plätterei streifte, aber noch einige Schritte weiter, und man betrat eine andere Welt. Hier war das Gesicht des Hauses Schweigen und Schatten. Man ging eine Stufe hinunter und war im innern Hof. Mitten am hellen Wintertag blieb es vom Morgen bis zum Abend Nacht da unten. Im Sommer verirrte sich um die Mittagsstunde ein Tropfen Sonne wie eine Wespe in den Hof hinunter und flog wieder davon.

Um vier Uhr kehrte ich aus der Schule heim. Ich war jetzt Schüler des kleinen aussätzigen Gymnasiums, das die Stadt ausgestoßen und auf die Kornäcker da oben an der Hügelseite verwiesen hatte.

Es war gemütlich bei meiner Mutter. Man sang. Antonine roch nach Pflaumen, Louisa eins nach Vanille. Louisa zwei knabberte Karamellen.

»Geh deinem Vater Gesellschaft leisten«, sagte Mutter.

Im Hof war es um diese Stunde immer Nacht. In der Metzgerei nebenan kaute eine Maschine rastlos Schweinefleisch. Man hörte sie jenseits der Mauer schnurren und glucksen. Die Treppe war breit und flach wie für Pferde. Unsere Hauswirtin sagte, man könnte bis zum ersten Stock hinauf reiten. Sie sagte das mit kugelrunden Augen unter ihrer Haube und faltete dann sogleich die Hände.

Außer dem Freßgesang, der durch die Mauer sickerte, hörte man noch das Trappeln der dicken Ratten auf den Dachziegeln, und wenn man einen Augenblick verweilte, vernahm man das Plumpsen eines großen Steines, der von oben in einen Wasserabgrund fiel. Das war der alte Brunnen, der sprach. Man hatte die Tür, die zu ihm führte, fest verschlossen und ließ ihn dahinter verfaulen. Der Brunnengräber hatte uns erzählt, daß unten in seiner Tiefe zwei Arten von

Tieren lebten: weiße, ganz weiße, tellergroße Kröten ohne Augen, die sich aufblähten wie Schweinsblasen, um ohne zu ermüden immer schwimmen zu können. »Ganze Jahre«, erzählte er uns, »schwimmen sie da ohne Licht und Luft reglos auf diesem Wasser, das dicker als Petroleum ist, und altern, altern...« Das waren die Kröten, schön, und dann gab es noch Schlangen. Schlangen ohne Haut, das heißt, mit einer Haut, die so dünn war wie ein Blättchen Zigarettenpapier, gerade nur, daß sie Herz und Eingeweide zusammenhielt.

Ich stieg die Treppe hinauf, und jedesmal, wenn mein Fuß im Dunkeln die Steinstufe berührte, zitterte ich, daß ich vielleicht an eine dieser entwichenen weißen Kröten stoßen oder auf einem noch ganz warmen Schlangenherzen wie auf einer verfaulten Aprikose ausgleiten könnte.

Der Mann, der eines Abends unser Haus betreten hatte, hatte es nicht wieder verlassen. Vierzehn Tage schon brachte man ihm die Suppe hinauf.

Jetzt saß er da, auf der andern Seite des Werktisches, die Ellenbogen auf den Schenkeln, den Kopf geneigt, im hellen Licht der hohen Messinglampe. Er drehte sich eine Zigarette.

»Nein«, sagte mein Vater, »das ist kein revolutionärer Geist bei dir, du hast nur Gerechtigkeitssinn, weiter nichts.«

»Hast du Bakunin gelesen?« fragte der Mann.

Mein Vater wies mit einer Kopfbewegung auf den großen eisenbeschlagenen Koffer, der einen ganzen Winkel des Zimmers einnahm.

»Ich hab ihn da drin.«

»Und Jean Grave?«

»Auch.«

»Laurent Tailhade?«

»Ja.«

»Proudhon?«

»Ja.«

»Blanqui?«

»Den hab ich in Puget-Théniers kennengelernt.«

»Ich habe zur ›Gesellschaft der vier Jahreszeiten‹ gehört«, sagte der Mann.

»Die gab es damals schon nicht mehr«, antwortete mein Vater.

Der Mann strich sich mit der flachen Hand seine Haare nach hinten. Ich konnte seine Hand jetzt richtig sehen. Sie war menschlich und vernünftig geworden. Man spürte, sie war nicht mehr verlassen und verloren auf der tastenden Suche nach Leben oder nach einer befreundeten Kreatur, sie war durch einen festen Arm mit einem Menschenleib verbunden. Sie war lang und schmal, man spürte, daß sie Schöpferkraft und guten Willen besaß. Die Finger waren mager und behende. Um die Nägel herum saßen in den Hautrillen noch die weißen Riefen der Gipsmischer. Wenn der Mann sprach, streckte er seine Hand geöffnet ins Licht und bot sie mit den gekrümmten Fingern und der weiten, gehöhlten, von Arbeit ganz zerfressenen und verödeten Fläche dar.

»Sie hatte sich wieder neu gebildet«, sagte er. »Proudhon, na ja. Aber wenn du nur einen einzigen Menschen kennst, dann kannst du nicht an Proudhon glauben. Hier drinnen...«

Er schlug sich mit beiden Fäusten an die Brust. Seine geschlossene Hand war wie ein Hammerkopf.

»Hier drinnen, das ist nichts wie Begehrlichkeit und Genußsucht. Das ist nichts wie ein aufgezogenes Räderwerk, das uns vorwärtstreibt auf die Jagd nach Beute für unsern Mund und unsern...«

Er warf einen Blick auf mich.

»Und unsern... Du verstehst mich? Hilfe für den Nächsten, die gibt's da drinnen nicht. Gemeinnutz? Scheiße! Alles, was dabei herauskommt, ist nur Fortdauer des kleinen Privateigentums. So ist es. Die ›Gesellschaft‹ von Blanqui hatte sich wieder neu gebildet. Ich war dabei, verstehst du?«

Er streckte seine Hand ins Licht. Sie war ganz offen. Während er sprach, schlossen sich seine Finger langsam, als wollte er das ganze Licht der Lampe in seiner Hand zusammenfassen.

»Kampf. Das ist es. Weiter bleibt uns nichts übrig. Was anderes gibt es nicht.«

Ich sah ihn nicht mehr. Ich sah nur noch seine gegen uns ausgereckte Faust, die groß und schwer wie eine Welt war.

»Ich sagte dir's«, erwiderte mein Vater, »du hast Gerechtigkeitssinn, weiter nichts.«

Eines Morgens kam der Mann und holte sich am Herd bei meiner Mutter warmes Wasser. Er fragte:

»Hätten Sie wohl eine Schere?«

Mit seinem Napf warmem Wasser und der kleinen Stickschere von Louisa zwei stieg er wieder hinauf in seine dunkle Kammer.

Er schnitt sich den Bart ab. Nur eine kleine Fliege ließ er unten am Kinn stehen. Er drehte seine Schnurrbartenden auf. Ich war bei ihm, als er das machte. Er schaute mich an, während er seine Barthaare zwischen zwei Fingern aufzwirbelte.

»Es ist schwierig, bis das so in der Luft stehenbleibt«, sagte er. »Ich hab's nie so getragen.«

Sowie er seinen Schnurrbart losließ, fielen die Enden auch wirklich wieder sacht herunter, und dann kam er selber wieder zum Vorschein. Man sah ihn wieder ganz so mit seinem Vollbart, wie er an jenem Abend zu uns hereingestürzt war. Er war auf den ersten Blick zu erkennen. Er bekam wieder sein trauriges Gesicht dadurch. Ich glaube, er hat sich die Schnurrbartenden schließlich mit etwas Pech gewichst.

Am Abend zog ich gerade meine Bluse aus, um schlafen zu gehen, als mein Vater zu mir sagte:

»Bleib hier, wir gehen gleich aus.«

»Du willst ihn mitnehmen?« wunderte sich meine Mutter.

»Das erweckt Vertrauen«, sagte er, »es sieht dann ganz wie ein Spaziergang aus.«

Oben in der Werkstatt stand der Mann schon bereit. Er hatte einen schönen runden Bauch, der die Weste gut ausfüllte. Mein Vater musterte ihn von Kopf bis Fuß.

»Was meinst du dazu?« fragte der Mann.

»Ja«, sagte mein Vater, »das wirkt gutbürgerlich. Für heute abend geht es. Aber übermorgen mußt du dir was anderes ausdenken. Der Bauch wird dich behindern. Von hier bis nach der Schweiz, das ist eine ganz gehörige Anzahl Kilometer.«

Wir verließen das Haus. Die Straße war menschenleer. Es war elf Uhr abends; der Herbst ging seinem Ende zu. Das Wetter war flau, sogar ein wenig faulig. Die Nacht sprühte einen prickelnden feinen Tau aus.

Wir verließen sofort die Hauptstraße und bogen in die dunkeln Gäßchen ein, die »Unter den Glocken« genannt wurden. Gerad unter dem Glockenturm knüpfte sich ein Gewirr von kleinen Gäßchen netzartig um die Kirche herum. Sie verästelten sich wie das Adergeflecht auf einem Eschenblatt; es war dort schwärzer als die Nacht, und es roch nach Stall und Ausguß. Dann kam ein Geruch von Brot und trocknem Reisig. Dumpfe Schläge tönten hinter den Mauern. Eine Luke blutete in breitem Strom: das Licht gerann in Jauchepfützen.

»Der Backofen«, sagte mein Vater, »sie backen Brot.« Und er fügte hinzu:

»Nun, und du, gewöhnst du dich an die Außenluft?«

»Ja«, erwiderte der Mann, »ich gewöhne mich, keine Sorge.«

Er lauschte auf das Geräusch der Arbeit.

»Man könnte meinen, die prügeln sich da drinnen.«

Wir bogen in die kleine Stallstraße ein. Die Pferde schnaubten und stampften. Ziegen zerrten an ihren Ketten. Lämmer blökten nach der mütterlichen Zitze. Im Dunkeln saß eine Katze und starrte uns mit ihren zwei rötlichen Augensternchen an. Nur unsere Schritte waren noch unterwegs in der Stadt. Wir kamen durch das ländliche Viertel. Der Matsch der Felder lag auf dem Pflaster; die Hügelerde trocknete in dicken Fladen. An eine Mauer gelehnt schimmelte ein Bündel Ginster; es roch schon pilzig. Vor einer Stalltür hatte man den zerstückten Rumpf eines Feigenbaumes abgeladen. Ein Esel klagte. Ein Hund sah uns vorübergehen; sein Halsband

41

klirrte, als er den Kopf hob. Unter dem Windfang der Türen knisterten die Kränze der aufgereihten Knoblauchknollen. Nur in einem einzigen Fenster zu ebener Erde war Licht. Ich schaute im Vorübergehen hinein. Eine Frau stand an einem Bett und rührte mit dem Löffel in einer Tasse Kräutertee.

Nur unsere Schritte waren noch unterwegs in der Stadt. Wir gingen auf die Alleen, auf das Land, auf die Bäume zu. Der Mann schritt ebenso breit und kräftig aus wie mein Vater.

»Horch!« sagte er, stehenbleibend, »ein Brunnen!«

Das Wasser trommelte ins Becken.

Plötzlich mündeten wir in die Allee ein. Die ganze Glut der Sterne prallte uns ins Gesicht, und wir hörten die Hügel unter der Hand des Windes seufzen.

»Kamerad!« sagte der Mann, »Kamerad!«

Er hatte meinen Vater am Arm gepackt, und ich fühlte, daß seine Hand zitterte. Die Freiheit!

»Du weinst?« sagte mein Vater.

»Als sie mich festnahmen«, sagte der Mann, »machte ich gerade einen Kaminmantel in einem neuen Haus. Der Kamin muß ziehen wie der Teufel. Kein Rauch, ob der Wind nach Norden oder Süden steht, es gibt keinen Rauch, ich kenne das Geheimnis. Vorn auf den Mantel hab ich so mit dem Daumen zwei Eichenzweige eingezeichnet.«

Ich sah die Bewegung seines Daumens im Schein der Sterne. Er war dick und dunkel wie eine Baumwurzel.

»Drei Monate Gefängnis in Salon. Alles Licht kam nur durch einen engen Schacht. Da hab ich mir das Hemd vom Leib gerissen. In einer Kiste hat man mich auf einen Karren verladen und nach Avignon gebracht. Fünf Monate in Avignon. Es ist das erste Mal seitdem, daß ich...«

Die Stadt in unserm Rücken schlief wie ein ausgestorbener Bienenstock. Hin und wieder grollte es ganz leise in ihr, als ob der aufgespeicherte Zuckerreichtum in der Tiefe ihrer Zellen zusammenfiele. Alles schlief. Die Stadt atmete nur noch durch ihre Brunnen. Die Uhr schlug Mitternacht.

Hoch über den Menschen sprach jetzt die Welt mit ihrer Wind- und Sternenstimme.

»Kamerad«, sagte der Mann, »es wird wie der Tag des Jüngsten Gerichts sein, verstehst du mich?«

Wir standen unter einer Ulme still. Im Laubwerk flatterten schweigsame Käuzchen.

». . . Zu guter Letzt werden wir die Ungleichheit und die Ungerechtigkeit richten. Die Armen werden aus der Erde herauskommen, und die ganze Erde wird zerklüftet und zerspalten sein. In Wiesen und Feldern, auf Berg und Hügel, mitten auf den härtesten Wegen wird man die Erde krachen hören, sternförmig wird sie bersten und sich heben, als wollte ein Maulwurf daraus hervor, und wie Halme werden die Unglücklichen um uns aufschießen. Du, Kamerad; und ich, und der Kleine hier.« (Er legte seine harte Hand auf meinen Kopf, als wollte er Träume darin modeln.)

». . . Wir Arbeiter und Bauern, wir liegen zur Zeit alle gekrümmt in unsern Leichentüchern, und man hat die Binden fest darum geknüpft; das Kinn hat man uns hochgebunden wie den Toten, um uns am Reden zu verhindern. Es wird wie der Tag des Gerichts sein: wenn die Posaune bläst, werden die Leichentücher von unsern Schultern fallen, und unser Mund wird entsiegelt sein. Ich kann es dir nicht so richtig sagen, aber ich sehe es.«

»Ich sehe es«, sagte mein Vater.

»Das erste Mal hab ich's gesehen«, fuhr der Mann fort, »da war ich gerade beim Bauen in einem Olivenwäldchen. Ich hatte die vier Wände und die Decke gemauert. Ich kniete in einer Ecke, die Kelle in der Hand, und strich den Gips über die weißen Wände. Um mich herum war nichts wie der Geruch des Mörtels. Schon einige Zeit lang spürte ich in meinem Kopf so etwas wie das Erwachen eines Vogels. Auf einmal war ich wie betrunken. Mir war, als füllte etwas Großes mit bunten Flügeln den ganzen Türrahmen aus, um auf mich zuzukommen und mir zu verkünden. Von dem Augenblick an weiß ich, sie können mich ins Gefängnis setzen, sie können mich hinsetzen, wo immer sie wollen. Ich trage die Revolution in mir. Kamerad, wir Proletarier, wir Arbeiter und Bauern, haben kräftige Hände, wir werden die Himmelskastanie schon schütteln, und die Sterne werden mit allen ihren Stacheln auf die Erde prasseln wie Kastanien.«

»Das wird Blut geben«, sagte mein Vater.

»Nur Fäulnis.«

»Ich möchte lieber Heilgehilfe sein«, sagte mein Vater, »mich stellst du dann im Lazarett an.«

»Es wird keine Lazarette, es wird keine Verwundeten nach dem Gerichtstag geben, Kamerad, es wird eine zweite Sintflut sein.«

Er stand einen Augenblick und atmete die Nacht ein.

»Lebwohl«, sagte er dann.

»Wieso?« fragte mein Vater.

»Ich muß weg. Ich habe mich eben, wie ich so um uns herum das alles hörte, dazu entschlossen.«

»Heute abend?«

»Heute abend.«

»Wir hatten gesagt übermorgen. Es ist weit von hier bis in die Schweiz. Du mußt doch das Nötige zum Essen haben. Du brauchst ein paar Rappen.«

»Gib, was du bei dir hast.«

Ich hörte, wie mein Vater seine Taschen durchsuchte.

»Fünfunddreißig Sous. Jean, hast du was bei dir?«

Ich suchte auch.

»Vier Sous, Vater.«

»Mehr haben wir nicht. Wenn du mit nach Haus kämst, ich hab dir ein Bündel zurechtgemacht...«

»Freiheit«, sagte der Mann. »Freiheit. Keine Freunde, keine Ketten, keine Dankbarkeit. Nackt und bloß wie Adam.«

Er sagte nichts mehr. Ich hörte ihn rasch mit seinen weiten Schritten auf der weichen Erde davongehen.

VIERTES KAPITEL

Die Vogelhecke – Das Haus der fahrenden Leute –
Das Gesicht an der Mauer – »Wahrhaftig« und »Frau
Königin« – die Musikstunden – Herr Bach – Der Schafhof –
Der spanische Grande

Sowie es Nacht wurde, setzte ich mich neben den Werktisch meines Vaters. Er zündete seine hohe Messinglampe an, und dann nahm er die Käfige von der Wand.

Er hatte fünf Käfige voller Vögel: Buchfinken, Stieglitze, und einen kleinen Lockvogelkäfig, in dem er eine Nachtigall ganz allein hielt. Der Käfig der Nachtigall roch verwest. Man mußte sie mit zerstückelten und gehackten Regenwürmern füttern. Mein Vater zerkleinerte die Würmer mit einer eisernen Gabel, deren fünf Zinken er mit seinem Dreikant spitz gefeilt hatte. Er fütterte seine Nachtigall auch mit Fliegen. Er grapste die Fliegen mit der Hand und brachte sie dann der Nachtigall zum Fressen. Sie spitzte den Schnabel durch die Käfigstangen und pickte den Leib der Fliege auf. Ein Blutstropfen floß heraus, dick und weiß wie Eiter. War es eine große Fliege oder eine Bremse, dann riß mein Vater das Insekt entzwei. Er gab der Nachtigall zuerst den kleinen Brustharnisch mit den blauen Flügeln.

»Zuerst das weniger Gute«, sagte er.

Dann hielt er ihr zart die mit Honig gefüllte kleine Blase des Bauches hin.

Wenn die Lampe angezündet und reguliert war, nahm mein Vater die Käfige von der Wand. Er stellte sie neben seinen Arbeitstisch, in den rötlichen Schein der Lampe, und nach einer kleinen Weile fingen die Vögel an zu singen.

Ich hörte den Buchfinken und vor allem den Stieglitzen zu. Die Nachtigall mußte man ein wenig in den Schatten neben den Zuber stellen, in dem das Leder weichte, damit sie sich entschloß. Dann begann sie mit kleinen Schluchzern.

»Horch«, sagte mein Vater, »horch nur.«

Die Nachtigall weinte still für sich. Mit einer zarten kleinen Stimme, die die rote und graue Farbe des Schmerzes hatte.

»Horch, sie sehnt sich.«

Ich aber begriff, daß es gleich anders kommen würde. In zwei, drei großen Blasen stieg der Geruch des verfaulten Futters auf, und dann brach der Vogel unvermittelt in sein furchtbares, schmetterndes Lied aus.

Ich setzte mich immer links neben meinen Vater vor den großen Wandschrank. An dieser Seite stieß unser Haus Wand an Wand mit dem Nachbarhaus zusammen. Es war ein riesiger und wackliger Bienenkorb, voller Löcher, Spalten und Sprünge, durch die das Tageslicht schimmerte, die Zimmer darin wurden an die fahrenden Leute von der Pappelchaussee kurzfristig vermietet. Die Fenster gingen, wie die Werkstatt meines Vaters, nur nach einem Hof hinaus, an dessen Ende zeitweise Schafe untergebracht wurden. Sie kamen von den Bergen herunter. Sie blökten ein, zwei Tage. Dann schwiegen sie. Ich schaute sie an. Sie streckten ihre Hälse auf dem schwarzen Stroh aus, blieben so liegen und holten nur noch Atem. Am Samstag kam ein Metzger und öffnete die Tür. Mit Fußtritten brachte er die Schafe auf die Beine. Die Tiere standen auf; unten am Bauch waren sie schwarz von Mist, und sie hinkten im Gehen.

Zuweilen tauchte an den Fenstern des Nebenhauses der Kopf eines Mannes oder einer Frau auf. Die Frauen schauten sofort in die Luft, nach dem Tageslicht und nach jenem Fetzen Himmel, der rein und flach wie ein Stein den Hof da oben abschloß. Die Männer stützten die Arme breit aufs Fenstersims, neigten den Kopf und blickten lange hinunter auf die Schafe; ohne etwas zu sagen, ohne etwas zu tun, holten sie nur Atem.

Da das Nachbarhaus zwei Seiten des Hofes einnahm, konnte ich die Leute, die die Zimmer fast gegenüber der Werkstatt meines Vaters bewohnten, besser beobachten. Dort lebte ein kleines Mädchen. Ihr Vater ging mit einer Spieltischdecke in die Cafés. Er breitete die Decke auf dem Boden im Sägemehl aus, streifte sich die Hemdsärmel ein wenig hoch, klatschte in die Hände, und mit einem Satz stand er plötzlich auf den Händen und ging auf seinen Armen spazieren wie auf Beinen. Ab und zu kehrte er auf seine Decke zurück, beugte vorsichtig die Arme, bis er mit seinem Kinn die Decke berührte, dann schnellte er sich tief befriedigt wieder auf die Füße, nahm bei irgend jemandem eine Untertasse vom Tisch und sammelte ein. Das kleine Mädchen war sehr viel jünger als ich, ich glaube vier Jahre, sie war mir gleich nach ihrer Ankunft drüben aufgefallen. Sie trug ein rotes Leibchen und eine große gelbe Schleife in ihren Haaren, die straff und schwarz wie ein eiserner Helm waren. Zuerst hatte auch sie, wie alle Frauen, nach dem Himmel geblickt, aber rasch hatte sie ihren Kopf zu den Schafen da unten gesenkt. Sie lockte die Schafe und streckte ihre kleine Hand nach ihnen aus, indem sie den Daumen an ihren übrigen geschlossenen Fingern rieb.

»Putt-putt«, zwitscherte sie und schmetterte fast so hell wie unsere Nachtigall.

Die Schafe schauten gar nicht hin.

Eines Abends, als die Nachtigall eben verstummt war und in ihrem Fleischnäpfchen pickte, hörte ich Schritte auf der Treppe des Nachbarhauses. Es waren neue Ankömmlinge. Sie zogen in das Zimmer gerade neben uns ein, nur durch eine Wand von uns getrennt. Eine Kiste wurde gerückt und kreischte mit allen ihren Nägeln über den Fußboden. Ich hörte, wie die Tür geschlossen wurde, und dann begannen zwei Männer miteinander zu reden, lange, lange, ohne Unterbrechung, sie redeten endlos, wie man Atem holt. Mein

Vater horchte auf. Er klopfte mit dem Finger an den Käfig der Stieglitze.

»Los – los«, sagte er.

Die Vögel sangen. Das Gerede verstummte. Nach einer Weile begannen die Vögel Körner zu picken. Die Männer fingen wieder an ganz leise zu reden, es klang wie Schnurren.

Mein Vater klopfte mit dem Finger an den Käfig der Buchfinken.

»Los!«

Die Buchfinken schmetterten los, verstummten aber gleich wieder, weil Buchfinken Lampenlicht nicht mögen.

Die Nachtigall rüttelte an ihrer kleinen Eisenkrippe und sang. Mein Vater hörte ihr zu und wagte weder die Hand zu rühren, in der er den Kneif hielt, noch die Beine, mit denen er das Stiefelholz festklemmte. Es war wie das Gefunkel kleiner roter Monde, und in der Mitte eine große traurige Sonne mit messergleichen weißen Strahlen, die sich mit höchster Geschwindigkeit drehte und die Nacht zermähte.

Als die Nachtigall zu singen aufhörte, legte mein Vater den Kneif hin, nahm die Lampe und sagte zu mir:

»Komm, wir gehen hinunter.«

Kein Laut war mehr zu hören.

Mein Vater wünschte sich einen kleinen Garten. Sein Wunsch brannte wie ein Feuer mitten unter uns. Es wärmte, und es versengte uns. Gleich nach dem Mittagessen um zwölf Uhr lockte das Lied des Windes auf der Straße meinen Vater hinaus. Er machte einen Spaziergang auf den Wegen am Rande der Stadt. Jeden eingefriedeten Fleck sah er sich wohl an und maß die Fläche aus, indem er mit seinen großen Schritten von einem Mauerwinkel bis zum andern ging, und dann berechnete er, wieviel das bei einem Preis von soundsoviel für den Quadratmeter im ganzen wohl kosten könnte. Er benutzte diese Spaziergänge, um Futter für die Nachtigall mit heimzubringen. Unterdessen wanderte ich über unsere große Treppe hinauf der Sonne entgegen. Über der Werkstatt meines Vaters befand sich ein geräumiger, schallender Boden, der dem Kielraum eines Schiffes glich. Ein breites Fenster beherrschte den ganzen Schafhof, und über die Dächer hinweg, weit da hinten, konnte man das Glitzern des Flusses sehen, die schlummernden Hügel und die Wolken, die wie Fische mit einem Schatten unter ihren Leibern dahinschwammen. Unten in unserm Haus vermochte man nur zu leben, wenn man träumte. Es klebte zu viel Erdenaussatz an den Wänden, zu viel Nacht, die nach Pilz und Moder roch, zu viel Geräusche barg der dicke Stein der Mauern. Stille war nur zu finden, wenn man dieses Haus verließ, und um es zu verlassen, konnte man sich aller dieser Geräusche bedienen, dieser Nacht, dieser seltsamen Gesichter, die die Feuchtigkeit auf die Mauern malte. Und auch des breiten Fensters konnte man sich bedienen.

Ich sehe jene Meerestiefe wieder, die jenseits der Stadt brodelte. Die ganze Ebene dampfte vom Schaum und Abschaum der Landstraßen. Von den frisch geeggten Feldern stiegen sich kräuselnde feuchte Schwaden auf. Der Wind bahnte sich seinen Weg, und alles zitterte auf seiner Spur, man spürte, daß er stracks geradeaus eilte, noch war er hier, aber schon weitete sich sein Blick und erfaßte neue Länder, die vor ihm ausgebreitet lagen und wie riesige, in allen Farben schillernde Vögel ein Rad schlugen. Man spürte, daß er sanft und mächtig war und daß man sich nur ein wenig fest an seine Flanken lehnen mußte, um von ihm davongetragen zu werden in die weite Welt. Er säte einem das Verlangen nach Flucht wie ein langsam keimendes, reißendes Samenkorn ins Herz, und später, das spürte man, würden riesige Wurzeln, beweglich wie Polypenarme, daraus werden und die Brust zersprengen. Ich spürte, wie der Wind in mir Wurzel faßte. Wenn ich jetzt einmal einen blutigen und brennend schmerzhaften Riß oder eine Fleischwunde an mir zu behandeln habe, dann muß ich an jene Samenkörner denken, die vor dem großen Fenster damals in mich gesät wurden, und immer entdecke ich auf dem Grund der Wunde die kleine violette Schlange...

Die Feuchtigkeit stieg in den Mauern bis hinauf zum Boden. Auf der Nordseite schlummerte ein grauer Schattenfleck, über den zuweilen mitten am Tag der fahle Blitz einer Ratte hinzuckte. Oftmals betrachtete ich diese Mauer. Zuerst mußten die Augen sich ein wenig gewöhnen. Ich spürte, wie mein Blick immer tiefer und tiefer in den Schatten eindrang. Es war, als müßte man Schicht um Schicht durch Himmelsdichte hindurch, um an Land zu gelangen. Allmählich kam ich bis zu einer Stelle, wo der Schatten sich aufhellte, eine Art Morgenröte stieg an der Nordwand empor, und ich erblickte »die Dame«. Es war ein Schimmelfleck. Sie hatte ein ovales, ein wenig fettes Gesicht. Sie war grün, aber das meiste Grün saß in ihren Augen, und ihre ganze Hautfarbe mußte wohl nur ein Widerschein, ein durchsickerndes Leuchten ihres Blickes sein. An der Stelle ihres Mundes hatte sich der Mauerschaden bis auf die Ziegel durchgefressen, und es sah rot und fleischig aus wie richtiges Fleisch und Blut. Sie war gebieterisch und hart gegen sich selber wie auch gegen mich. Gern verbarg sie ihre grünen Augen und diesen Mund, nach dem ich mich so sehnte, im schimmligen Schattendunkel, ganz allein hielt sie sich dort, obgleich sie doch wußte, daß alle Welt sie lieben würde, wenn sie sich nur im Tageslicht zeigen wollte. Sie blickte mir gerade in die Augen und zwang mir dadurch alle meine Träume auf. Dann allerdings hing es von mir ab, die Erregung, die ihr Blick aufrührte, wallte in Sprudeln, denen nur ich allein gebot, sie stiegen auf zum Wind oder breiteten sich zur Seite nach jenen geheimnisvollen Schritten in der Dicke der Mauern aus, aber sie gab immer den Anstoß, und ihr Blick warf den Stein in mich stilles glattes Wasser. Zuweilen bezeigte sie mir plötzlich die herrlichste Großmut; gewisse fürchterliche Wünsche beschwichtigte sie in sich selbst. Dann wieder verweigerte sie mir die leiseste Freundlichkeit, und schlotternd ging ich von dannen und hatte nicht Halt noch Stütze mehr in meiner Brust; ich litt ganze Tage lang. Doch niemals ließ sie sich durch meine Leiden rühren, sie wartete auf den Sommer meines Herzens. War dieser Sommer aber da, dann weckte ein einziger Blick von ihr alle meine Veilchenlieder, und der Jasminbusch, der an jener Stelle über meinem Herzen flackerte, wo die Flamme auf dem Bilde vom Herzen Christi brennt, erblühte in voller Pracht.

Dieses Gesicht an der Mauer besaß noch andere Kräfte und andere Gnaden. Es war menschlich schön und traurig. Seine Schönheit kam daher, daß es so tief menschlich war. Die Stirn, die Augen, Mund und Wangen, die tiefe Falte, die die Schwellung auf der einen Seite der Ziegellippen andeutete, die Haare: das alles bestand aus ungeschütztem, lebendigem Fleisch, das alles wurde freimütig, ohne Angst vor Freuden und vor Leiden, der harten Bildnerfaust des Lebens dargeboten. Oftmals fühlte ich, trotz der unversöhnlichen Härte der Gipsgedanken, die ihre Stirne bleichten, die Manneswurzel in meinem Klein-Jungen-Erdreich erbeben. Ich fühlte, es würde mir später lieblich sein, dieses Gesicht zu begleiten, zu beschützen, mit ihm zu leben und Trost in ihm für meine Mühsal zu finden; mit allen geheimen Kräften meines Innern flehte ich, es möchte nicht nur verwittertes Mauerwerk sein, ich wünschte so inbrünstig, daß es im Fleische in der Luft erstehen sollte, daß nach langen, langen Augenblicken des Schweigens und des Wartens eine lebendige Gestalt mein geblendetes Auge berührte.

Alles um mich herum fügte sich indessen so, daß ich dieses Gesicht niemals mehr vergessen sollte. Mir unbewußt schickten die geheimen Mächte das stumme Weberschiffchen durch die Fäden. Einige Tage nachdem die neuen Mieter in dem großen Nachbarhaus eingezogen waren, ging mein Vater wieder auf die Suche nach seinem Garten, und ich stieg auf den Boden hinauf, um ihn zu erwarten.

Ich schaute die Dame an. Es hatte die ganze Nacht durch unbändig in schiefen, vom Bergwind gepeitschten Strähnen geregnet, und die Nordwand war naß. Ein kleiner Wassertropfen perlte in den grünen Augen.

Ich weiß nicht, ob es wirklich einen Anfang nahm, den man als solchen bezeichnen könnte. Es mußte schon zuvor lebendig auf dem Grunde aller Dinge geruht haben. Das Entstehen glich nur einem Sichheben, einem Aufwallen alles Irdischen, es war wie eine Welle, die sich im Meere aufbäumt.

Ich hörte den Gesang einer Flöte.

Mir war, als redete der Ziegelmund.

Es war eine heiter-traurige Weise. Der Flötist spielte mit unerbittlicher Lauterkeit. Man spürte, er hatte diese Musik lange wie eine zusammengerollte Schlange in seinem Kopf herumgetragen, ehe er sie aus sich herausließ. Neben der Flöte ging eine düstre Geige her. Sie wanderten alle beide auf einer langen ansteigenden Straße fürbaß. Sie hatten den bedächtigen Gang von Leuten, die einen sehr weiten Weg haben.

Mein Herz setzte sich mit den gleichen großen Schritten in Gang, die ich viel später in mir sollte klingen hören. Ich streckte meine Hand im Schatten aus, und die Dame von der Mauer faßte meine Hand.

Schließlich ging ich hinunter in die Werkstatt meines Vaters. Er war schon da. Die Uhr schlug vier.

Mein Vater rührte sich nicht. Die Vögel waren wie tot.

»Hast du die Musik gehört?« fragte er mich.

»Ja.«

»Du hast ganz rote Augen.«

»Ich hab sie gerieben.«

»Deine Hände sind schmutzig.«

»Ich hab die Mauer angefaßt.«

»Wo warst du?«

»Da oben.«

Bis zur Abendsuppe sprachen wir nicht mehr. Mein Vater hatte die Käfige nicht von der Wand genommen. Er zog behutsam den Pechdraht fest und knüpfte die Knoten beim Nähen nicht mit einem Ruck wie sonst, sondern mit zwei Bewegungen aus dem Handgelenk, damit es nicht so knallte. Die Stille lag rings um uns herum wie Sand im Wind. Kaum ließ sich in geraumen Abständen ein Buchfink hören, der, aufgewacht, mit dem Schnabel an seinen Futternapf pochte. Ein Schaf stöhnte. Die Nacht da draußen schien auffahrend einmal mit den Flügeln zu schlagen, dann lag sie wieder reglos, ihr schwarzes Gefieder brütend über die Welt gebreitet. Ich saß unbeweglich, ich wagte kaum zu atmen, mein Blick ging durch den Papierlampenschirm hindurch, durch Wände und durch Himmelsgefilde, bis zur friedvollen Ruhe eines herrlichen grün und roten Gesichtes.

Der eine der beiden Männer, die Musik machten, hieß »Wahrhaftig« und der andere »Frau Königin«.

Der erste ging einmal dicht an mir vorüber, als ich auf dem Gehsteig vor unserm Haus spielte. Er roch nach molschen Äpfeln und nach altem Leder. Ich blickte der Länge nach an ihm hoch und hatte gerade Zeit zu erfassen, daß er geblümte Leinenhosen trug und ein blondes Gesicht mit zwei daran heruntertropfenden langen weichen Schnurrbartenden hatte. Ich hatte ihn nicht kommen hören. Er ging auf absatzlosen Leinenschuhen. Ein wenig weiter unten stieß er vor der Metzgerei mit dem dicken Abbé von der Erlöserkirche zusammen. Er blickte ihm mitten ins Gesicht und schrie aus vollem Hals: »Quak – quak!« Dann ging er mit schlenkerndem Schnurrbart weiter, ohne sich zu beeilen.

»Frau Königin« trug einen gut gebürsteten, aber speckig glänzenden Schwalbenschwanz. Ich traf ihn im Tabakladen.

»Geben Sie mir eine Drei-Pfennig-Zigarre«, sagte er.

Er war der magerste und längste Mensch, den ich jemals erblickt hatte. Wenn er einen Finger rührte, knackte es; im Gehen knackten seine Beine, seine Arme knackten, und als er die Zigarre nahm, vollführte seine Hand ein Geknatter wie ein angezündeter Reisighaufen. Er brannte sein Kraut am Zigarrenanzünder an, blieb stehen und pumpte rasch mit geschlossenen Augen den Rauch.

Bei Tisch blickte mich mein Vater an und drehte dann zwei-, dreimal sein Stück Brot zwischen den Fingern herum.

»Wenn du musizieren lerntest?« sagte er schließlich.

Musik war für mich von geheimnisvollem Geist und Wesen,

und hätte Vater zu mir gesagt: »Du sollst zaubern lernen«, die Angst, die mir die Kehle zuschnürte, hätte kaum größer sein können.

»Ich werde es nicht können«, sagte ich und erkannte meine eigene Stimme nicht wieder.

Mein Herz war mir mit einem Schlag in die Schuh gefallen, und mir war ganz kalt.

»Nein, ich glaube auch, du wirst es nicht können«, sagte mein Vater nach einer Pause, »aber das macht nichts. Geh nur zu den beiden Männern hier nebenan und hör zu.«

»Zwanzig Sous die Woche«, fügte er für meine Mutter hinzu, die die Groschen beisammenhielt.

»Wahrhaftig« öffnete mir die Tür, er blieb stehen und musterte mich mit schiefem Kopf und leerem Blick, während sein Schnurrbart sacht bis zu seiner Westentasche hinunterweinte.

»Da ist der kleine Herr«, sagte er endlich.

»Frau Königin«, der in der großen Kiste kramte, richtete sich knatternd wie ein Reisigbündel auf und trat auf mich zu.

»Nur herein!« sagte er und legte die Hand auf sein Herz.

Nachdem die Tür geschlossen war, standen wir alle drei da und sahen uns an. »Frau Königin« knackte mit den Händen, indem er sie höchst eilfertig rieb, und seine Ellenbogen flatterten zu seinen beiden Seiten wie gestutzte Flügel. »Wahrhaftig« wiegte ab und zu den Kopf und ließ seinen Schnurrbart wehen. Ich betrachtete das große düstere Zimmer, das so weiträumig und so hoch war, daß das Tageslicht nur wie ein kleiner Eisblock in der Mitte lag. Anfangs gewahrte man weder Wände noch Decke. Erst nach einer Weile erkannte ich um mich herum den Muskelkörper des Hauses.

»Ich glaube, es wird gehen«, sagte »Frau Königin«. – »Wenn der kleine Herr sich ganz hereinbemühen will. Einander anschauen ist noch kein Eintreten. Hier kann man sich niederlassen.«

Er zog mit dem Fuß einen Teppich heran, und ich setzte

mich darauf nieder. »Frau Königin« schlug seine Beine neben mir untereinander, und »Wahrhaftig« zog sich in den Schatten zurück.

»Ich bin recht froh«, sagte »Frau Königin«, »daß es sich nicht um c d e f g a h c handelt. Wozu lernen? Was nützt es? Kann man die Hauptsache lernen? Wo kommt es her? Geheimnis.«

Er streckte seinen langen Finger knackend in den Schatten, aus dem »Wahrhaftig« mit seiner Geige und der Flöte auftauchte.

»Frau Königin« ergriff die Flöte, und ich bemerkte, daß seine Finger kein Geräusch mehr machten. Er neigte den Kopf schräg über den hölzernen Schaft, seine Hände ruhten wie Vögel auf der Flöte. Er sah mich an. Seine Augen erloschen.

»*Herr* Mozart«, sagte er.

Und sie begannen.

Man konnte nichts mehr sehen.

Sie hatten *Herrn* Rameau, *Herrn* Scarlatti und den kleinen Johann-Christian gespielt. *Herr* Haydn war dran gewesen, gerad als das Tageslicht entschwand. Es hatte bis zur vollständigen Dunkelheit gewährt. Jetzt war nichts mehr um mich herum wie Musik. Ich sah nicht mehr die abgelöste Tapete, die von den Wänden hing, die beiden Strohsäcke auf dem nackten Fußboden, den Wasserkrug, die beiden Teller auf der Erde und die große Bretterkiste. Dunkelheit herrschte. Zuweilen, wenn einer der »Herren« zu Ende war, schüttelte »Frau Königin« in einer Pause seine Flöte, daß sie wie eine Reitgerte pfiff.

»Was denkt der kleine Herr davon?« fragte »Wahrhaftig«.

»Mach Licht«, sagte »Frau Königin«, »wir werden sehen.«

Er zündete einen Kerzenstummel an.

»Gib her«, sagte »Frau Königin«.

Dann hielt er das Licht an mein Gesicht. Als er meine Augen sah, pfiff er nur durch die Zähne.

Er wandte sich zu »Wahrhaftig« und schüttelte ein-, zweimal den Kopf. Dann erhob er sich, und ich begriff, daß sie einander anblickten, ohne zu reden.

Ich sprach nicht mehr von Vater und Mutter.

Es gab nichts mehr. Einmal nur fragte mich mein Vater: »Na, Jungchen, wie steht's?« Und er fügte hinzu: »Hast du noch immer keine Lust, musizieren zu lernen?«

»O nein!« sagte ich, »nein!«

Ich wurde dunkelrot, und dann streichelte ich seine breite, zerschundene und geschwärzte Hand.

Am Sonntag brachte ich meine zwanzig Sous.

»Auf die Kiste«, sagte »Frau Königin«.

Ich legte mein Geldstück auf die Kiste.

»Wahrhaftig« schälte Kartoffeln.

»*Herr* Mozart war ein kleiner Junge«, sagte »Frau Königin«.

»Aber er war trotzdem *Herr* Mozart«, sagte »Wahrhaftig«.

»Jawohl«, stimmte »Frau Königin« bei.

»*Herr* Haydn«, sagte er dann, »war ein alter Herr. Er aß Fasan und trank perlenden Wein aus einem großen, so-o hohen Glas. Man borgte ihm Schlösser, Teiche, Bäume und ganze Wälder von weißem Flieder. Aber – er konnte vergessen.«

»Ja«, sagte »Wahrhaftig«, »er ließ sich nicht von seiner Verdauung beeinflussen.«

»Und dann«, sagte »Frau Königin«, »hatte er auch eine sehr weiche Hand.«

Er winkte wie Taubenflügel grüßend mit seiner knatternden Hand: »Auf Wiedersehn, auf Wiedersehn!«

»Er wußte eben, was Freundschaft ist«, sagte »Wahrhaftig«.

»Geht es mit den Kartoffeln?« fragte »Frau Königin«, »oder soll ich dir helfen?«

»Es geht schon«, sagte »Wahrhaftig«.

Ich tippte »Frau Königin« auf den Arm.

»Neulich haben Sie etwas gespielt, das war hübsch...«

»Was?« fragte »Frau Königin«.

»Ich weiß nicht.«

»Wann?« fragte »Wahrhaftig«.

»Noch ehe ich her zu Ihnen kam...«

»Wo warst du?«

»Auf unserm Boden.«

»Haben wir beide zusammen gespielt?«

»Ja.«

»Was machtest du denn auf dem Boden?«

Ich sagte, daß da eine grün und rote Dame auf der Mauer wäre. Und plötzlich, weil mir ihre Schönheit in den Sinn kam, und ihre Menschlichkeit, und das große Königreich, das sie in meinem Herzen einnahm, war alles wachgerufen.

»Das haben Sie gespielt...«

Und ich pfiff die traurig-heitre Flötenweise, ich war wie jemand, der nicht mit seiner Stimme und nicht mit seinem Kopf spricht, sondern der nur noch das Instrument aller verborgenen Kräfte in ihm ist. In ganzer Gestalt ging selbst meine Dame über meine Lippen, und die Fetzen meines zerrissenen und seligen Herzens, und die großartigen, verlorenen Versprechen, die die großen modrigen Augen mir gemacht hatten.

»Frau Königin« richtete sich auf.

»Bach«, sagte er, »Johann Sebastian.«

»Wahrhaftig« hatte aufgehört, Kartoffeln zu schälen.

»Wie soll ich das raten«, sagte »Frau Königin« nach einer Pause, »wie soll ich das wohl raten? Er sagte, es war hübsch.«

Er blickte mich an:

»Das ist nicht hübsch, kleiner Herr, das ist schön.«

»Suite in E-Moll, Polonaise«, kündigte »Wahrhaftig« an.

Er legte sein Messer weg, nahm seine Geige und putzte sie mit seinem Jackenärmel blank. Er betrachtete seinen Bogen und griff behutsam über die Saiten. »Frau Königin« wischte seine Flöte gründlich mit der Hand ab und fingerte aufs Geratewohl an den Klappen. Er spielte mit den Fingern in der Luft, mit diesen Fingern, die schon bei der bloßen Ansage des Musikstückes stummer als Rauch geworden waren. Er setzte seine Lippen an die Flöte und sagte leise:

»Los!‹

»Ach! sang die Flöte, es war bestimmt, daß das Leben für uns eine alte Vettel sein sollte.

Eine alte Vettel mit tropfender Nase, verklebten Augen und Lippen voll Schorf.

Und daß sie nicht haltmachen würde, uns zu lieben mit ihrem klappernden Knochengestell, und daß ihre Zunge, die stinkt wie altes Kaninchenfell, unsern Mund nicht bezwingen würde.

Ja-ja, sprach die Geige, so ist es, so ist es, da ist nichts zu wollen, alter Freund!

So ist es von Gott uns nun einmal bestimmt. Und wir können nichts machen, als uns Augen und Nase zustopfen und unser Feinsliebchen kosen.

Doch nur unsern Leib soll sie von uns haben, sprach wieder die Flöte. Ihr übler Geruch dringt ein durch die Nase, mein Mund aber stößt ihn wieder aus, und nichts bleibt zurück. Im Geist ist sie mein, die reine und traurige Einzig-Geliebte.«

Und während die Geige leise dazu murrte, flöteten die Obertöne:

»Hast recht, hast recht, komm, laß uns gehen, voran, hübsch sacht, nur voran.«

Und die Flöte schwang sich empor; gleich einer Schlange, die, im Grase aufrecht stehend, aus der Freude oder dem Zorn ihres Fleisches die Bilder ihres Verlangens in die Luft malt, so zeichnete die Flöte das Wesen jenes Glückes der Verachtung, das im freien Sinn der vom Leben Ausgestoßenen wohnt. Ganz gewiß haben weder Geige noch Flöte mir beim zweiten Mal, da ich die Polonaise hörte, das alles, was ich hier niedergeschrieben habe, erzählt. Ich war ein kleiner Junge, ganz erfüllt von der Dame in Grün. Aber seitdem habe ich mir tausend und aber tausendmal jene Weise vorgepfiffen, und jedesmal sah ich vor mir wieder die angewiderten und hochmütigen Gesichter von »Wahrhaftig« und »Frau Königin«.

»Bach«, sagte »Wahrhaftig«.

»Bachs kleine Stimme«, setzte »Frau Königin« hinzu und schüttelte seine Flöte.

»Jules«, rief »Wahrhaftig« und legte die Hand auf die Schulter des Flötenspielers, »Jules, denk an diesen Aufstieg in der ›Toccata‹, und dann, wenn du oben angelangt bist, setzt du den Fuß in die nackte Verzweiflung.«

»Ja«, seufzte »Frau Königin«, »man muß eben stark genug sein, nachher ganz aus eigener Kraft gefährliche Sprünge zu wagen, ohne sich auf irgend etwas zu stützen oder Angst für seinen Kopf zu haben. Das ist das Ganze.«

»Weißt du, daß die Schweinekerle ihm dreihundert Francs gegeben haben! Siehst du ihn da oben sitzen, mit dem Mund eines Mannes, der saugt, und mit seiner breiten Nase, wie Menschen sie haben, die von Ammen mit harten Brüsten genährt worden sind. Siehst du ihn da oben an der Orgel beim Ausklang des Gottesdienstes sitzen? Unten begrüßt die Frau Schlächtermeister die Frau Polizeirat, und Frau Polizeirat begrüßt die einflußreiche Frau Wähler, und der Pfarrer zählt den Klingelbeutel. »Die Kadenz dauert ja ewig«, sagt er, »die Leute sind doch schon alle hinaus. Holla, Herr Bach, die Suppe steht auf dem Tisch!«

»Ich glaube, wir haben den kleinen Herrn vergessen«, seufzte »Frau Königin« mit seiner traurighöflichen Stimme.

Sie kauerten sich alle beide neben mir auf dem Teppich nieder.

»Bach war ein dicker Herr«, sagte »Frau Königin« und sah mich dabei an. »Er aß sehr viel Suppe. Darum hat er auch zwei Frauen und einundzwanzig Kinder gehabt. Jawohl.«

»Das erklärt mehr, als man glaubt«, fügte »Wahrhaftig« hinzu.

»Mir scheint aber«, meinte »Frau Königin«, »der kleine Herr hat vorhin eine ganze Reihe von Takten gepfiffen. Er hat den Faden der Geschichte begriffen.«

»Das eben wollen wir ihm beibringen«, erwiderte »Wahrhaftig«.

Von diesem Tag an empfing mich »Frau Königin« immer, indem er seine elektrisch knatternden Hände rieb und sagte:

»Wir wollen an die Arbeit gehen.«

Sie spielten mir Bach, Herrn Haydn und *Herrn* Mozart vor. Ich mußte ihnen darauf erzählen, was ich gesehen hatte.

Sie hörten mir zu. Sie pflichteten mir bei oder verbesserten mich.

»Nein, an der Stelle senkt der schwarze Schwan dreimal seinen Kopf unter das Wasser und hebt ihn wieder hoch, und jedesmal gleiten die kleinen Wassertropfen an seinem Gefieder herunter: tralala, tralalalala; jedesmal auf die gleiche Art. Gleichzeitig aber hört man dabei immer weiter alle Geräusche des Teiches, der sich im Schilf wiegt, dann aber hebt der Schwan den Kopf und schreit. Da tritt der Hirsch...«

»Das Fagott«, warf »Wahrhaftig« ein.

»Da tritt der Hirsch«, sagte ich, »aus dem Wald. Er hat Laub an seinem Geweih und lacht wie... wie Herr Wahrhaftig.«

»So ist es«, bekräftigte »Frau Königin«. »Morgen wirst du uns das vorpfeifen.«

Eines Tages, als »Wahrhaftig« nicht recht gesund war, kehrte ich sofort in die Werkstatt meines Vaters zurück. Er saß nicht auf seinem Schemel. Er hatte den großen Wandschrank geöffnet und lauschte, das Ohr an der Mauer.

»Du bist wieder da?« sagte er. »Ich wartete, daß ihr anfangen solltet.« Und er schloß den Schrank.

»Du wirst noch Läuse kriegen bei den Männern«, sagte Antonine.

»Um Gottes willen, wenn das wahr wäre!« schrie meine Mutter.

»Ich hab es nur zum Spaß gesagt«, meinte Antonine.

Während sie sich ausruhten, bis die Eisen heiß waren, zog Antonine mich zwischen ihre Schenkel.

»Komm, laß mich nachsehen.«

Sie wühlte in meinen Haaren.

»Eins!« sagte sie und knipste mit den Nägeln.

Meine Mutter stürzte mit bebenden Nasenflügeln herbei.

»Nein, ich mache nur Spaß«, sagte Antonine. »Sie gehen ja gleich hoch wie ein Pulverfaß! Erstens ist es ein Zeichen, daß man nicht gesund ist, wenn man keine hat.«

»Laß sehen«, sagte meine Mutter.

Sie durchackerte meinen Kopf kreuz und quer.

»Denn ich finde, Musik ist ja ganz schön, siehst du, aber...
Aber nein, er hat ja keine.«

Seitdem »Wahrhaftig« und »Frau Königin« eingezogen waren,
hatte der Schafhof sein Gesicht verändert.

Hinter dem vierten Fenster wohnte eine fette Frau, die kein
Alter und keine Farbe hatte. Ihr Zimmer lag im Winkel der
Mauern gerade an der Stelle, wo die Sonne nicht hingelan-
gen konnte. Ihr Fensterbrett war ganz von Moos zerfressen.
Das bleierne Abflußrohr ihres Ausgusses hatte einen Bart von
jenem Zungenfarnkraut, das an Brunnenwänden wächst. Die
Pflanze reckte sich, strebte weg von dem schmutzigen Wasser
und sandte lange dünne und bleiche Triebe nach dem glitzernden Sonnenstrahl aus. Niemals öffnete die Frau ihr Fenster.
Das Dunkel hinter den Scheiben hatte die Farbe des Wassers
auf dem Grund der Flüsse. Nur zuweilen im Hochsommer,
wenn selbst der Schafhof nach trocknem Staub und Höhen-
feuern roch, pochte wohl einmal das fahle Gesicht der Frau
mit der Nasenspitze an die Scheiben. Im graugrünen Mee-
resdämmer des Zimmers tauchte dann zuerst wie ein trau-
riger Fisch eine weiße Gestalt auf. Sie näherte sich, um durch
die Fensterfugen den erdrückenden Geruch des Sommers ein-
zuatmen. Man konnte gerade zwei große Augen ohne Wimpern und das gleichmäßige Pendeln eines Kopfes mit hängenden Backen erblicken, dann entfernte sie sich wieder mit einer geschmeidigen Bewegung, so daß sie auf einmal gänzlich
verschwunden war. Sie war hier eingezogen, als sie aus dem
Gefängnis kam. Vorher war sie Inhaberin einer Fuhrmanns-
wirtschaft am Knotenpunkt der Straßen nach Reillanne und
Grambois gewesen. Es war nur eine Ausspanne für schwere
Lastfuhrknechte. Es hieß, sie habe sich eines Nachts geprügelt
und einen Mann umgebracht. Ihr Haus war in Brand geraten.

Neben ihr wohnte ein Gerber. Er gerbte bei sich zu Haus
kleine Tierfelle: Dachse, Marder, Füchse und Wiesel. Zum

Trocknen hängte er sie an seinen Fensterläden auf. Sie waren zu diesem Zweck auf gekreuzte Stöcke aufgespannt, und beim leisesten Wind begannen sie zu brummen und versuchten fortzufliegen wie Papierdrachen. Ich liebte es sehr, die aufgehängten Felle anzugucken und ihnen zuzuhören. Einmal bei einem der großen Herbststürme, unter denen die ganze Stadt erzittert und die hohlen Häuser grollen, flogen zwei Felle, ein Steinmarder- und ein Edelmarderfell, ganz fort. Sie verschwanden über die Dachfirste und waren nicht mehr zu sehen. Der Gerber ging, sie zu suchen. Man hörte ihn über die Dachziegel steigen. Alle Bewohner des Schafhofes lagen in den Fenstern, bis auf die fette, fahle Frau, die nicht einmal an ihre geschlossenen Scheiben trat. Man rief ihm zu:

»Du wirst den Hals brechen.«

»Such sie rechts, bei den Böden drüben, der Wind stand dorthin...«

»Du zertrampelst die Ziegel, und nachher wird's durch die Dächer hereinregnen.«

Er entfernte sich im Gewühl der Dächer, wurde winzig im Gewoge. Man unterhielt sich von Fenster zu Fenster:

»Er hat einen sichern Tritt.«

»Das kostet viel Geld, besonders so ein Edelmarderfell.«

»Das wird ihn lehren, uns immer den Gestank direkt vor die Nase zu hängen.«

Er kam zurück. Aber er hatte nur das Steinmarderfell wiedergefunden. Das Töchterchen des Akrobaten hörte auch besonders gern den Fellen zu, diesem dumpfen und man hätte meinen können tierischen Brummen, das wie eine Klage des toten Tieres klang. Es machte viel Vergnügen, diesem Rucken und Zucken zuzusehen, es war, als ob das abgezogene Tier dort nackt und hautlos auf den Hügeln im Pfefferkraut auf seinen Hinterpfoten säße und auf die Rückkehr seines Felles wartete. Das kleine Mädchen war immer rot gekleidet. Sie legte Schultern und Ellenbogen aufs Fenstersims, und es sah aus, als ob ihr schwarz und gelber Kopf in Blut schwimme.

In den andern Zimmern wohnte ein Erdarbeiter, der Tonino hieß; und dann noch ein Mann und eine Frau, die aus Mexiko zurückgekommen waren; der Mann war von hier, die Frau von da drüben. Sie sang klagende Lieder, falsch und furchtbar zu ertragen, weil sie so hart am Rand der Tränen waren, daß sie sie einem aus den Augen zogen, gerade so wie Pech einen Splitter aus einer Fleischwunde zieht. Sie begleitete sich, indem sie mit ihren harten Fingern auf dem Boden einer Kasserolle dazu klimperte.

Hinter den untersten Fenstern wohnte noch ein spanisches Ehepaar, Gemüsehändler mit fünf Kindern. Unter ihrer Wohnung beherbergte ein kleiner Stall ihr Pferd. Es war ein arabisches Pferd mit langer Mähne und schönen Schwanzhaaren, aber es war so mager, daß es nur aus zwei Kugeln zu bestehen schien: aus Kopf und Kruppe, die durch einen Bleistift verbunden waren. Wenn es im Stall eingesperrt war, fraß es seine Tür. Man hörte, wie es große Späne abriß und sie dann mit einem leisen Knarren kaute, das wie Wind in den Palmen zitterte und schepperte.

Von den beiden letzten Zimmern wurde eines von einem schwarzen und verschlagenen Duckmäuser bewohnt, der Armenschullehrer gewesen war, und das andere von einem jungen Mädchen, bei der die ganze Nacht hindurch Licht brannte und Streit zu hören war. Jeden Morgen öffnete das junge Mädchen das Fenster, holte ein Handtuch herein, das draußen trocknete, und machte mit vielen Eimern Wasser eine ausgiebige Toilette. Sie war fast immer ganz nackend. Man konnte sie bis zu den Knien sehen.

Ja, das Gesicht des Hofes wandelte sich. Aus der Tiefe seines Elends keimte eine schöne Begeisterung auf, und trotz seines häßlichen Mundes und seiner schlechten Zähne trug er ein verzücktes Lächeln und einen glücklichen Ausdruck tags zur Schau. Es war, als hätte er eine heimliche Liebe und wäre still für sich allein damit zufrieden.

An einem Nachmittag öffnete sich das Fenster des Akrobaten. Seit einigen Tagen war das kleine Mädchen nicht mehr zu sehen gewesen. »Wahrhaftig« und »Frau Königin« mußten wohl ausgegangen sein, um irgendwelche Musikstunden zu geben.

»Hallo, ihr Männer«, rief der Akrobat, »bitte, etwas Musik!«

Ich trat ans Fenster und schaute hinüber, ohne mich zu zeigen.

Er hatte unter seiner Jacke noch sein Akrobatentrikot an. Er war mager, und sein mehrere Tage alter Stoppelbart schimmerte blau. Seine Augen verzehrten seine Backen.

»Musik, hört ihr denn nicht!« schrie er noch einmal, »es ist für die Kleine.«

Oben trommelte dumpf die Mexikanerin auf ihrer Kasserolle.

»Musik, Himmelgottnochmal!« schrie der Akrobat.

Der Duckmäuser öffnete sein Fenster. Das Mädchen nebenan ebenfalls. Sie hörten zu. Einige Schafe begannen zu husten.

»Musik! Musik!«

Da fing ich leise an zu pfeifen. Mein Vater sagte:

»Geh recht dicht ans Fenster heran.«

Zuerst pfiff ich jene Polonaise von Bach, die mir ganz von selber auf die Lippen kam, ich brauchte bloß Blick und Mund meiner Dame in meinem taghellen Sinn zu erschauen; dann pfiff ich ein Menuett von Haydn und eins von Mozart.

»Weiter, weiter!« gebot der Mann da drüben, wenn ich innehielt, um mir die Lippen zu lecken.

Ich pfiff den Anfang einer spanischen Tanzweise und das sanfte Gewoge eines Scarlatti, das kein Ende nahm, sondern sich immer wieder aus seinen abgebrochenen Stücken neu gebar.

»Genug!« sagte der Mann. Und schloß das Fenster.

Ich hörte das Mädchen leise zu dem Duckmäuser sagen:

»Nein, es ist der Kleine vom Schuster.«

Am Abend hörten wir, daß die Kleine vom Akrobaten gestorben wäre, und am nächsten Tag wurde sie begraben.

»Wir müssen zur Beerdigung gehen«, sagte mein Vater.

Er sorgte selber dafür, daß ich meinen Sonntagsanzug anlegte. Er selbst zog ein gestärktes Hemd an, und Louisa Nummer eins knüpfte ihm seine schwarze Krawatte. Ich trug einen Blumenstrauß.

Meine Schulgefährten spotteten über mich; aber das junge Mädchen aus unserm Hof sah mich von jetzt ab an, wenn sie mir auf der Straße begegnete.

Eines Samstagabends sagte »Frau Königin« zu mir:

»Morgen muß sich der kleine Herr schön machen; wir werden ihn mit zum spanischen Granden nehmen.«

Sobald ich wieder bei meiner Mutter in der Bügelstube war, erzählte ich allen Mädchen davon.

»Was willst du, was ist?« fragte meine Mutter.

»Sie gehen am Sonntag zu Frau Burle«, sagte Antonine, »ich hab sie davon reden hören.«

»Ach so, das ist es«, sagte meine Mutter. Sie sah ziemlich geschmeichelt aus.

»Und was sollst du da machen?« fragte sie.

»Zuhören.«

»Wenn du ein Instrument gelernt hättest, könntest du da spielen. Siehst du, du mit deinem Eigensinn... Und dein Vater, der immer mit seinen Gedanken...«

»Morgen wirst du den Idioten zu sehen bekommen«, sagte Antonine.

Man putzte mich wunderschön heraus, und um die dritte Nachmittagsstunde ging ich mit den beiden Männern fort.

Es war ein weißer Sonntag mitten im Winter, und einsam wehte ein starker Wind. Die Straßen waren verlassen. Ein Hund heulte verzweifelt zum traurigen Klang der Vesperglocken. Vom Rathausplatz aus wandten wir uns nach rechts. Wir kamen vor ein großes Haus, das in Eisengitter eingezwängt war. Sie klingelten, und wir traten ein. Sie sprachen kein Wort, und ich hörte nur meine dicke, goldbraune Krawattenschleife, die unter meinem Kinn »sche-sche« raunte.

Der Flur war tief und schwarz wie ein Schlund. Er hallte unter unsern Schritten wider und unterm Echo unserer Schritte und noch unter dem Widerhall des Echos. Er verlor sich nach allen Richtungen im Dunkel.

»Frau Königin« nahm mich bei der Hand. Er hatte einen festen und sichern Griff. Mit seiner Hilfe fand ich die erste Treppenstufe und das Geländer.

»Wahrhaftig« klopfte an eine Tür.

»Herein!« sagte eine harte Stimme von drinnen.

Es war ein großer Raum, zwei Leuchter mit je drei weinenden Kerzen standen sehr weit voneinander entfernt unter Spiegelpfeilern aus Gips, die lorbeerumschlungene Amoretten darstellten. Ein kleines, stotterndes und unter Asche halb ersticktes Kaminfeuer erforschte zuckend und schielend die Mitte des düstern Gemachs. In diesem Feuerschein gewahrte ich immerhin mitten im Dunkel eine dicke, unförmige Frau, die, vollständig reglos sitzend, einen Lehnsessel füllte. Von ihr gingen die Befehle aus.

»Herein! Schließt die Tür! Schürt das Feuer!«

»Frau Königin« schloß die Tür, ging langsamen Schrittes bis zum Kamin, bückte sich langsam und schürte das Feuer.

»Wer ist der Kleine da?«

»Der Sohn des Schusters.«

»Was soll er hier?«

»Wir haben ihn mitgebracht, damit er die schöne Musik hört. Er hat ein gutes Gedächtnis.«

»Schuhmacherei ist ein gutes Handwerk.«

Ich rührte mich nicht. Ich atmete kaum. Meine Beine waren mir so schwer, als hätte man mich am Halse aufgehängt.

»Das Programm?« verlangte die Frau.

»Frau Königin« richtete sich langsam auf.

Mit einer Stimme, die ich gar nicht an ihm kannte und die wie gefangen klang, sagte er:

»Mein Kollege wird singen:

>Wir dürfen niemand töten.‹
>Zerfließe mein Herze in Fluten der Zähren.‹
Und dann: *›O hilf, Christe, Gottes Sohn!‹*

Diese Gesänge sind der Johannes-Passion von Bach entnommen. Der erste und letzte sind Choräle. Mein Kollege wird nur die Sopranstimme singen.«

»Und auf die alte Art. Ich bezahle euch nicht, damit ihr mir hier eine neue Auffassung vorführt.«

»Sehr wohl, gnädige Frau«, sagte »Frau Königin«.

Er trat mit uns in eine Reihe und zog seine Flöte aus der Tiefe seiner Rockschöße.

Im Augenblick, da mich die Stimme des Sängers mit ehernem Flügel streifte, gewahrte ich im Schatten des großen Lehnsessels noch einen andern niedrigeren Stuhl. Auch dieser war von einer Masse eingenommen, die sich nach und nach erhellte. Entweder war es ein ganz alter oder ein ganz junger Mann. In dem zitternden Schein des Kaminfeuers wurde er von Minute zu Minute jünger oder älter, ohne je bei einem bestimmten Alter stehenzubleiben. Bald waren seine Haare schneeweiß, bald schienen sie wieder nur blond zu sein, vom Blond der ersten Kinderhärchen. Er hatte den Kopf eines Neugeborenen, feist, weiß, weich und tot, wie jene Tierköpfe in den Schaufenstern der Metzgerläden, aber eben in die Rundung dieses Kopfes hatten sich die tiefen und schmutzigen Schrammen von einer Art Greisentum eingegraben. Seine Augen waren nicht zu sehen oder waren vielmehr nur blitzartig im Schwanken dieses grausigen dicken Kürbiskopfes zu sehen. Denn unaufhörlich pendelte dieser Kopf hin und her, es war, als ob die witternden Nüstern nach einem Geruch, einer Spur oder einer Fährte suchten, von der das Leben seinen Ausgang nehmen könnte. Schließlich begann die Masse tief im Hals zu brummen wie ein kleiner Stier.

»Sei still, Georges«, sagte die Dame.

Fast im gleichen Augenblick wurde eine Tür im Hintergrund des düsteren Raumes aufgerissen. Ein Geruch von gebratenem Speck und Weinblättern zog herein. Eine Frau fragte:

»Die Wachteln blutig oder durchgebraten?«

»Das Fett eben angebräunt«, sagte die Dame, ohne den Kopf zu wenden.

Die Tür wurde wieder geschlossen.

»Wahrhaftig« sang die gewaltige Phrase:

»Dein Will' gescheh', Herr Gott, zugleich
Auf Erden wie im Himmelreich...«

Das war nicht mehr die gefangene Stimme von »Frau Königin«. Es war eine freie und reine Stimme, die voll, ohne Müh und Arbeit, gerade aus dem Herzen des Leides aufstieg. Nichts mehr von Höflichkeit und Zurückhaltung; Freiheit; und die Kraft und die Anmut des Gesanges war aus dieser Freiheit des Klagens geboren. Selbst die Flöte eilte leidvoll und spöttisch-freudvoll dahin. Hinter uns dreien, die wir schwach an Körper und arm an Kleidung der in Seide prangenden großen Dame mit den von Wachtelfett triefenden Lippen die Stirn boten, hinter uns dreien klagten alle Bewohner unseres armseligen Schafhofes: der schwarze Duckmäuser, der seinen Gott verloren hatte, das nackte Mädchen, die Mexikanerin, die ihren Kakteen nachtrauerte, das kleine Pferd, das sich von morschem Holz nährte, die Frau aus dem graugrünen Gefängnis, mein Vater, der Farnkrautbart, der an dem Abflußrohr hing, die Tierfeile, der Gerber, der auf einem Bett aus Lohe schlief. Auf dem Grunde der Töne hörte ich die wilde Stimme des Anarchisten, der nach der Schweiz gegangen war:

»...und wie Halme werden die Unglücklichen um uns aufschießen.«

Ich stand an der Schlachtfront.

Als der Gesang beendet war, erkannte ich »Frau Königin« gar nicht wieder. Er trat zwei Schritt aus der Reihe heraus.

»Ist das dort nicht ein Klavier, gnädige Frau?«

»Jawohl«, sagte sie.

»Würden Sie uns gestatten, da mein Kollege Geiger ist, ein kleines Concerto von Christian Bach zu spielen?«

Und nach einer kleinen Pause setzte er hinzu:

»Ich glaube, es wird Ihnen Freude machen.«

»Sie können Klavier spielen?« fragte die Dame.

»Ein wenig.«

»Wo haben Sie das gelernt?«

Er begnügte sich, »Wahrhaftig« einen Wink zu geben, dem dieser schweigend gehorchte. »Frau Königin« schraubte den Klaviersessel herunter und setzte sich.

Was nun folgte, schien mir in seiner meisterhaften Gewandtheit eine derartige Unverschämtheit zu sein, daß ich einen Schritt zurückwich, um mich im Dunkel zu verbergen.

Darauf schloß »Frau Königin« behutsam den Klavierdeckel.

»Das war das Allegro«, sagte er, »nicht mehr, nicht weniger.«

Ich weiß nicht mehr, wie wir auf die Straße hinaus gelangt sind.

Mit einer zarten Stimme, die wohltemperiert, höflich und akkurat war, wie das Spiel seiner Finger auf den Tasten, seufzte »Frau Königin«:

»Hauptsache ist, daß man auf sie scheißt.«

»Und – daß sie's merkt«, fügte »Wahrhaftig« hinzu.

FÜNFTES KAPITEL

Der Epileptiker – Der Pferdehändler

Mein Vater liebte Wunden und Kranke. Alte Leute kamen zu ihm, damit er ihre Hautausschläge behandelte. Er verband sie mit Franzbranntwein. Die ganze Werkstatt roch nach Kampfer. Endlich hatte er ein kleines Grundstück für fünfundzwanzig Francs im Jahr gepachtet: zehn Meter Terrasse auf dem Stadtwall. Das Fleckchen war mit Schutt und Abwässern gedüngt. An der Mauer entlang sickerte die Feuchtigkeit eines öffentlichen Waschhauses. Er züchtete dort Rosen und Gnadenkraut. Zuweilen faßte er den Stiel einer Rose zwischen seine zwei Mittelfinger; ohne sie vom Zweig abzureißen, hielt er sie so für sich gesondert, daß die Blüte auf seiner Hand ruhte, er fühlte, roch, betrachtete sie.

»Hiob«, sagte er zu mir, »Hiob! Solche Wunden hatte er auf seinen Händen, auf seinen Füßen, überall. Und mager war er wie ein Stift.«

Er liebte Epileptiker. Ich meine, er schenkte ihnen Liebe. Da war ein Großer, Rothaariger, vor dem ich Angst hatte. Er rasierte sich nie, sondern schnitt sich nur den Bart mit einer Schere ab. Er war feist. Den ganzen Tag aß er rohe Knoblauchzwiebeln wie Bonbons. Er war ein ausgewachsener Mann und hegte eine große Zärtlichkeit für seine Mutter, eine kleine verhutzelte Maus mit kurzen Beinen und einem langen Hühnerhals, der durch einen riesigen Adamsapfel völlig verunstaltet war: er stieg in ihrem Hals auf und nieder, als hätte sie ein lebendiges Tier verschluckt, das wie ein Schornsteinfeger ihre Gurgel kehrte.

Er hatte einen großartigen Familiennamen, er hieß: Goliath, und mit Vornamen Voltaire. Von seinen beiden Brüdern hieß der eine Tallien und der andere Fabius. Sein Vater hatte einen eingedrückten Schädel, und sein ganzes Untergesicht wurde durch die Geschwulst seines riesigen Mundes eingenommen, der einer blutroten Wunde glich.

Voltaire schämte sich seines Übels. Vielleicht schämte er sich nicht so sehr, als daß es ihn vielmehr innerlich verfolgte. Er suchte sich im Geiste durch kräftige Männerarbeit davon zu befreien. Er selber war kräftig. Er wirkte wie ein Mensch, der an einem großen Kummer trägt und versucht, ihn loszuwerden, indem er auf einem Drahtseil tanzt oder mit brennenden Fackeln jongliert. Alsdann stürzte er hin, dem Zufall von Ort und Stunde preisgegeben. Die Last des Gottes, den er in seinem Kopfe trug, warf ihn an der Hecke, die er eben niedergebrannt hatte, oder am Bach, in dem er eben Krebse fischte, zu Boden. Auf diese Art ist er auch eines Tages ertrunken.

Mit zwanzig Jahren meldete er sich nicht bei der Ersatzkommission. Er unterließ es absichtlich und wurde ins Afrikanische Jägerregiment gesteckt. Wiederholt fand man ihn im Stall unter den Pferdehufen liegend.

»Sagt nichts davon«, bat er.

Er zahlte eine Runde, und sie hielten den Mund.

Es war nicht Patriotismus. Er haßte das Militär. Aber er war dort glücklich, weil er da mit den Gesunden, Blühenden zusammen war, mit Menschen, deren Gehirn nicht wie ein Panther im Käfig zuckte und überreizt war. Eines Tages fiel er bei einer Truppenschau vom Pferde, gerade in dem Augenblick, als seine Schwadron im Galopp am General vorbeisprengte.

»Wahrscheinlich war es Übermüdung«, meinte mein Vater, »all die Hornsignale und die Sonne...«

»Nein«, sagte Voltaire, »es war der Geruch meines Pferdes.«

Ich sagte schon, die Werkstattfenster meines Vaters gingen nach einem kleinen Hof hinaus, der einem Hirten gehörte. Von Zeit zu Zeit pferchte man dort Schafe ein. Schließlich

aber vermietete der Hirt seinen Hof an einen Schweinemetz-
·ger, der einen Schweinestall daraus machte. Er mästete seine
Schweine derartig mit Milch- und Gemüseabfällen, daß die
Tiere sich nicht mehr rührten, sondern in Misthaufenkulen
liegenblieben, in denen sich der Unrat häufte. Erst nach der
Metzelei wurde das Stroh gewechselt. Der Geruch, wenn der
Hof gescheuert wurde, brachte Voltaire zum Umfallen.

Ich sagte, daß ich Angst vor diesem Mann hatte. Richtiger
gesagt, hatte mir sein erster Anfall Übelkeit erregt. Der Auf-
ruhr meines ganzen Körpers bei diesem grauenhaften Schauspiel war so heftig gewesen, daß ich danach ganz kraftlos und
angeekelt war, ohne Mark und Mut in den Knochen.

»Geh und hol mein Kopfkissen«, sagte mein Vater.

Als ich wiederkam, wischte er mit seinem karierten Ta-
schentuch Voltaire den Schaum vom Mund. Der Kopf des
Mannes hüpfte wie ein Tier in den Händen meines Vaters.
Zuweilen entwischte er ihm und schlug auf den Boden auf.

»Schieb ihm das Kissen unter den Kopf.«

Er sah mich an.

»Das ist nur noch ein armseliger Mechanismus«, sagte er.
»Sein Gehirn will nicht mehr. Hol mir Jules.«

Jules war der Schlächtergeselle. Ich ging zum zweiten Stock
auf unserer Hofseite hinunter und rief:

»Jules!«

In der Mauer gegenüber befand sich eine Luke.

»Komm herauf, Jules, Vater läßt dich bitten.«

Ich wartete auf ihn. Die Tür vom Gang klappte. Die Filz-
schritte von Jules, der seine Holzpantinen ausgezogen hatte,
kamen die Treppe herauf.

»Es hat ihn wieder einmal gepackt«, sagte mein Vater.

Jules blickte auf den am Boden ausgestreckten Mann. Jules
hatte so fleißig den Hammer geschwungen, um Ochsen zu be-
täuben, daß seine Schultern und Arme von prächtigen, dicken
roten Muskeln strotzten. Sein knopfloses Hemd ließ immer
seine nackte Brust sehen: eine Brust ohne ein Haar, wie der
Körper einer Frau. Wenn mein Vater sein Hemd wechselte,

sah ich, daß sein Oberkörper vom Hals bis zum Bauch ganz wie mit einem Widderfell bewachsen war, Bäche von schwarzen Haaren entsprangen auf seinen Schultern und flossen bis zu seinen Hüften hinunter. Jules' Nacktheit erschreckte mich freudig. Ich hatte ihn einmal mit ganz entblößtem Oberkörper im Schlachthaus gesehen. Breitbeinig hatte er sich vor einem Ochsen aufgepflanzt. Er maß die Entfernung ab, indem er mit ausgestrecktem Arm die Stirn des Ochsen mit der Hand berührte, und dann schwang er den Hammer.

»Sei mir behilflich«, sagte mein Vater.

Jules faßte Voltaire immer bei den Füßen. Selbst wenn er sich beim Kommen am Kopfende des Kranken befand. Er machte zwei, drei verstohlene kleine Schritte und packte ihn dann bei den Füßen. Mein Vater schob seine Hände unter die Achseln des völlig Abwesenden. Er richtete ihn auf.

»Mach die Tür auf, Jean.«

Ich öffnete die Tür zum Schlafzimmer.

»Er rührt sich nicht mehr«, sagte mein Vater, »er wird ganz schlapp. Er ist in sein Reich eingegangen.«

Jules sagte nichts. Er keuchte stärker, als wenn er seine riesigen Ochsenhälften trug.

Ich dachte:

»Vater ist stärker als er.«

Sie legten Voltaire auf dem Bettvorleger aus Ziegenfell nieder. (Ich besitze diesen Bettvorleger noch. Ehe ich mich niedersetzte, um diese Seiten zu schreiben, habe ich noch heute morgen meine bloßen Füße auf das graue Fell gesetzt, das den Kranken weich und wohltätig war.) Mein Vater nahm das blaue Deckbett ab und schlug die Bettücher zurück.

»Vorwärts«, sagte er und bückte sich.

»Mit den Schuhen?« fragte Jules.

»Ja, laß sie ihm an. Wir haben keine Zeit. Er braucht gleich etwas, das ihm wohltut.«

Sie legten den Mann ins Bett. Mein Vater stützte den armen Kopf, indem er das Kissen rings um ihn herumstopfte.

»So!«

Ruhe herrschte. Man hörte unsere Uhr ticken.

»Nichts zu trinken da?« fragte Jules.

»Doch, Karmelitergeist.«

Jules nahm die längliche Flasche in seine dicken Finger und tat einen langen Zug. Seine Wangenröte kehrte wieder.

»So geht's mir schon besser«, sagte er.

Eine Stunde später kam mein Vater aus der Werkstatt zurück und machte: pssst!

Unsere Zimmertür knarrte leise. Ein Schritt ging über den Flur und suchte die Treppe.

»Es ist vorbei, er geht.«

Voltaire ging fort. Ehe wir zur Abendsuppe hinuntergingen, brachten wir das Bett wieder in Ordnung.

»Sag der Mutter nichts davon«, sagte mein Vater, »sie würde sich fürchten.«

Er klopfte das Deckbett mit der flachen Hand auf; seine rauhe Haut kratzte an der alten blauen Seide.

»Es würde sie ekeln«, fügte er hinzu.

Zuweilen sagte er zu mir:

»Geh auf den Flur hinaus und horche, ob sie singen.«

Es war Nacht. Das Ende des Hofes schimmerte rötlich, weil ein Fenster von der Bügelstube meiner Mutter nach dort hinausging. Ich horchte.

»Ja, sie singen.«

»Nimm die Flasche mit dem Franzbranntwein.«

Er kramte im Schrank und zog ein paar kleine Handtücher heraus.

»Glaubst du, daß die noch gebraucht werden?«

»Aber ja!«

Die Handtücher waren fast neu. Er suchte welche, an denen der Rand ausgefranst war.

»Komm und mach keinen Lärm.«

Wir gingen hinunter. Ich trug die Handtücher, er die Flasche. Unten im Hausflur sagte er zu mir:

»Sch-scht!«

Auf Zehenspitzen gingen wir an der Tür zur Bügelstube

vorbei. Meine Mutter summte leise das Lied vom »goldenen Korn«.

Vorsichtig zog er die Haustür zu, damit sie kein Geräusch beim Schließen machte.

Wir gingen etwa zehn Meter weit die Straße hinauf. Dann betraten wir einen nachtdunkeln Torweg.

»Fühle dich mit der Hand an der Mauer entlang«, sagte er.

Die Mauer war klebrig und wie lebendig. Wir stiegen eine kurze Treppe hinauf und folgten dann einem Gang. Am Ende brauchte man nur mit dem Knie eine Tür aufzustoßen.

Ein schwerer Uringeruch beizte mir Nase und Kehle. Eine verschleimte Stimme sprach singend aus dem Dunkel.

»Das rote Pferd! Das rote Pferd!«

Es roch nach Stall, nach altem Stroh, nach Mistgrube, Salpeter und verfaultem Holz.

»Das rote Pferd!«

Nichts regte sich, man hörte nur die Stimme.

Mein Vater suchte nach Streichhölzern in seiner Tasche. Jedesmal war es, als würde beim Aufflammen des kleinen Phosphorblitzes aus dem Feuerknall das rote Pferd hervorgehen; das nackte rote Pferd, das ganz bedeckt war mit klaffenden Klatschrosen und dessen blutige Zähne grell aus dem Grinsen seiner geschürzten Lefzen leuchteten.

Im Stroh raschelte und trippelte es; eine Ratte zündete ihre beiden Augen an.

Die Kerze begann zu leben. Ein Schatten, der auf einem Strohsack lag, wurde sichtbar.

»Komm«, sagte mein Vater, und manchmal nahm er mich gar bei der Hand.

Wir traten in den Geruch wie in die Falten eines wollenen Vorhangs; warm und dicht zum Ersticken klatschte er aufs Gesicht. Ich schwenkte immer wieder den Arm, um ihn zu verscheuchen.

»Die Ratten waren wieder da.«

Mein Vater allein sprach auch hier mit seiner ruhigen Stimme. Mit der gleichen Stimme, die bei Tisch sagte:

»Gib mir das Brot, Jungchen.«

»Die Ratten waren wieder da.«

Mein Vater hatte Rattenfallen rings um den Mann auf dem Lager aufgestellt. Kastenfallen und Drahtgitterfallen.

Eine war totgeschlagen; in einer Gitterfalle saßen zwei, und eine dritte saß in einer andern Gitterfalle. Diese drei lebendigen rührten sich nicht; sie kauerten in ihrem Gefängnis, das Auge starr auf ihre spitzen Schnäuzchen geheftet, und preßten hin und wieder den kleinen Mund zusammen, so daß ihre glänzenden Schnurrbartborsten leise zitterten.

»Sie haben ihn wieder angeknabbert, die Mistviecher.«

Der Mann war mit einer dicken Pferdematratze und einem Laken darunter zugedeckt.

Zuerst mußten wir die Matratze abnehmen.

Das Laken war ganz mit großen feuchten Stellen befleckt. Mein Vater zog es vorsichtig weg. Unter jedem Fleck lösten sich mit Schnalzen die Lippenränder einer Wunde los.

Diese Wunden lebten. Sie nährten sich wie die Ratten von dem gelähmten Mann. Die Wunde auf seinem Leib strotzte. Sie hauchte mit ganzem Mund den Atem einer Fleischfresserin aus. Er hatte noch zwei andere Wunden an den Schenkeln.

»Das Handtuch.«

Ich reichte es hin. Mein Vater ließ den Franzbranntwein aus der Flasche laufen.

»Das rote Pferd«, leierte der Mann, »das rote Pferd.«

Er spürte nicht einmal mehr das Brennen des Alkohols.

»Vorsicht«, sagte mein Vater laut zu sich selbst, »das muß ihm wehtun.«

Er rückte seine Brille zurecht.

»Sieh mal an, man könnte meinen, daß es ein bißchen trockner wird.«

Die Wunde auf dem Leib war wie ein runder Napf voll Milch. Der Eiter rann in dünnen Fäden zwischen den Rändern des wunden Fleisches herunter.

Vor dem Weggehen sah mein Vater noch die Schulter des Mannes an.

»Da haben sie angefangen zu knabbern«, sagte er.

Er stellte eine Kastenfalle dicht an die angefressene Stelle. Die andern Rattenfallen nahm er mit hinunter.

Unten im Dunkeln hörte ich, wie mein Vater die Hand in das Drahtgeflecht steckte. Die Ratten begannen zu quieken.

»Eins«, sagte mein Vater dumpf in seinen Bart hinein.

Die Ratte zerquetschte an der Wand.

»Zwei!«

Drei! – Dann zertrat er sie schweigend mit den Füßen.

Wenn es Nachmittag wurde, nahm mein Vater immer einen Stuhl, lud ihn sich auf die Schulter und ging nach seinem Garten am Rand der Stadt. Da setzte er sich zwischen seine beiden Rosenstöcke hin. Die Klostertauben kamen und ließen sich auf seiner Schulter nieder.

SECHSTES KAPITEL

*Der Ring aus dem Salatblatt – Die Verkünder – Das
Moschusmädchen – Der Viehmarkt – Vater Massot –
Corbières – Frau Massot – Anna – Das Spiel vom verlo-
renen Schiff – Frühling – Costelet – Das neue Feuer –
Das Fest – Germaine – Die Schlange – Der davongeflogene
Engel – Die Geschichte vom schwarzen Mann –
An der richtigen Stelle*

Eines Abends, als ich von der Schule nach Haus ging – es war
im November –, war es mir auf einmal, als ob die Allee nach
Veilchen röche. Ich blieb stehen, um den Duft zu atmen. Veilchen, aber ganz furchtbare Veilchen, mit zuckendem schwellenden Fleisch, rötlich wie die Nacht, die sich auf die kahlen
Ulmen niedersenkte. Der Hals tat mir weh. Die Bücher lagen mir schwer im Arm. Ein Einspänner fuhr in größter Geschwindigkeit an mir vorbei. In meinem Auge blieb das Bild
der langen weißen Pferdebeine haften; es wollte nicht wieder
verlöschen, und als ich mir die Augen rieb, um es zu vertreiben und um die Nacht wiederzufinden, merkte ich, daß ich
mit meinem Mund dabei das Klappklapp des Trabes nach-
ahmte. Darauf schwieg ich und preßte die Lippen aufeinander. Du mußt dich auf den Beinen aufrechthalten und weiter-
gehen, sagte ich mir. Der Hals tat mir weh. Ein Geräusch, wie
das Nahekommen und Wiederwegfliegen eines großen Brum-
mers, verfolgte mich. Es kam näher, es füllte meinen Kopf mit
einem stählernen Blau, auf dessen Grund der runde Punkt einer Petroleumlaterne kaum noch wie ein erlöschendes Fünk-
chen glimmte; dann flog es mit einem trocknen kleinen Sur-
ren wieder davon; mein Kopf füllte sich mit einem milden Si-
rupgelb, das langsam Schweigen mit sich brachte, und dann
lag wieder die Novembernacht auf der Allee und der Duft
der Veilchen. Ich bog in die Geschäftsstraße ein, die durch

die Kaufläden erhellt war. Die Straße kam mir warm wie ein Backofen vor, mir war, als könnte ich in dieser Hitze heute abend wie ein Hund die verschiedenen Gerüche all derer, die dort wohnten, wieder erkennen. Ich preßte die Bücher fest unter meinen Arm. Mein Hals tat mir sehr weh. Ein Bäcker ging vorbei, einen Weidenkorb voll warmer Brote auf dem Kopf. Ich spürte, daß er den Kopf wandte, um mich anzusehen, und daß der ganze Korb sich mit seinem Kopf herumdrehte und er vielleicht alle Brote um sich versprengte wie ein nasses Rad, das Wassertropfen sprüht. Ich hörte, wie die Brote durch die Scheiben hindurch in die Häuser drangen, sie flatterten wie rostbraune Vögel einmal im Zimmer herum und ließen sich dann auf dem Schrank neben der Uhr unter der Glasglocke nieder. Der Brunnen der »vier Ecken« plätscherte dreist neben dem Tabakladen. Ich hatte Durst und trank aus dem Rohr. Der Widerschein der Laterne bildete auf dem Wasser des Brunnenbeckens eine lange schmale, spitz zulaufende Hand aus Gold. Sie trug einen grünen Ring. Ich dachte mir, man darf den Ring da nicht liegenlassen, sonst kommt die Frau vom Totengräber, die in diesem Stadtviertel wohnt, mit ihrem Wasserkrug; sie wird den Ring sehen, ihn einfach nehmen und sich selber an den Finger stecken. Ich streifte meinen Blusenärmel hoch und fischte nach dem Ring im Wasserbecken. Ich konnte ihn ohne Mühe greifen. Es war ein kleines Salatblatt. Ich öffnete mit meinen nassen Händen eines meiner Schulbücher und breitete das Blatt sorgfältig zwischen den Seiten aus. Jetzt – ja, jetzt mußte ich den Ärmel meiner Bluse wieder herunterstreifen, die Bücher fest unter den Arm klemmen und nach Haus gehen. Der Hals tat mir weh, und ich hatte den Schmerz beim Trinken nicht mit hinunterspülen können. Die Leute gingen alle vornüber oder zur Seite geneigt, und mehrere Male blieb ich stehen, weil sie höchstens noch zwei, drei Schritte machen konnten und dann hinfallen würden. Aber nein, sie fielen nicht hin. Sie gingen weiter, ohne etwas zu merken. Bei der Liebfrauenkirche hielt der Milchmann. Er hatte sein linkes Knie hochgezogen, die Kanne auf das Knie gestemmt, und goß Milch in den Topf, den Fräulein Hortense ihm hinhielt. Ich hörte sie »Guten Abend« sagen, und plötzlich gab es keine Veilchen und nichts mehr, alles war weg, in meinem Kopf blieb nur das Geräusch der Milch zurück, der Klang dieser Frauenstimme, Geruch und Farbe der Milch, ein weißes Nichts. Und plötzlich packte mich verzweiflungsvolle Sehnsucht nach meiner Mutter, das Verlangen, bei ihr zu sein, ein schreiendes Bedürfnis nach meiner Mama, nach ihren Armen, ihren Händen, die mir liebkosend über die Augen streichen sollten. Heiß und rot stieg es in mir hoch, als habe man mein Herz in einem Schmiedefeuer geglüht.

Der Bügelgeruch tat wohl, als ich unsere Haustür öffnete. Das letzte, was ich sah, war die Schüssel, in der der Lappen zum Einsprengen der Wäsche weichte.

»Was hat denn der Kleine?« sagte meine Mutter. »Seht ihn an, er ist krank!«

Sowie man nur die Schlupflöcher im Innern der Atmosphäre kennt, kann man ganz nach Belieben seiner Zeit und seinen Sorgen entfliehen. Man braucht bloß Klang, Farbe oder Duft zu wählen, die diese Flucht erleichtern; Klang, Farbe oder Duft, die der Luft die nötige Durchlässigkeit und Durchsichtigkeit verleihen und die Poren der Zeit so erweitern, daß man wie Öl in sie eindringen kann. Ich brauche zum Beispiel dazu nur ein schönes trocknes Feuer im Kamin, eine weißgraue Jahreszeit mit formlosen Wolken, ein wenig von diesem ganz besonderen Wind, der kugelförmig, wie ein Rebhuhn, aufschießt, eine Pfeife mit grobem gewöhnlichen Tabak – und ich sehe das glitzernde, verworrene, von angstvollen Rufen wirbelnde Kaleidoskop wieder, in das sich die weibliche Arbeitsstube meiner Mutter an jenem Abend vor meinen Krankenaugen verwandelte.

Ich mußte wohl gegen den Tisch getaumelt sein, indem ich versuchte, mich an der Schürze von Louisa Nummer eins festzuhalten. Ich hörte nur:

»Mein Kleiner!«

»Essig!«

»Tragt ihn hinauf!«

»Ruf seinen Vater!«

»Mein Kleiner!«

Man hatte mich unter den Armen gefaßt und richtete mich auf. Antonine öffnete den Wandschrank und klirrte mit Flaschen und Kannen. Im Hof rief jemand:

»Vater Jean! Vater Jean!«

Dann hörte ich ihn die Treppe herunterkommen. Meine Mutter rieb mir die Schläfen und jammerte:

»Mein Gott, mein Gott!«

Mein Vater machte die Tür auf.

»Der Kleine!« sagte meine Mutter. Weiter nichts; er neigte sein gutes bestürztes Antlitz über mich, das die klagenden Gesichter von Antonine, den beiden Louisen und meiner Mutter wie ein Vogelschwarm umschwirrten. Meine größte Sorge war der grüne Ring, den ich aus dem Brunnenbecken gefischt hatte. Das Halsweh würde vergehen, das wußte ich. Mein Vater war ja da mit seiner Flasche Franzbranntwein. Aber der Ring! Sicher war das Buch aufgeklappt. Er lag vielleicht im Sägemehl am Boden, man würde darauftreten und den erbsengroßen schönen Stein zerdrücken und die kleinen Goldklauen, die ihn hielten, entzweibrechen. Da begriff ich, daß alles hoffnungslos verloren war.

»Bringt mir heiße Steine für sein Bett, ich trage ihn hinauf.«

Vater nahm mich in die Arme. Vielleicht war es alles in allem ganz gut, daß der grüne Ring an den vom Waschen zerfurchten Fingern der Totengräbersfrau blühen würde. Ich gab den Kampf auf, und die Welt zerbarst wie eine Sonne.

Unser Zimmer ging nach dem Schafhof hinaus. Jetzt ist es tot und sehr, sehr kalt. Vor einigen Monaten war ich mit ein paar Freunden dort, um es wieder zu sehen. Es ist fast nichts mehr übrig von der Wandtapete mit den Phantasiegebilden und Märchenungeheuern.

Immer war es Abend. Eine Glocke schlug leise und sagte die

Stunden an. Im Hof tönte das gleichförmige Getrommel der Mexikanerin und ihr Gesang, der sich wie der Lockruf eines Vogels in Erregung steigerte. Ihre Stimme stieg in der Fistel hoch, drang wie ein blankes, weißes und gut geschärftes Messer in den Himmel ein und schnitt knirschend dicke Himmelsscheiben ab. Ich war wieder an die Oberfläche des Lebens zurückgekehrt und schwamm dort zwischen zwei Bettüchern; mein Gesicht tauchte vorläufig nur in bestimmten Wellentälern auf, aber die Fluten des Geheimnisses lagen nur noch als eine hauchdünne, durchsichtige Wasserhaut auf meinen Augen, und ich sah wieder die Welt, blasig und klamm zwar, aber es war die Welt. Immer jedoch war es Abend. Der Hals wurde mir mit einem watteumwickelten Löffel ausgekratzt. Ich biß die Zähne zusammen. Dann kniff man mir die Nase zu, ich machte den Mund auf, und rasch fuhr man mit dem Löffelstiel tief hinein und schabte. Ich brach Eiter, Blut und Hautfetzen aus. Einmal gab ich durch die Nase zwei lange, graue Schleimhautsträhnen von mir, die mit zuckendem Leben begabt waren wie abscheuliche kleine Fische. Von diesem Tag an ließ man mich in Frieden, man gab mir nur noch blühenden Kräutertee zu trinken, der warm in mich hinunterfloß und nach Sonne und Erde duftete, wie das Sprengwasser sommers in den Wiesen.

In den Wänden des Zimmers taten sich schmale vergoldete Gänge auf. Den ganzen Tag über sagte die Glocke die Stunde an. Sie irrte sich nie in ihrer Rechnung, aber sie allein legte dem Maß der Zeit noch irgendwelches Gewicht bei. Die Tapetenungeheuer wischten alle gleichzeitig mit einer trägen Gebärde ihre Leiber weg, und die schmalen Gänge taten sich auf. Sie führten tief in die Welt hinein. Alles mußte genau für diesen Augenblick da hinten vorbereitet sein, und allsogleich kamen jene auch an. Einer war darunter, der spielte auf einer Art schlaffen Flöte, die lang wie eine Schlange war. Er rollte sie ganz um seinen Leib herum und blies all seine Musik hinein. Aber die Flöte blieb stumm. Sie schwoll nur an, ganz wie eine Schlange, die einen Vogel verschlungen hat. Die

Musik bildete eine dicke Geschwulst in der Flöte. Darauf lächelte der Mann, er kniff hinein in diesen herausgetretenen Musikbruch, und das ganze Lied mit allen seinen Largos und Trillern kam heraus, das ganze Lied kam heraus, schüttelte sein Gefieder, wusch sich im Tau, schnalzte mit dem Schnabel und flog lebendig auf und davon. Einen Augenblick hörte ich, wie es mit dem Kopf gegen die Decke stieß, dann mußte es sie wohl durchbohrt haben und war nicht mehr da. Die Mexikanerin sang ihr ewiges »tapamé tapamé pamé«. Es kam auch ein Tier ganz voller Zitzen. Es hing ihm überall herunter, es quibbelte und quabbelte überall an ihm herum, es pißte Milch in Strahlen oder in Tropfen, so daß ich schließlich den Kopf unters Bettuch steckte. Dieses Tier liebte den Bettvorleger. Es machte es sich darauf bequem und begann die langen Ziegenfellhaare abzugrasen. Ab und zu mußten sie ihm wohl im Hals steckenbleiben, denn es hustete, indem es seinen riesigen roten Rachen weit aufriß und seine Zunge ringelte.

Ich sah auch aus der Tapete die finsteren Verkünder treten. Ich kannte sie noch nicht, und ganz leise sagte ich, hart an meinem Bettuch:

»Guten Tag, meine Herren, oh! die schöne Glocke!«

Sie aber blickten mich ohne zu blinzeln mit runden kalten Augen an und schlugen mit den Knöcheln der Faust an ihre Glocken. Ich hörte artig dem Klanggepurzel längs der vergoldeten langen Gänge zu. Dann drehten diese Leute ruckweis wie Hühner ihre Köpfe und klappten einmal, ein einziges Mal, mit den Augendeckeln, als wollten sie sagen:

»Nicht möglich, er begreift nicht! Wir müssen uns die Augen reiben, es ist ja nicht möglich, unsere Glocke! Unsere Faust!«

Sie wurden wieder hart und starr wie Berge und schlugen noch einmal mit ihren Eisenfäusten an die Glocke.

Ehe er seine Lampe frisch auffüllen ließ, kam mein Vater zu mir, um mich zu besuchen. Wir wohnten zwar auf demselben Flur, aber um zu mir zu gelangen, mußte man erst durch das

»große Zimmer« hindurch, wie es bei uns hieß. Er trat an mein Bett.

»Schläfst du?«

»Nein.«

»Tut es noch weh?«

»Nein.«

»Wie fühlst du dich?«

»Besser.«

Er gab mir einen Kuß; dann ging er und ließ dem Nachtlämpchen ein wenig Licht zurück.

Sobald ich wieder aufstehen und hinuntergehen durfte, wurde ich der verhätschelte Liebling der ganzen Bügelstube. Man parfümierte mir mein Taschentuch, man gab mir Karamellbonbons, man knüpfte mir wohl an die fünfzigmal am Tag mein Halstuch neu, das, sechsmal herumgeschlungen, bis an die Ohren reichte und innen listig mit Watte abgefüttert war. Meine Mutter hatte zu den Mädchen gesagt:

»Und wenn ich weggehe, und es paßt mir eine von euch nicht auf den Kleinen auf, ich schlag sie tot!«

Es kamen schöne Wintertage, lau und süß, mit einem Vorgeschmack von Flieder; die Dämmerung dauerte den ganzen Nachmittag; sie schlug langsam ein Rad über den Hügeln, gleich einem großen goldenen Vogel mit blauen Federn. Ich sagte zu Antonine:

»Ich gehe ein bißchen auf die Straße hinaus.«

»Ja, mein Herzblatt«, sagte sie, »geh ein bißchen hinaus. Du siehst aus, als ob du aus Zucker wärst.«

»Aber mach mir das Halstuch ein wenig auf.«

Und ich zerrte schon daran.

»Nein«, sagte Antonine. »Ich hab noch Bauchschmerzen von der Angst, die du uns schon einmal eingejagt hast.«

Sie zog mein Halstuch fest und sagte:

»Ich mach dir den geheimen Knoten.«

Sie knüpfte wirklich den geheimen Knoten, er glich einer dicken Schnecke und war ganz hart und wie aus nasser Seide gewunden. Er konnte unmöglich aufgehen.

Bis an die Ohren eingepackt, schlenderte ich die Straße hinauf bis zur Kreuzung der kleinen Gasse, durch welche man zu »Wahrhaftig« und »Frau Königin« ging.

Das Haus der fahrenden Leute roch immer nach Stroh und Tierfellen. Die Mauern schwitzten kleine schwarze Fetttröpfchen aus, die ekelerregend wie Schafschweiß waren. Die Tür stand offen. Ich lauschte auf der Treppe. Es war keine Musik zu hören. »Wahrhaftig« und »Frau Königin« waren ausgegangen. Oben wurde eine Tür geöffnet. Eine ernste Stimme sagte:

»Bleib nicht zu lange. Sieh bloß nach, ob Leute im Café sitzen. Und vor allen Dingen trink nicht, ich bitte dich, trink nicht. Komm recht schnell wieder, Liebling. So nötig hat man das nicht. Ich fürchte mich allein.«

»Du fürchtest dich?« fragte die dünne Stimme des Mädchens, das sich nackt am Fenster wusch.

»Ja«, erwiderte der Mann, »ich fürchte mich, wenn du nicht da bist.«

Sie wechselten leise noch ein paar Worte, dann blieb es einen Augenblick still. Man hörte sie weder reden noch sich rühren.

Endlich begann sie hinunterzugehen. Die schwere, ernste Stimme ging hinter ihr drein.

»Bleib nicht lange fort, Liebling.«

Sie hielt auf dem Treppenabsatz inne.

»Nur so lange wie nötig«, sagte sie, »wenn einer will. Sonst komme ich sofort wieder.«

Er schloß oben seine Tür, und jetzt eilte sie hinunter, indem sie in ihren Stiefeln mit den hölzernen Absätzen von einem Fuß auf den andern hüpfte. Im Winkel der Tür stieß sie auf mich.

»Was machst denn du da?« fragte sie.

Ich gab keine Antwort; ich sah sie an. Sie war weiß gepudert, und ihre Lippen waren wie rohes Fleisch. Sie roch nach Moschus. Sie setzte sich auf die Stufe an der Türschwelle. Ihr Gesicht befand sich auf gleicher Höhe mit dem meinen.

»Pfeif mir deine Melodie«, sagte sie.

Ich sah, daß sie wirklich rechtes Verlangen danach hatte. Sie sog mit der Zungenspitze an ihren Lippen, und ihre Augenlider zuckten wie ein Vögelchen, das davonfliegen will.

»Pfeife!«

Aber ich konnte nicht pfeifen und sagte ihr, daß ich krank gewesen wäre.

»Also darum hat man dich gar nicht mehr gesehen«, sagte sie. »Wer bindet dir denn dein Halstuch? Das muß dir ja weh tun, es ist viel zu fest.«

Sie faßte mit der Hand nach dem geheimen Knoten, und ehe ich sie noch warnen und ihr sagen konnte, daß es ein geheimer Knoten wäre, war er gelöst. Sie hatte wissende Hände.

»Warte...«

Und sanft wickelte sie die Seide um meinen Hals. Sie sorgte, daß es auch recht schöne Falten gab, das spürte ich.

»Warte...«

Sie rollte eine Windung wieder auf, um sie besser zu schlingen, und knüpfte schließlich die beiden kurzen Enden zu einem festen Knoten, der sich unter einem zierlichen Stups ihrer Finger zu zwei Schmetterlingsflügeln entfaltete.

»So!«

Dann gab sie mir einen Kuß. Ich war ihr seit dem Begräbnis des kleinen Akrobatenmädchens nun schon mehrere Male begegnet. Zuerst hatte sie gesagt:

»Guten Tag, Kleiner.«

Dann war sie mir mit der Fingerspitze leicht über die Backe gefahren, und nun hatte sie mich geküßt.

Ihre Liebkosung war angenehm, sanft und warm.

Als ich sie eben herunterkommen hörte, hatte ich das erwartet.

Sie erhob sich und ging.

Vor dem kleinen Café »Zur Tonne« blieb sie stehen und blickte durch die Scheiben. Ich hörte, daß man sie von drinnen rief. Sie legte die Hand auf den Türgriff, lächelte mir müde und ganz zuckrig zu und ging hinein.

Ich kehrte in die Bügelstube zurück. Meine Mutter war noch nicht wieder daheim.

»Du hast an dein Halstuch gerührt, kleines Ungeheuer«, sagte Antonine zu mir.

Und als sie den Knoten neu schlang, fügte sie hinzu:

»Er ist ein Teufel, der Kleine. Er riecht nach Moschus. Er hat sich wieder von der Hure küssen lassen.«

Samstag war immer Viehmarkt, und in der Stadt wurde Vieh verkauft. Auf der Ost-Allee wurden die Schweine zusammengetrieben, und auf der West-Allee, wo die Morgenfrische länger liegen blieb und die Stadtmauern einen mit prickelndem Tau durchwebten schlummernden Morgenschatten warfen, führte man die Pferde im Galopp vor. Hufgestampf und Gewieher flirrte in der Luft, und das Echo der Mauern zitterte und bebte überall wie in einem Sturm. Jede Türschwelle hallte und dröhnte von Peitschengeknall und galoppierenden Hufen. Die Pferdehändler tranken im Stehen, an die Ulmen gelehnt, oder saßen auf den dicken Wurzeln, die aus der Erde ragten. Die Schafe schliefen auf den Plätzen im Innern der Stadt, wo es schön kalt und still war. Im Winter drang die Sonne niemals bis zu diesen kleinen Brunnenplätzen. In einem Winkel befand sich da immer ein kleines Café für die Hirten. Der Geruch der Schafe floß die abschüssigen Gassen hinunter. Sacht wie ein zäher Brei glitt er dahin, hielt bei dem Schreiner an, stieß dort mit der Nase auf den Geruch des toten Tannenholzes, floß ein wenig tiefer hinunter zum Bäcker, um den Geschmack von Reisig und Kleie festzustellen, der im Widerschein des Feuers vorm Rachen des Backofens flackerte, und streifte an die Lohe, die auf der Schwelle der Gerbereien ihre Zähne zeigte. Ein Stückchen zog er dann allein weiter, bis er auf den Geruch der Ferkel stieß; dann traf er den Geruch der mit rotem Stroh durchflochtenen Mähnen und Schwänze, den Geruch der schwitzenden Stuten und den grausamen Duft, den die Pferde wild ausschlagend im ganzen von sich gaben, wenn sie nach den eingesperrten Stuten stöhnten. Das alles zusammen dampfte und stieg in dicken Schwaden aus dem Gitterwerk der Straßen bis zum Himmel hinauf, und alle Wintervögel packte Entsetzen, sie flogen davon in die Hügel und riefen klagend, als gelte es das Ende der Welt.

Der Hirt Massot kam zu uns ins Haus, sein »Mittag« essen, ein handfestes Mittag aus Brot und Fleisch, gut angefeuchtet mit Wein. Er kaute lange und langsam, um alles recht zu schmecken: das Brot allein, das Fleisch allein, Fleisch und Brot miteinander vermischt, und ehe der Bissen ganz schluckreif war, trank er dazu, um den Wohlgeschmack noch zu erhöhen.

An diesen Markttagen wurden in den Wirtshäusern riesige Kessel voll Ochsenfleisch geschmort, und waren es jene trocknen schönen Wintertage mit klarem Himmel, die hart und rund wie Granitkiesel glitzernd in der Sonne liegen, dann wurde das Ochsenfleisch im Freien auf langen, über Holzböcke gelegten Tafeln aufgetragen. Alle Viehhändler nahmen, nach Dörfern oder Genossenschaften geordnet, der Reihe nach Platz und stippten um die Wette ihr Brot in die Brühe. Sie erhoben sich von der Bank, ergriffen die Schöpfkelle und schütteten sich deftige Ladungen von Schmorfleisch in die hohlen Teller. Denn man gab ihnen zum Essen Suppenteller, die groß und tief wie Rabennester waren. Wenn dann die erste Vesperstunde schlug und sie alle zusammen zu verdauen begannen, wenn sie alle zusammen in ihren Schnurrbart schnauften und die Sonne anpusteten, dann schreckte allerdings ein Geruch, der sehr viel fürchterlicher war als der eingesperrter Tiere, auch die letzten Vögel fort, und dann blieb der Himmel stumm wie ein Toter.

Vater Massot kam dieses Mal nicht in seinem Hirtenkittel.

»Heut habe ich die bürgerliche Stadtkluft angelegt«, sagte er beim Kommen, »und ich bin auch mit der ›Gemüsekutsche‹ da.«

Er war nicht auf dem Markt gewesen. Er hatte auch seinen dicken Stock nicht mit, der mit Messerschnitzereien, mit Messingnägeln und Lederriemen verziert war; seine Hände sahen darum ganz unschuldig und gleichsam verdrossen aus, weil sie so unnütz waren. Er hatte den Morgen mit meinem Vater verbracht.

Um Mittag begriff ich, daß die Sache mich betraf.

Vater Massot guckte mich an.

»Er ist von guter Art«, sagte er.

Meine Mutter erklärte mir:

»Du brauchst Landluft. Dann wirst du auch wieder ganz gesund werden. Hier ißt du so gut wie nichts, und dann ist es zu heiß und auch wieder zu kalt. Frau Massot wird dich schön pflegen. Und wenn du dich bangst, wird man dich halt heimschicken. Vater Massot wird dich alle Samstage zu uns mitbringen.«

Was mein Vater mir sagte, klang etwas anders, aber ich verstand es nicht recht, nur bemerkte ich, daß er sehr bewegt und innerlich ganz von einer Art besorgtem und zitterndem Glück wie von einem Feuer erhellt war, das nur noch eines anfachenden Hauches bedurfte, um hell aufzuflammen.

Er sprach mir von den Schafen und vom Land, von Wiesen und Bäumen.

»Eichen!« sagte er.

Ich erinnere mich, er hatte die Brust ganz voll genommen, als er das sagte, und sein Bart begann leise zu wehen.

»Geh nie an den Bach. Er hat ein tiefes Loch, und Kinder sind dort schon drin ertrunken. Du wirst sehen, die Felsentennen sind wie das Vorderteil eines Schiffes. Und dann, den Hügel hinauf stehen stufenweise dicke Wachholderbüsche, die wie Mönche aussehen. Das alles mußt du dir ordentlich anschauen und dir deine eigenen Gedanken darüber machen. Wie ich das auch getan habe. Wie's jeder tun muß. Du mußt auch mit andern Kindern zusammenkommen. Das ist eine Schule für später. Iß ordentlich Suppe bei Frau Massot. Es ist eine dicke, kernige Suppe, aber gerade dadurch wirst du dich auch daran gewöhnen, den Kern der Dinge zu sehen. Und schaff dir Muskeln an. Breite Schultern sind immer nützlich im Leben, selbst wenn es sich nur darum handelt, jemandem einen Dorn aus der Hand zu ziehen.«

Und so weiter und so weiter, bis schließlich das Feuer in ihm hell entbrannt und ich ein richtiger Mensch geworden war, schön ausgebacken, wie ein runder Brotlaib.

Er redete noch ein Weilchen, dann blickte er Vater Massot an und sagte:

»Ich übergeb ihn dir.«

Der Hirt stand einen Augenblick und überlegte, dann legte er seine Hand auf meinen Arm.

»Ich übernehm ihn dir« sagte er.

Sie wußten alle beide, was das für eine Verantwortung bedeutete, und sie nahmen sie auf sich.

Der Hirt Massot wohnte in Corbières. Zwei Stunden brauchte man bis dahin mit der »Gemüsekutsche«, und dabei trabte das Pferd den ganzen Weg. Man fuhr über Sainte-Tulle, bog um zwei Hügelhänge, und plötzlich hatte man senkrecht eine hohe Erd- und Felsenwand vor der Nase. Das waren die Felsentennen. Sie beherrschten das ganze Tal wie ein Adlerhorst. Auf der andern Seite lehnte das Dorf sich an den Hügel an. Es war dadurch vom Wind geschützt und überließ ihm ein weites, flaches Gelände, auf dem man ihn brausend herumstampfen hörte, ehe er sich wieder auf den Weg machte. Dank diesem Wind hatte Corbières das sauberste Korn vom ganzen Tal, und wenn auf den Tennen gedroschen wurde, mußten jenseits vom Tal in dem kleinen Dörfchen Vinon alle Fenster geschlossen werden, weil ein geradezu fürchterlicher Kugelregen von Körnern dort niederging. Die Schwalben warnten einander von Ort zu Ort; die Stieglitze verließen die Wälder; die Distelfinken verwüsteten die Büsche, indem sie wie die Rasenden hindurchschossen, und alles das flatterte und schrie im Wirbelwind der wehenden Spreu. Zuweilen ließ sich ein Habicht oder ein Würger lautlos aus einem Wolkenspalt herab und tauchte herunter, um einen Sperling zu zerrupfen. Die Wiedehopfe stiegen aus den Sümpfen auf, und die

Himmelsschlacht entbrannte mit solchem Ungestüm, daß sie den Lärm der Windfegen übertönte. Auf den Wegen konnte man die toten Spatzen aufsammeln, und die Kirchturmraben kamen überhaupt nicht mehr zur Ruh. Sie versammelten sich hoch im Glockenstuhl und vollführten die ganze Nacht hindurch wilde Tänze, torkelten wie betrunken aus den Mauerlöchern heraus, jagten die Eulen bis in die Weiden am Bach und trippelten so ingrimmig auf dem Pflaster vor der Kirche herum, daß man das Ritschen ihrer Krallen hörte.

So war es, wenn auf den Felsentennen von Gorbières gedroschen wurde.

Wir kamen an einem friedlichen Abend hin. Der Winter lag noch rot auf dem Hügel. Der Bäcker reinigte seinen Backofen, und wir mußten unserm Pferd »holla« zurufen und anhalten, denn jedesmal, wenn der Bäcker seine lange Eisenstange herauszog, versperrte er damit die ganze Straßenbreite. Endlich gab er uns den Weg frei und trat auf die Schwelle. Er hatte einen Brustkasten wie ein Stier, einen Schnurrbart, der ihm in die Nase hineinwuchs, und kugelrunde, schlecht befestigte Kulleraugen.

»Du hast den Kleinen mitgebracht?« fragte er.

Ich kauerte ganz zusammengeklappt und verzückt in meinem Wettermantel. Auf dem Dorfplatz wurde trockner Ginster verbrannt, und das ganze Dorf trat lebendig aus dem Rauch heraus. Die Häuser, in denen Licht angezündet wurde, blinzelten mit den Augen. Der Kirchturm reckte seinen Arm empor; er trug eine Spitzenkrause um sein Handgelenk, und seine spitz zulaufende Hand wies meinem Blick die Nacht da droben. Ja, da oben hoch über allem war nur die Nacht, die sich herniedersenkte, die frühreife, noch vor Kälte blutende Winternacht, die aber doch lebendiger war als jene Nacht, die ich vom Werkstattfenster meines Vaters zu betrachten pflegte. Diese hier hatte sanft ihren grünen Leib auf das reglose Geriesel der Hügelkette gesenkt, sie kratzte müde und gereizt wie ein großer Vogel mit ihren Krallen noch ein wenig an der Abendröte, und dann spreitete sie ihre Schwingen über den weiten Himmel aus, bedeckte ihn ganz und lullte ihn mit dem sanften Fächeln ihres Gefieders in Schlaf. Ihre Flügel bedeckten die Welt bis zu den fernsten Bergen, und zum erstenmal überlief mich kleinen Gebirgler ein Schauder, als ich die unbewegliche Flut des bergigen Geländes vor mir einschlummern sah und mir die Nacht auf dem Meer vorstellte.

Der Bleiverschluß war aufgebrochen, die Siegel waren abgerissen, und die Flügeltüren standen offen, schon gab es gar keine Türen mehr, ich hatte die Schwelle überschritten und befand mich in der weiten Heimat der Winde.

Frau Massot empfing mich, indem sie die Hände zusammenschlug. Erst nachdem sie recht geseufzt und recht gestaunt, nachdem sie mich mit dem Auge gewogen und im voraus mit den Lippen alle Küsse, die sie mir geben würde, ins Leere geschmatzt hatte, erst dann entschloß sie sich, sich zu mir niederzubeugen. Sie knutschte mir Nase, Wangen und Mund ab und nannte mich:

»Mein Rebhühnchen!«

Sie war eine angenehme, ungemein häßliche ländliche Dame; so viel Güte lag in ihrem lebendigen und in ihrem andern ausgelaufenen Auge, so viel Güte in ihrem Schnurrbart, ihrer Tabaknase, ihren Hängebacken, ihrem Mund mit den geschwärzten Lippen, daß sie mordshäßlich davon war. Ihre Häßlichkeit war aus allen jenen Opfern gebildet, aus jenem Märtyrertum, welches die wahre Güte ist. Auf der Photographie, die ich in ihrem Zimmer sah und auf der sie den Zeigefinger des Hirten Massot im hochzeitlichen Gewand mit ganzer Hand umschlossen hielt, da sah sie schön und frisch aus und gleichsam geschwellt von unschuldiger Liebeslust. Nach und nach mußte dieses Fleisch gebrochen, verbrannt, gewalkt und geknetet werden, man mußte sich das Auge ausstoßen, die Hüften verrenken und wie ein Ziegelstein oder Tongefäß im Ofen der Güte brennen lassen und einzig an die kleine rote Frucht des Herzens denken.

Das alles war ihr voll und ganz gelungen.

Es gab Krapfen, eingemachte Heidelbeeren, warme Ziegenmilch mit Haaren darin und geröstete Brotschnitten mit Knoblauch abgerieben, dann saß man noch einen kleinen Augenblick vorm knisternden Herdfeuer, und dann kam das Bett, ein mit heißen Steinen angewärmtes hartes Bett, das ausgedörrt war und nach Lavendel duftete, wie das Bett eines Baches im Sommer.

In drei geschmeidigen Sätzen sprang der Schlaf mich an, während ich noch murmelte:

»Warum hat man ihr das Auge ausgestoßen? Warum?«

Nahebei war eine Wiese, und in der Wiese stand ein Feigenbaum. Ich kletterte in den Ästen bis zu einer Art Wiege empor und rief leise:

»Anna!«

Sie hockte fast immer im Schilf. Ich rief einmal, höchstens zweimal; ihr Gesicht tauchte aus der Welt auf. Sie war mager, blaß und braun, mit riesigen schwarzen Augen, und ihre Lippen, die ich alle Augenblicke mit meiner Fingerspitze berührte, brannten wie glühende Kohle. Sie kletterte zu mir herauf und setzte sich neben mich:

»In die Schlange«, sagte sie.

Aber das hatte sie von mir gelernt. Ich hatte ihr gesagt:

»Die Äste des Feigenbaums sind wie eine große Schlange, die zornig ist, aber trotzdem macht sie ein Wiegenkörbchen für die kleinen Kinder.«

Ich hatte ihr auch das Spiel vom »verlorenen Schiff« beigebracht. Man brauchte bloß einen Bach und ein Stückchen Holz dazu. Den Bach hatten wir: das einsame kleine Wiesenrinnsal mit seinem armseligen Wässerchen ohne Schuppe und Schale. Zwischen den Steinen wand es sich hin, und man mußte schon sehr mit den Augen blinzeln, um an Stelle des Bachgerinnsels einen großen Strom jenseits der Meere zu erblicken.

Anna vermochte genau so zu blinzeln wie ich, und sie sah den Strom.

Wir suchten ein gut schwimmendes Stückchen Holz, ein wenig Borke von einer Korkeiche oder ein Fetzchen Schilfrohr.

»Fünf Mann sind auf dem Schiff«, sagte ich.

»Fünf?« fragte Anna und hob ihre großen Milch-und-Kohle-Augen zu mir auf.

»Ja, fünf: ein Dicker mit einem Bart, das ist der Häuptling. Ein Kleiner mit Wasserstiefeln, der hat die Pistole im Gurt. Ein Hagerer, der die Gitarre umgehängt hat, und dann noch der treue Mastalu und die Gefangene.«

»Wer ist die Gefangene?«

»Ein kleines Mädchen.«

»Wie ist sie?«

»Lebhaft.«

Ich wollte sagen, daß sie höchst lebendig wäre und daß die Männer sie mit blätterreichen Ranken von Schlingpflanzen gebunden hätten und entführten.

Dann vertrauten wir das Holzstückchen dem Lauf des Baches an, und die Barke schwamm auf dem Strom davon mit der Gitarre, der Pistole, dem Häuptlingsbart, dem Grinsen des Negers und den Klagen des kleinen Mädchens, das die Ranken zu fest umschnürten.

Schritt für Schritt verfolgten wir das Abenteuer.

Manchmal schoß die ganze Gesellschaft die ölige Schräge einer Stromschnelle hinab; dann wieder tauchte die Barke in einem Strudel unter, oder sie sank in einem schlammigen Strand ein und blieb dort zitternd stecken ohne Fahrt und Antrieb.

Es war verboten, sie anzurühren. Man durfte nur zuschauen und das Schicksal walten lassen.

»Nur ein einziges Mal«, bat Anna.

»Nein.«

»Sie werden sterben!«

»Einerlei.«

»Nur mit der Fingerspitze!«

»Nein.«

Und ich zerrte Anna geschwind, geschwind nach dem Feigenbaum. Da blieben wir, sprachen kein Wort und starrten auf das kurze Wintergras, ganz durchbohrt von dem gewundenen Flußbett eines großen geheimnisvollen Stromes.

»Wer weiß, wo sie jetzt sind?« sagte Anna.

»Wir können ihnen nicht helfen.«

Das Schicksal hat seine vorgezeichnete Arbeit. Es ist früher als wir aufgestanden. Es hat gesagt: ich werde dies und dies und dies tun. Und das tut es dann auch.

Mit zwei, drei eisigen Windstößen überfiel uns der Frühling. Unten an meiner Nasenspitze gefror und taute es, gefror und taute es, und ich machte es gerade so wie die kleinen Jungen vom Land: ich fuhr mir mit meiner warmen Zunge über die Oberlippe. Meine Hände waren blaugefroren. Dann begann das Wetter zu schnurren, es spielte mit halb eingezogenen Krallen mit der Erde wie eine Katze mit einem Wollknäuel. Zuweilen spürte man die Krallen, zuweilen die laue Weichheit eines schönen, dicken, nach Tierschweiß riechenden seidigen Fells. Schließlich kratzte es an der Rinde der Bäume, und die Blüten brachen hervor; es schürfte mit den Krallen an den Wiesen, und man hörte die Frösche quarren; es scharrte in den Hügeln; die Nachtigallen flogen heraus, und es ward Frühling.

Eines Abends gegen fünf Uhr, als das Tageslicht noch nicht ganz erloschen war, brachte man den Sohn des Stellmachers an. Vier Männer trugen ihn. Man hatte ihn auf eine Leiter gelegt. Die Männer schritten wortlos und streckten alle vier den andern Arm ins Leere, weniger, um der Last das Gleichgewicht zu halten, als um die Nacht zur Seite zu scheuchen.

»Mille!« riefen sie.

Sie setzten ihre Last zu Boden. Gerade in diesem Augenblick wurde es Nacht. Der Stellmacher trat aus der Schmiede, und weil er den ganzen Tag das Feuer vor seinen Augen gehabt hatte, sah er nicht recht und fragte leise:

»Was ist? Was gibt es?«

Der Sohn hatte sich die Wirbelsäule gebrochen. Er war auf seinem Karren eingeschlafen. Es war ein Zufall, daß man ihn auf jener einsamen Straße, die nach Mirabeau führt, gefunden hatte.

Er blieb diese Nacht und noch den ganzen folgenden Tag am Leben, seine Mutter pflegte ihn, ohne ein Wort zu sprechen. Frau Massot blieb dort im Zimmer, um auf den Augenblick zu warten, und ich sah aus dem Dunkel, in dem ich hockte, den Sohn regungslos unter seinem Bettuch liegen und jenseits der Tür, im Zimmer seines Vaters, auf dem Bett seines Vaters die Sonntagskleidung, die bereitlag und auch wartete.

Der Vater war in die Werkstatt hinuntergegangen. Er blieb den ganzen Tag dort und hämmerte Hufeisen.

Die Leute sagten ihm:

»Laß, wir brauchen's nicht.«

»Ich, ich brauche es«, gab er zur Antwort. Und er schmiedete weiter, für sich.

Gegen Abend fragte der Sohn:

»Wieviel Uhr?«

»Sechs Uhr«, sagte Frau Massot.

»Bedient euch«, sagte der Junge.

Die beiden Frauen sahen sich an.

»Was meint er? Was meinst du, Charles?«

Aber während sie sich anblickten, war er gestorben.

Zwei Tage gab es Ruhe. Nein, drei: an einem Donnerstagabend wurde der Junge begraben, und am Sonntag darauf, nach dem Tanzfest, schoß sich der junge Costelet eine Kugel in die Schläfe.

Am Donnerstag stieß und puffte der Wind das Trauergeleit auf dem Weg zum Kirchhof; er packte Steine von der Erde und schleuderte sie gegen die Totenkiste. Zwei- oder dreimal blickte sich der Pfarrer um, um zu sehen, was es gäbe. Freitag war ein Wind wie Wasser, ein Wind, der durch alles drang und alles anfaßte; man hatte nicht Zeit, Atem zu holen. Ich glaube, den ganzen Tag über war Melanie die einzige, die die Dorfstraße überquerte. Nur Melanie; sie öffnete die Tür und schlüpfte hinüber zu Hortense. Um zu schwätzen. Am Samstag aber gab es erst den richtigen Wind; den ganzen Wind mit Leib und Seele. Bis dahin hatten wir nur das Wehen seines Schopfes, seine Fingerspitzen, seine Arme, die nach uns griffen, zu spüren bekommen. Jetzt kam er mit ganzer Schulterbreite übers Dorf gefegt, und man sah, daß da oben auf den Hügeln sein Leib die Erde berührt hatte und daß er die Blachfelder pflügte. An diesem Tag war nicht eine Seele draußen, und den ganzen Tag hatte man das gedehnte Geheul in den Ohren. Massot saß in der Nähe des Herdes, den Kopf in beide Hände vergraben. Von Zeit zu Zeit steckte er seinen kleinen Finger in den Gehörgang und schüttelte ihn. Und nach einer Nacht, in der alles dröhnte: die Mauern, der Kirchturm, die Glocken, die Kirche, das Wellblechdach der Waschanstalt, die Bäume, die pfeifenden Steine von den Mauerwällen, nach einer solchen Nacht kam der Sonntag, kam ganz unschuldig mit seiner Sonne, seinem weiten Himmel, blau wie das Gewand der Heiligen Jungfrau, und einem Frieden, einer Stille, daß man den Tritt der Ameisen zu hören meinte.

Es war Ball im Dorf.

Die Herzensfreundin von Costelet war Germaine, das wußten alle. Sie tanzte fünf Tänze mit ihm. Einen Tanz tanzte sie mit Vernet. Costelet gab sich mit Marguerite ab. Man hörte sie lachen. Germaine versuchte durch das Dunkel zu spähen. Man konnte nicht erkennen, was sie da machten. Sie machten gar nichts, wir hatten sie ja gesehen, der Raphael und ich. Wir spielten während des Tanzes Verstecken, und ich hatte mich gerade hinter der Bank versteckt. Nein. Costelet saß da und starrte zu seiner Germaine hinüber; hin und wieder sagte er ein Wort, ohne sich zu rühren, und dann lachte Marguerite, weil man ja lachen muß, wenn man mit einem Burschen im Dunkeln sitzt. Sie lachte auch bloß so ein Lachen, kleine nervöse Lachtriller aus der Tiefe der Kehle.

Germaine trat heran.

»Kommst du?«

»Nein, geh zu deinem Vernet.«

Sie tanzte noch einmal, dann setzte sie sich ganz allein in eine Ecke. Costelet durchquerte den Tanzplatz, ohne sie anzublicken. Er ging fort und hinter der Kirche vorbei zu sich nach Haus. Er nahm sein Gewehr, ging nach den Tennen, zu der Strohmiete, wo sie beide, er und Germaine, des Abends hinzugehen pflegten und wo ihre Spur noch im Stroh eingeprägt war, und schoß sich eine Kugel in den Kopf.

Nach dem Tanz fand ihn Germaine.

Dieses Mal lief es nicht ruhig ab. Die Gendarmen kamen und untersuchten die Strohmiete.

»Was ist das hier?«

Der dicke Gendarm hatte ein Bändchen gefunden.

»Nichts.«

»Nun, nun, immerhin!« sagte der Gendarm.

Und er hielt die Bandschleife auf seiner flachen breiten Hand.

Ja, er hatte recht, das sagte alles.

Die Julie Costelet begann zu schreien, sobald der Tote in der Sargkiste lag. Man hatte sie vorzeitig zunageln müssen, weil das Wetter lau war.

»Ich hab nichts gesagt«, sagte der Schreiner zu Frau Massot, »und man muß auch nichts sagen, aber sein Kopf roch schon nach Verwesung, und im Auge saß ihm ein Wurm.«

Die Julie Costelet begann zu schreien. Das blieb so bei, wie der Wind, Tag und Nacht, ohne Unterbrechung. Der Schrei drang bis zu mir in meinem Bett. Die Glasglocke der Uhr zitterte davon. Leise stand ich auf und schob ein gefaltetes Stück Papier unter die Glasglocke, damit sie nicht mehr zitterte. Ich legte mich wieder hin. Aber das Geräusch war noch immer neben dem Schrei zu hören. Ich brauchte lange, bis ich herausfand, daß es von einer Photographie herrührte, deren Glasscheibe leise zwischen Bild und Rahmen klirrte. Ich legte die Photographie flach auf die Marmorplatte, und nun blieb der Schrei allein. Es war wie ein gedehntes, pausenloses Jammern. Ich verkroch mich in meine Bettücher. Es hatte gar keinen Zusammenhang damit, aber in meinem von diesen schweren, gedehnten Jammerlauten belagerten Bett sah ich im Dunkel ganz hell das Gesicht des Moschusmädchens vor mir, des Mädchens, das mich auf der Straße küßte. Ich sah vor allem ihren Blick, ein Ding, so einfach und offen und ganz verwundet. Auch alle Fieberungeheuer meiner Krankheit fielen mir wieder ein. Eine Zeitlang erblühten aus der Nacht vor mir die aufgeplusterten farbenprächtigen Vögel mit ihren großen, wie nasser Buchsbaum glitzernden Augen, die plumpen violetten Dickhäuter mit ihren Zitzen und Klauen und Warzen überall. Unterdessen hörte ich das Jammern der Costelet nicht mehr, dann aber platschte es auf einmal wieder hinein, wie ein Stein in einen Wasserspiegel, und es zerriß, zerbrach, verwischte alles, um allein in seiner Bündigkeit zurückzubleiben, ein Jammerlaut, nackt und blank wie ein Messer. Er blieb allein zurück, und auf seinem Grund schimmerte das Gesicht des Moschusmädchens auf. Vielleicht war da doch ein Zusammenhang.

»Beruhigen Sie sich, schweigen Sie!« redete man der Costelet zu, »wo führt Sie das hin?«

Einen Augenblick blieb sie stumm.

»Nirgends«, sagte sie, »nichts und nirgendswohin, ich bin da.«

Und am Mittwochmorgen, acht Tage nach dem Tod vom Stellmacher-Charles, fand Justin, der beim ersten Morgengrauen mit seinem Karren losgezogen war, den dicken Bäcker an der ersten Linde der Landstraße aufgeknüpft.

Er kehrte ins Dorf zurück, um Hilfe zu rufen, und ich hörte seine Stimme. Ich trat ans Fenster. Er stand unten im fahlen Weiß der Morgendämmerung und rief:

»Clodomir, Herr Tastu, Fine, Olivier, Massot!«

Jedesmal, wenn er Massot rief, kehrte er unserm Haus ein Gesicht zu, in welchem nichts mehr wie ein offner Mund und Haare zu sehen waren.

Ich ging und zupfte Frau Massot an der Hand, die unter ihrer Bettdecke heraushing.

»Ich höre«, sagte der Hirt.

Da wachte Frau Massot auf.

»Was ist?« sagte sie.

»Es scheint weiterzugehen«, sagte der Hirt.

»Costes hat sich erhängt«, rief Justin.

»Costes« sagte Massot, »ich wußte es. Er war gezeichnet.«

Der Pfarrer hielt eine besondere Predigt. Herr Tastu nahm seinen Stock und wanderte durchs Dorf. Er pochte mit seinem Stockknauf an die Türen. Man öffnete ihm.

»Guten Tag, Herr Tastu.«

»Guten Tag, Fine, oder auch Clorinde, oder Chabassut, guten Tag, nun, wie geht es?«

Sie blickten hinaus in den Frühling und gaben keine Antwort.

»Nun ja«, sagte Herr Tastu, »das ist eine Krankheit, die man kurieren muß. Wir werden Sonntag ein Fest feiern.«

»Wir haben nicht das Herz dazu.«

»Es muß sein«, sagte Herr Tastu, »man muß sich zwingen: man schluckt die Medizin, und hat man sie erst mal im Leib drinnen, dann tut sie wohl. Verlaßt euch drauf.«

»Wie Sie wollen.«

Im Lauf der Woche hing sich Blanche Lamballe mit ihrem Gürtel an einem Olivenbaum auf.

Sie war nicht bei Verstand. Man fand sie ebenfalls früh am Morgen. Der Nachtwind hatte sein Spiel mit ihr getrieben und ihr ihren Rock weggerissen. Sie hatte nur noch ihr Mieder und ihr leinenes Hemd an. Es bedeckte nicht einmal ihre Schenkel.

Wir gingen auf das kleine Felsplateau von Pierrisnard spielen, Raphael, Louis, Anna, Mariette, Pierre, Turc und ich. Hinter der Häusergruppe lag dort ein verlassener Garten. Nur Brennesseln und Brombeeren wuchsen darin, und wenn man im Sand der Böschung grub, mußte man vorsichtig scharren, weil die Salamander hier im Sand ihren Winterschlaf hielten.

»Sollen wir dich aufhängen?« fragte Raphael.

»Ja.«

Er legte seinen Ledergürtel um Mariettes Hals. Wir hißten die Kleine bis zu einem Ast und hingen sie auf. Sie fiel in die Brennesseln, hustete, übergab sich und blickte uns aus großen verwirrten Augen an.

»Ich hab das Blaue gesehen«, sagte sie.

»Wie ist das?«

»Du machst die Augen zu, und dann füllt sich dein ganzer Kopf mit Blau.«

Anna wollte nie mit uns zusammen nach Haus gehen, sie blieb immer allein auf dem Weg zurück, und dann wandte sie sich der Untiefe des Baches zu.

Eines Abends mußten wir ihr nachlaufen und schreien:

»Anna! Anna!«

Sie kauerte zitternd hinterm Schilf.

Am Freitagmorgen ging der Pfarrer von Haus zu Haus.

»Löscht alle Feuer«, sagte er.

Die Herdfeuer wurden ausgelöscht und die Streichhölzer in das Brunnenbecken geworfen.

Der Pfarrer öffnete beide Flügel des großen Kirchenportals; die Kraft dreier Männer war erforderlich, um den linken Flügel aufzustoßen.

Tief drinnen im Hintergrund las er für sich allein die Messe.

Unterdessen wurden an den Feuerstellen kleine Bündel aus Lavendel und getrocknetem Thymian vorbereitet.

Gegen zehn Uhr kam der Pfarrer wieder. Er trug eine brennende Kerze.

Mit seinem Kirchenlicht zündete er alle Herdfeuer wieder an.

»Jetzt haben wir neues Feuer«, sagte Frau Massot, »so ist es immer.«

Und sie bestreute die Flammen mit grobem Salz, das wie kleine Blitze knisterte und knatterte.

Am Nachmittag sattelte der Pfarrer sein Pferd und ritt nach der Stadt, um für alle Dorfbewohner Streichhölzer zu kaufen.

Und am Sonntag wurde das Fest gefeiert. Die Straßen waren mit Buchsbaum und mit blühenden Mandelzweigen geschmückt. Zu früher Stunde machte der Ausrufer mit der Trommel seine Runde. Die Schränke wurden geöffnet. Denn man mußte seine schönste Sonntagstracht anlegen. Zur Messezeit trat der Pfarrer heraus in die Sonne, obgleich er selber schon einer Sonne glich: in seinem goldenen Meßgewand mit der Stickerei des Lammes vorne darauf, das das Kreuz zwischen seinen Pfoten hält. Man hatte die kalte Asche der alten Herdfeuer aufbewahrt. Der Pfarrer schritt allen voran bis an den Rand der Felsentennen. Es wehte ein starker Wind an diesem Tag, aber er war nicht launisch, er hatte seine Strömung auf das Meer zu genommen und sich sein Bett in dieser Richtung gegraben. Man trat auf die Felsen vor und schüttelte die Asche aus den Säcken in den Wind.

Die Germaine vom Costelet schrie:

»Meine Sonne! Meine Sonne!«

Und sie schlug mit dem Kopf gegen die Steine. Man schaffte sie fort. Sie wieherte wie eine Stute.

Vor der Kirche wurde getanzt. Auch der Stellmacher und seine Frau saßen auf Stühlen dabei und schauten dem Tanz zu. Die Germaine kam mit ihrem Gesicht, das ganz von ihren Augen aufgezehrt war, und tanzte. Für jeden Tanz wechselte sie den Burschen; sie sprach kein Wort. Sie versuchte nicht, wie die andern Mädchen, sich frei von Schwindel zu halten, indem sie hin und wieder den Kopf in die dem Tanz entgegengesetzte Richtung wendete, nein, sie drehte sich wie ein Kreisel, völlig willenlos. Und jedesmal, wenn die Musik aufhörte, mußte ihr Partner sie stützen und bis zu einer Bank schleppen. Sowie die Musik wieder einsetzte, sowie der Hornist mit dem Fuß taktierte, erhob sich Germaine und ging mit vorgestreckten Armen auf irgendeinen Burschen zu, so daß er sie nur noch um die Taille zu fassen und herumzuschwingen brauchte. Um Mitternacht war es aus. Man half dem Wirt seine Bänke und Holzböcke hineinräumen. Unter den Lampions blieben bald nur noch Herr Tastu, der Pfarrer und Massot zurück. Bei den Tennen wurde gesungen, ein Chor von Mädchen und Burschen.

»Halbwegs in Ordnung«, sagte Massot, »man muß sich begnügen.«

Einmal habe ich mir eine Schlange ganz aus der Nähe angesehen. Ich habe niemals Angst vor Schlangen gehabt. Ich liebe sie geradeso, wie ich die Wiesel liebe, die Marder, Rebhühner, Häsinnen, die kleinen Kaninchen, alles, was nicht vom Gedanken des Todes und der Heuchelei der Liebe besessen ist. Schlangen sind wunderbare, friedfertige und sinnliche Tiere, aus dem tiefsten Schoß der Erde geboren, an einem Ort, wo sich der Urstoff der Granite, Basalte und Porphyre befinden muß; sie sind wirklich von einer ungewöhnlichen Schönheit und Anmut.

Fast unter meinem Tritt hatte sie sich aufgerichtet. Sie schnellte wie ein Fisch auf und entfloh. Auf dem Hügel lagen nur zerschmetterte Felsblöcke: kein Gras, keine Thymianbüschel, sie konnte sich nirgends verstecken. Sie glitt nicht schnell davon. Die Wellen ihres Körpers fanden keinen Halt am Boden, und sie erschöpfte sich in Windungen, ohne recht vorwärts zu kommen. Sie war dick wie mein Arm. Sie hörte, daß ich ohne mich zu beeilen hinter ihr herging; da richtete sie sich auf der Sichel ihres Schwanzes auf. Sie wiegte sanft ihren Kopf; starke grüne Muskeln stiegen an ihrem Leib hoch. Sie schnurchelte in der Kehle wie ein Kätzchen und flackerte mit der Zunge. Sie blickte mich an. Ihre Augen waren rund, voll und kalt wie die eines Vogels. Ich sah, wie unter ihrer Haut Wut, Angst und Neugier in ihr aufstiegen, und vielleicht auch ein wenig von jener Zärtlichkeit, die – ich habe das später erfahren – alle Schlangen für die Menschen hegen. Ich war ein recht kleines Menschlein. Ich sah vor allem ihre Angst und ihre Wut. Wie Wiesendünste stieg es in ihr hoch; ihre Wut war grün und glitzerte leicht wie Schaum; sie schepperte beim Aufsteigen in ihren Schuppen. Ihre Angst schoß in blauen Windungen durch ihre Wut. Kleine rote Lichtblitze flimmerten um ihren Leib. Sie leuchteten auf und erloschen wieder wie glühende Kohlestückchen.

Es saß unter ihrem Schuppenpanzer. Auch ein Gelb hatte sie an sich, strahlend wie die Sonne, und ein armseliges Gelb, wie ausgebrannter Ton, und auch ein ganz stumpfes Metallgelb, und alle diese Farben spritzten und sprühten an ihrem Leib entlang und um ihn herum.

Sie hörte auf zu zischen. Aus zwei kalten und leblosen Dingern sah sie die Welt an; ihre Augen waren ein toter Mechanismus. All ihre Empfindsamkeit saß in ihrer Haut und in ihrem Fleisch.

Ich träumte oft von Dingen, die so schön waren wie die Haut der Schlange; aber das Kalte, das Tote ihrer Augen hatte ich nur noch in den Augen von Costelet gesehen, als er ging, um sein Gewehr zu holen, und im Blick des Moschusmädchens.

Nirgends sonst hatte ich das je gesehen.

Jedoch die Schlange legte sich wie Wasser, wenn man den Strahl abdreht, und beruhigt glitt sie sacht davon unter die Steine.

Als ich aber jetzt ins Dorf zurückkehrte und die Straßen betrat, da begegnete ich fast bei jedermann diesen toten Blicken.

Anna hatte die Wunde des Costelet gesehen. Sie hatte das Tuch gelüpft, als der Tote, beinahe noch warm, im Stroh lag. Sie wich einen Schritt zurück und schlich sich dann leise davon, einen Finger an den Lippen, als wollte sie Schweigen gebieten.

Sie sagte zu mir:

»Der Engel in seinem Kopf hat die Schwingen ausgebreitet, um davonzufliegen, und da ist sein Kopf geborsten.«

Ich mußte im Gemüsekeller an diesen Engel denken. Ich versteckte mich oft dort, ganz allein und verlassen. Ich hörte Frau Massot rufen:

»Jean! Jean!«

Wo steckt er nur?

Sie sprach mit sich selbst:

»Es ist doch Vesperzeit. Und meine eingemachten Heidelbeeren!«

Sie machte den Topf zu und stellte ihn zurück in den Schrank. Aber ich gab keine Antwort. Ich hörte, wie die eingemachten Heidelbeeren sich von mir entfernten. Ich hatte große Lust darauf. Ich gab keine Antwort. Ganz klein und kläglich blieb ich in meinem Versteck zwischen zwei Kartoffelsäcken hocken.

Der Engel!

Ich war dreizehn Jahr alt. Ich fühlte, daß auch ich einen Engel besaß wie alle andern, wie die Schlange, denn jedesmal, wenn ich an den Engel dachte, sah ich wieder die Wut und die Angst im Leib der Schlange flammend hochsteigen. Ich spürte, daß dieser Engel gerade jetzt in diesem Augenblick in meinem Kopf saß, zwischen meinen beiden Ohren, daß er da war und in mir lebte; und alle meine Freuden dankte ich einzig diesen zwei Dingen: daß er da war und in mir lebte. Ich spürte, daß er ganz wie der Engel der Schlange aus dieser Gabe, Angst zu empfinden, geschaffen war, aus dieser Gabe der Wut, der Neugier, der Gabe der Freude und der Tränen, aus dem Vermögen, in der Welt und vom Hauch der Welt durchdrungen zu sein, gleich einem Wassertropfen, der in einem Sonnenstrahl hängt und lodert, weil er von ihm durchdrungen wird.

Der Engel!

Er ist das Kind unseres Fleisches. Er ist von Gottes Hand geschaffen; jawohl, von unseren Händen. Alle diese scharfen kleinen Hände unserer Augen und unserer Ohren, alle diese kleinen feinfühligen Hände, mit denen unser Blut nach der Welt langt, wie ein Kind nach einer Orange, diese entbrannten Hände unserer Lippen, die schwarze Hand unserer Milz, die violette unserer Leber, die breite Hand unserer Lungen, die musikalische Hand unseres Herzens, die Mörtelmischerin, die in unserm Leib am Werk ist, und die Flügelmacherin, die wie ein Fischlein leise zwischen unsern Schenkeln zappelt oder zuckt wie ein warmer kleiner Frosch: das alles sind die Hände.

Und der Engel sitzt sanft auf dem Gipfel unseres Halses, zwischen unsern beiden Ohren.

Er hat seine Schwingen ausgebreitet, um davonzufliegen, und da ist sein Kopf geborsten. Zuweilen ist wohl der Schädel zu hart.

An einem Samstag spannte Massot die »Gemüsekutsche« an.

»Wir wollen den Papa besuchen.«

Mein Vater saß über einen alten Schuh gebückt. Er hielt ihn an sich gepreßt und schnitt den Rand der Sohle mit dem Kneif ab.

Er summte in seinen Bart.

»Zufrieden?« fragte Massot.

»Nein«, sagte mein Vater.

Er betrachtete mich voller Freude. Seine Augen waren nicht tot, das Leben darin war nur müde.

»Du darfst deine Zeit nicht vergeuden«, sagte er, »und das hast du auch nicht getan. Mit deinen Schultern bin ich zufrieden. Zeig deine Arme her; es geht an. Trag die beiden Ambosse in die Ecke.«

Er sah zu, wie ich die beiden eisernen Dinger packte und forttrug.

»Es geht an«, sagte er, »jetzt schau mich einmal an. Gut, es geht an. Auch nach der Seite hin hast du deine Zeit nicht vergeudet. Nur in dieser Richtung mußt du noch ein bißchen weiterwachsen. Massot, du mußt mir den Kleinen noch diesen ganzen Frühling und den ganzen Sommer über behalten, aber bring ihn jeden Samstag mit und laß ihn dann den ganzen Tag über hier. Im Oktober kann er wieder in die Schule gehen. Und du, Jungchen, mach mal den Koffer da auf. Da liegt ein Packen Bücher drin. Man hat sie mir für dich gegeben. Der Mann hat gesagt, du sollst zuerst für dich allein zu lesen anfangen. Nächsten Samstag wird er hier sein, dann sagst du ihm, was du nicht verstanden hast, und er wird es dir erklären. So. Und nun geh und trink deinen Milchkaffee.«

Gleich auf der Treppe knüpfte ich die Strippe auf und öffnete das Paket. Es enthielt die »Odyssee«, den Hesiod, einen kleinen zweibändigen Virgil und eine ganz schwarze Bibel.

Unten waren die Mädchen der Bügelstube versammelt. Meine Tasse mit Milchkaffee war auf dem Bügeltisch angerichtet.

»Deine gute Freundin ist gestorben«, sagte Antonine.

Der Schluck Kaffee blieb mir hart wie ein Stein im Mund stecken.

»Sie küßte dich doch immer, und dann rochst du nach ihrem Parfüm.«

Ich stieg zu meinem Vater hinauf. Meine schweren Landschuhe knirschten auf den Steinstufen. Ich mußte an den leichten flinken Schritt des Moschusmädchens denken, wenn sie die Treppe herunterkam, an das Gleiten ihrer Hand über das Holzgeländer und das Klappern ihres breiten silbernen Ringes, der gegen das Geländer schlug, wenn sie hinter dem Treppenabsatz wieder danach griff, ich dachte an das Geraschel ihres Rockes und an ihre beiden Füße, die so sicher unten auf den Fliesen landeten.

»Was machst denn du da?«

Weiß gepudert, die Lippen grell, die Arme bloß, die Taille offen bis in dunkle Tiefe...

Ehe er sie fortließ, hatte der Mann da oben gesagt:

»Bleib nicht zu lange fort; ich fürchte mich, wenn du nicht da bist.«

Ich öffnete die Tür der Werkstatt. Mein Vater arbeitete stumm, Massot las einen Brief. Ich stellte mich ans Fenster und schaute hinaus. Dort drüben, wo sie sich des Morgens immer wusch, war alles zu. Die Handtücher hingen nicht mehr zum Trocknen über der Leine.

Massot faltete den Brief zusammen.

»Ja«, sagte er, »den könnt Ihr mir auch schicken. Ich glaube, daß es recht ist, Vater Jean.«

»Ich weiß, daß es recht ist«, sagte mein Vater.

Er legte den Brief in seine Schublade.

Da ist der Brief. Ich habe ihn mit manchen andern hier vor mir liegen. Ich schreibe ihn ab.

»Werter Herr!

Ich danke Ihnen für alles, was Sie für Marie-Louise getan haben. Sie hat mir aufgetragen, es nicht zu vergessen. Noch zwei Stunden vor ihrem Tod hat sie's mir aufgetragen. Sie haben alles und noch darüber hinaus gegeben, was ein lebendes Wesen einem andern lebenden Wesen nur geben kann. Sie haben ihr Ruhe und Frieden gebracht. Ich möchte Ihnen auch für die Sorge danken, die Sie aufgewandt haben, um sie würdig begraben zu lassen. Ich werde Ihnen die vierzig Francs, die Sie mir geborgt haben, nicht wiedergeben können. Ich gebe Ihnen diese Bücher für Ihren Sohn. Sie sind keine vierzig Francs wert, und ich würde nicht wagen, sie einem andern als Ihnen anzubieten. Was nun Ihren Plan angeht, von dem Sie mir gesprochen haben, daß ich alle Samstage Ihrem Sohn Unterricht geben soll, so will ich nicht darauf eingehen, ohne Ihnen zuvor von mir gesprochen zu haben. Sie kennen mich nicht. Ich bin ehrlich, und ehe ich es annehme, muß ich Ihnen sagen, wer ich bin. Ich hätte zu Ihnen kommen und über alles das mit Ihnen sprechen sollen. Sie werden verzeihen, wenn ich vorziehe, es Ihnen zu schreiben. Ich bin so beglückt von dieser Güte, die von Ihnen ausgeht und nach der mich so hungert, daß sie mich fast zwingen könnte, zu lügen. Andrerseits weiß ich, daß ich Ihnen vierzig Francs schulde, und ich könnte versucht sein, mich dieser Schuld Ihnen gegenüber zu entledigen, indem ich Ihren Sohn unterrichte. Es wäre nicht redlich, es zu tun, ehe ich Ihnen alle Auskunft über mich gegeben habe. Entschuldigen Sie, daß ich Ihnen das schreibe.

Meine Geschichte kann ich Ihnen nicht erzählen, ich will Ihnen die eines Freundes erzählen. Wir waren zusammen auf dem Seminar und von gleichem Alter. Er wurde zuerst Meßdiener in einem Gebirgsweiler, dann bekam er eine Pfarrstelle in einem Dorf in der Sumpfgegend. Ich habe ihn häufig aufgesucht. Im Frühjahr stieg das Wasser bis in die Straßen, dann zog es sich langsam zurück, und die weißen Fäserchen vom Schilf wirbelten wie Staub in der Luft herum. Im Winter heizte er bei sich mit schimmligem Weidenholz. Sie müssen wissen, was das heißt, mit schimmliger Weide heizen. Der Geruch macht einen ganz alt.

Er hatte einen reichen Onkel in Lyon, der krank war und ihn zu seinem Erben einsetzte, als er starb. Eine kleine Erbschaft: sechstausend Francs; das übrige ging an fromme Orden. In seiner letzten Lebenszeit war der Onkel von einer jungen Krankenschwester gepflegt worden. Mein Freund fuhr nach Lyon. Es war notwendig. Erstens aus Dankbarkeit für das Gedenken dieses Onkels, der ihm nichts schuldete und ihm sechstausend Francs hinterließ, und dann auch, um in den Besitz dieses Geldes zu gelangen. Mein Freund wünschte sich ein Pferd. Dann würde er nach Belieben das Sumpfgelände überqueren und ganze Nachmittage in den Hügeln spazierenreiten können. Der Onkel war schon begraben, als er hinkam, und er fand die junge Pflegerin krank, schwindsüchtig und bettlägerig vor. Das Haus fiel an die Dominikaner. Das junge Mädchen mußte so bald wie möglich hinaus. Nur aus Barmherzigkeit hatte der Prior sie noch einige Tage länger dort gelassen. Sie war zu dieser Zeit in einem Zustand, daß kein Hund das Herz gehabt hätte, sie zum Aufstehen und Herumgehen zu zwingen. Mein Freund holte sich sein Geld, bezahlte einen Wagen und die Reise und nahm das junge Mädchen mit zu sich. Er war damals fünfundzwanzig Jahre alt. Er richtete eine Kammer für sie neben der Küche her. Sie genoß so die Wärme vom Ofen mit. Er ließ die Tür offen stehen und konnte mit ihr reden, wenn er an seinem Tisch bei der Lampe arbeitete oder seine Mahlzeit bereitete. Sie brauchte Arzneimittel. Aber mein Freund hatte sich das Pferd nicht gekauft, und mit sechstausend Francs kann man Arzneimittel beschaffen. Er versuchte ein bißchen von allem. Das junge Mädchen war sehr hübsch. Sanft, voller Zärtlichkeit und Dankbarkeit. ›Herr Pfarrer‹ nannte sie ihn leise. Er versteckte sich nicht. Frauen aus dem Dorf besuchten die Kranke. In den Häusern sagten sie: ›Ich hab die Frau vom Pfarrer besucht.‹ Ich versichere Ihnen, sie sagten es ohne Bosheit, ohne Arg, ganz so, wie Sie das sagen würden.

Das dauerte zwei Jahr. Dann starb sie. In der letzten Zeit verbrachte er häufig den ganzen Nachmittag an ihrer Seite. Er setzte sich gegen das Licht. Er nahm die Hand des jungen Mädchens in seine beiden Hände, und so blieben sie alle beide. Sie sprachen nicht miteinander. Sie rührten sich nicht. Kaum die Finger ein wenig, und auch das nur, bis ihre Hände in einer bestimmten Weise ineinander lagen. Danach rührten sie sich nicht mehr. Sie starb ohne ihn, ganz allein, indem sie auf ihre Betttücher all ihr Blut von sich gab. Als er heimkam, war sie schon lange kalt. Er begrub sie im Dorf. Er las die Totenmesse. Der Kirchhof stand voll Wasser.

Als mein Freund vom Kirchhof zurückkam, öffnete er seinen Koffer. Ein Jagdrock und eine Jagdhose lagen darin. Er legte das Priesterkleid ab und zog sich als Mann an; dann schloß er die Kirche ab und ging von dannen.

Fünfzehn Jahre ist es her, daß meinem Freund das geschehen ist. Seitdem ist er durch manchen Ort gekommen.

Sie haben mich gefragt, warum man Marie-Louise nicht im Stadtkrankenhaus hat aufnehmen wollen. Sie müssen entschuldigen, daß ich Ihnen das nicht früher gesagt habe. Vor allen Dingen müssen Sie entschuldigen, daß ich gedacht habe, es könnte Sie hindern, ihr zu bringen, was Sie ihr gebracht haben. Ich kann mir diesen Gedanken jetzt, da ich weiß, wer Sie sind, nicht verzeihen. Als ich zum Gemeindevorsteher gegangen bin, hat er mir gesagt, das Krankenhaus würde von barmherzigen Schwestern geleitet, Marie-Louise aber wäre überall tätowiert, und das wäre kein Anblick für die barmherzigen Schwestern. Er sagte mir, auf dem Bein von Marie-Louise wäre eine Schlange tätowiert, die sich um ihren Schenkel ringelte und mit dem Kopf höher oben an der richtigen Stelle untertauchte. Entschuldigen Sie, aber so hat er sich ausgedrückt, und es stimmte auch.

Und jetzt danke ich Ihnen noch einmal, ich werde nie vergessen, was Sie für sie mit dem Ton Ihrer Stimme getan haben, wenn Sie mit ihr sprachen, und daß Sie sie zweimal geküßt haben, einmal, als sie noch lebte, und einmal als Tote.«

SIEBENTES KAPITEL

Ankunft des schwarzen Mannes – Sommer – Die Ilias und die Ernte – Der Geruch der Frauen – Sinnlichkeit – Der Bäcker, der Hirt und Aurelie – Der »Geduld-Maillefer« – César und der Hirt – Die Kavaliere auf dem Ball – Erntefeuer – Herr d'Arboise – Rachel – Das Lippenrot

Seit Frühlingsende hatten wir einen neuen Gast. Eines Abends war er bei Massot angelangt. An der Schwelle hatte er bescheiden gegrüßt.

»Ist das hier das Haus von Herrn Massot?«

»Ja.«

»Ich komme von Herrn Jean.«

»Treten Sie ein.«

Er kam herein. Er machte wenig Lärm. Durch die leisen Laute seines Lebens hindurch konnte man den Brummbaß der Bremsen und Wespen im blühenden Geißblatt hören.

Es war der schwarze Mann.

Die große Hitze draußen hatte schon die ganze Oberfläche der Erde in gut Fingerdicke weggefressen, und der Wind war in dichte, schwere, wollige Staubwolken gehüllt und fegte wie ein Feuer knisternd durch die Baumkronen.

Der Mann sah aus, als käme er aus einem Dauerregen. Der Hut auf seinem Kopf war verbogen, als wäre er durchnäßt, und wenn er ihn abnahm, fielen ihm die kurzen Haare kraftlos in die Stirn. Er hatte Angst zu stören.

»Ich störe Sie«, sagte er und wollte von seinem Stuhl aufstehen.

»Bleiben Sie sitzen«, sagte Frau Massot.

Massot, der einen Stiel für seine Hacke mit dem Messer zurechtschnitzte, hielt in der Arbeit inne.

»Sie stören gar nicht«, sagte er. »Es ist nur so eine Gewohnheit, das zu sagen, und das macht keinen guten Eindruck. Hier drinnen ist Platz für alle. Wenn kein Platz ist, dann sag ich: ›Setzen Sie sich draußen hin.‹ Zu Ihnen hab ich gesagt: ›Treten Sie ein.‹ Sie sollen sich eben hier drinnen wohlfühlen. Passen Sie auf. Ziehen Sie sich Ihre Jacke aus, krempeln Sie die Hemdsärmel hoch und kommen Sie mal her, ich will schon lange den Backtrog an eine andere Stelle rücken, und da Sie gerade da sind...«

Sie stellten sich zu beiden Seiten neben den Trog.

»Achtung«, sagte Massot, »er ist schwer. Ich habe hier auf einen Mann dazu gewartet, fassen Sie an?«

Er faßte an. Er half mit ganzer Kraft. Seine Arme zitterten wie Stricke.

»Noch ein wenig«, sagte Massot. Und dann:

»Etwas mehr nach rechts.« – Dann:

»Dicht an die Wand. Rücken Sie ihn ran. Heben Sie noch einmal ein bißchen an. So!«

Er rieb sich die Hände.

»Sehen Sie, so steht er viel besser. Ich wollte ihn schon längst verrücken. Aber ich brauchte einen Mann dazu.«

»Ja«, sagte der Mann.

Auch er rieb sich sacht die Hände, dann fuhr er sich mit allen zehn Fingern durch die Haare.

Er war die fünfzehn Kilometer bis hierher zu Fuß gelaufen und war weiß vom Staub bis zum Bauch. Man hatte ihm oben auf dem Boden zwischen zwei Wänden von Heu ein Bett gerichtet; aber ein richtiges Bett, mit zwei Matratzen, mit Laken aus dem Schrank, die ihr volles Gewicht hatten, und der blauen Decke mit den Glockenblumen darauf.

Die Massottin zeigte ihm die Räumlichkeiten.

»Achtung, da ist die Leiter.«

»Danke sehr.«

Sie hob die Klappe der Falltür hoch.

»Man muß dagegen drücken, das Heu gibt nach.«

»Danke sehr.«

Sie gingen da oben auf dem Boden herum, und ich hörte den Mann sagen:

»Sie hätten sich nicht so viel Umstände machen sollen.«

Massot rauchte seine Pfeife. Die Massottin kam wieder herunter.

»Der ist mal höflich«, sagte sie.

»Ich hab euch zugehört«, sagte Massot. »Was die Höflichkeit angeht, so ist sie vorhanden, aber das ist weiter nicht schlimm. Der Rest roch schon übler.«

»Was für ein Rest?« fragte die Massottin.

»Ist ja wahr«, sagte Massot, »du hast nur ein Auge.«

Mit seinem Pfeifenstiel wies er auf den schweren von der Stelle gerückten Backtrog.

»Das da«, sagte er.

Der Trog stand zu dicht am Wandschrank; man konnte die beiden Türen nicht mehr ganz öffnen.

»Wenn man zu was zu gebrauchen ist, langweilt man sich nicht«, sagte Massot. »Wenn man zu nichts zu gebrauchen ist, stört man.«

»So wie er jetzt steht, ist es nicht bequem«, sagte die Massottin.

»Nein, aber das ist meine Art von Höflichkeit. An einem der nächsten Tage werde ich sagen, ich hab's mir anders überlegt, und dann rücken wir ihn wieder an die alte Stelle. Er kann uns so zweimal dienen.«

Gewöhnlich schlief ich ein wie ein Stein, der ins Wasser plumpst. An diesem Abend aber saßen so viele neue Heimchen in der Asche ... eine ausgelassene Wespe schwirrte trotz der Nacht noch in den Geißblattranken. Mir war, als ob mein Vater und Massot eine richtige Komödie in bezug auf diesen schwarzen Mann spielten. Ich hatte ihn erst an zwei Samstagen in der Stadt gesehen, als mein Vater zu dem Hirten sagte:

»Du kommst dann herein und sagst es.«

Und um elf war Massot auch hereingekommen und hatte gesagt:

»Na, geht es vorwärts mit den Stunden?«

»Es scheint so«, hatte mein Vater geantwortet.

Der schwarze Mann hielt noch das Buch in der Hand, und

die Worte »herrliche Mutterschafe« lagen noch auf seinen Lippen.

(Er las diesen gewaltigen Tanz des Cyklopen mit Ulysses mit einer saftigen und vollen Stimme, die sich bei dem Wort »Höhle« zu einem moosigen Echo vertiefte, im Wein und in der Milch dahinfloß und spritzte und wie Wind und Wellenschaum über Segel, Ruder und Meer strich.)

»Das Dumme ist«, fuhr Massot fort, »daß ich ihn des Samstags nicht mehr werde herbringen können. Ich habe Schafe, die Salz bekommen, ich habe welche, die gelammt haben, und welche, die trächtig sind; das heißt also drei Sorten. Ich möchte, daß der Kleine mir die Mutterschafe mit den Lämmern hütet. Die sind beschwichtigt, der Hintern tut ihnen noch überall weh. Die denken nur ans Säugen, ans Hinlegen und ans Seufzen, wie das grüne Gras. Sie sind leicht zu lenken. Ich möchte ihm diese Arbeit übertragen.«

»Aha«, sagte mein Vater.

»Jawohl«, sagte Massot.

So war der schwarze Mann in dieses gütige Wiesenhaus gekommen. Der Hügel spielte schnurrend die Katze, strich um das Dorf mit seinen Füchsen, seinen Mäusefalken und Weihen, mit seinen Eulen, Dachsen, Wildschweinen und seinen Ratten, die unter den Büschen nach Laubfröschen jagten. Der Mond flimmerte in der Nacht wie der Widerschein in einem Brunnenbecken.

Die Sonne kam immer näher.

Ein Feueratem fegte am Tag und blies den Staub bis hoch in den Himmel hinauf. Im grauen Schatten des Thymians fand man erschöpfte Lerchen mit geschlossenen Lidern, die atemlos und zerzaust aus hohen Luftregionen wiederkehrten. Den ganzen Tag über stoben sie unter den Feuerbränden der Sonne wie Funken auf, sie schwirrten hoch bis in die blaue Himmelsschicht hinauf, wo noch ein dünner Faden Frische rieselte. Ihr Geglitzer erlosch, und grau und schlapp fielen sie herunter. Die Elstern und die Raben saßen in der Nähe der Brunnen auf der Lauer. Sobald sie die Ketten knirschen hörten, kamen sie angeflogen. Sie schrien zu der Frau hinüber, die Wasser schöpfte. Sie pickten in den Wasserpfützen und flogen auf einmal alle davon; ein Fuchs tauchte aus dem Busch auf, lief mit gesenktem Kopf auf den Wassereimer zu, erblickte die Frau, sprang zurück und rannte wieder nach dem Hügel. Er bellte die Sonne an. Die Nächte waren vom bläulichen Widerschein der Erde erleuchtet. Am Rand blieb überall ein wenig Tag zurück. Nacht war es nur inmitten des Himmels, eine grauschwarze Nacht voller Sprünge, von langen, schweigsamen Blitzen zerspalten und zerrissen. Wir kamen der Sonne immer näher.

Die Frauen schwätzten des Morgens ein wenig untereinander.

Männer gab es im Dorf schon nicht mehr. Die Frauen richteten die Krüge und gingen nach dem Brunnen. Nachher herrschte Schweigen, und man hörte nur das Schnarchen des Backofens und die hölzerne Schaufel, die gegen die Steine stieß. Man mußte auf der Straße über schlafende Hunde hinübersteigen. Am Montag morgen wurde die Kirche gesäubert. Das große Portal wurde geöffnet, und zwei Frauen begannen den Boden mit Fellen abzureiben. Sobald die Kirche geöffnet war, kamen die Alten und setzten sich in die Kühle und den an Geräuschen reichen Schatten. Da blieben sie, rauchten ihre Pfeife und spuckten zwischen ihre Füße aus.

Die Kirchturmuhr allein hatte noch Leben, gerade genug, um zu sagen:

»Sie kommt, sie kommt, zwölf Uhr, zwölf Uhr.«

Das wußte man. Man spürte es an der Stille.

Das Essen wurde einem schwer. Die Wespen schliefen mit ausgespannten Flügeln, die stickigen Strömungen der Hitze trugen sie wie Samenhülsen mit fort.

Gegen vier Uhr kehrten die Männer vom Feld heim. Im ersten Augenblick vermochte man sie kaum zu erkennen. Sie traten sofort in den Tabakladen. Sie stellten den Spaten an der Tür ab oder riefen ihrem Pferd »brrrr!« zu; sie bremsten mitten auf der Straße und holten sich frischen Tabak. In der Tasche konnten sie keinen Tabak mitnehmen, er wurde zu einer Art Kaffeesatz darin.

Die Vespermahlzeit stand immer auf einer Ecke des Tisches bereit. Der Mann kam heim und trank. Dann griff er nach einem halben Käse, einer Schnitte Brot und begann zu kauen; die Ellenbogen auf die Schenkel gestützt, mit rundem Rücken und gesenktem Blick, lebte er im Schatten ein wenig wieder auf.

»Sie kommt«, sagte der Glockenturm. »Sieben Uhr. Der Tag will nicht weichen. Morgen werden wir noch näher sein.«

Der Mann sprach keinen Ton. Er kaute nur und betrachtete seine Füße und Hände.

Die Sonne sank hinter die Hügel. Alsdann vernahm man in der Stille, wie die Erde mit höchster Geschwindigkeit dem Feuer entgegenrollte.

So schnell eilte der Pfarrer vorüber, daß man gerade nur einen Zipfel seines Priesterrockes und seine sich unter den Zehen biegende Sandale erhaschen konnte.

»Wohin geht er?«

Die dicke Bertha lief vorbei. Eine Tür schlug. Männer kamen langsamen Schrittes. Sie hatten Bernard auf eine Leiter gelegt und trugen ihn zu viert. Der Kopf des Bernard war zwischen zwei Leitersprossen hindurchgerutscht und baumelte ganz lila hin und her; er streckte ein Stückchen Zunge heraus und sabberte.

»Man darf um die Mittagsstunde nicht mehr ausgehen!«

»Sie kommt«, sagte der Glockenturm.

Die Scheuern wurden hergerichtet. Man hatte nachts Heidekraut gepflückt, um Besen daraus zu binden, und jetzt wurden die Böden der Speicher damit gefegt.

Jérôme Barrière stampfte seine Scheuer mit einem großen flachen Stein fest, der als Stiel das Stämmchen einer jungen Eiche hatte. Er rammte den Erdboden. Nicht Riß noch

Ritze sollte darin sein, ehe er das Korn ausschüttete. Massot dengelte seine Sensen mit dem Hammer. Martial zog seine Sicheln an einem Stein ab. César feilte die Zähne seiner Mähmaschine. Turcan drehte seinen Schleifstein; da er auf der einen Seite ein wenig abgewetzt war, hallte das steinerne Rad ebenfalls drinnen im Stall von Schlägen. Auf der einen Seite all dieses Stampfen und Knirschen und dumpfe Hämmern des ganzen Dorfes, das sich vorbereitete, auf der andern, draußen, das leise Beben der Erde, die zur Sonne hingetragen wurde.

»Wonach riecht denn das?« fragte Massot.

Er schnupperte. In dieser Brühhitze lag ein grauenhafter, süßlicher und beißender Geruch.

»Irgendwo verwest etwas«, sagte der schwarze Mann.

Sie gingen hinaus. Keine Seele war im Freien.

»Es scheint vom Stall her zu kommen.«

Sie folgten dem Schatten längs der Mauer. Massot öffnete die Tür zum Schafstall. Da war es.

Alle Schafe standen in einem Winkel zusammengepfercht. So dicht drängten sie sich aneinander, daß der ganze Stall verlassen erschien, und da, gerad in der Mitte, lag ein totes, verwesendes Schaf. Neben ihm versuchte sein Lämmchen trotzdem noch, an seinem violetten Bauch zu saugen.

Anfang Juli schien ein Befehl von Haus zu Haus zu gehen.

Der Glockenturm summte noch immer:

»Sie kommt, sie kommt.«

»Fangen wir morgen an?« fragten die Männer in den Häusern. »Seid ihr bereit?«

»Ja, wir sind bereit«, gaben die Frauen zur Antwort.

»Also, morgen?«

Nein, am nächsten Morgen stieg vom Meer ein Gewitter auf. Schon vor Morgengrauen war es über das Felsplateau gezogen und stand nun da. Von Ost und Süd wehte es düster und feucht wie aus einem Keller; einzig im Norden bekam die Erde Licht aus einem kleinen blauen Guckfensterchen, und eine ganze Falkengesellschaft flüchtete dorthin. Das Gewitter rückte näher. Es stieg höher und wurde lautlos immer schwärzer; es erstickte sogar alle Laute, es brachte alle Welt zum Schweigen.

César trat heraus bis in die Mitte des Platzes. Er schaute nach rechts und nach links und kostete die Luft. Er war in Hemdsärmeln; die Ärmel hatte er hoch hinaufgestreift, so daß man seine dicken krebsrot gebrannten Arme und die von der Sonne gekräuselten Härchen darauf sah. Er reckte seine Faust gegen den Himmel.

»Faulpelz«, sagte er und schürzte angewidert seine dicken Lippen.

»Komm herein, César!« rief seine Frau.

Langsam kehrte er in sein Haus zurück. Von der Schwelle warf er noch einmal einen Blick nach dem Himmel. Er sprach stumme Worte in sich hinein, die wie Blasen zwischen seinen Lippen blubberten. Er schloß die Tür.

Ein Meisenschwarm suchte Schutz im Glockenturm. Die Ziegenmelker flüchteten sich unter die Dachrinnen; sie hakten sich mit ihren Krallen im Mauerputz fest und ließen ihre Flügel wie Irisblätter hängen. Die Ziege von Marie Turcan kam ganz allein nach Haus. Sie hatte ihren Pflock herausgerissen. Sie stieß die Stalltür mit dem Kopf auf und ging hinein. Die Hunde hatten sich mit der Schnauze in die Asche unter den Herdmantel gelegt. Nachtigallen flogen unter das Dach des Waschhauses. Sie blieben eine Weile still. Es waren Nachtigallen von den Bergeshöhen, und sie waren mit ihrer Liebe noch im Rückstand. Männchen gesellte sich zu Weibchen im Gebälk, und ganz sacht begannen sie mit ihren hallenden Stimmen, die tief und dunkel wie ein Wald sind, zu singen. Von Zeit zu Zeit hielten sie inne, um zu lauschen. Doch immer noch herrschte drückende Stille.

»Sie kommt«, rief der Glockenturm, »zwölf Uhr!«

Die Massottin zündete eine Kerze an, man sah das Brot nicht mehr auf dem Tisch.

»Ich geh mich hinlegen«, sagte Massot und ließ sein Messer zuschnappen. Der schwarze Mann wusch das Geschirr auf.

Er trat ans Fenster, während er die Teller trocknete, und versuchte, durch das Geißblatt nach dem Himmel zu sehen.

»Geh nicht hinaus«, sagte die Massottin zu mir, »leg dich auch hin, wenn du magst.«

»Lies«, sagte der schwarze Mann.

Er gab mir die »Ilias«.

Ich setzte mich auf die steinerne Türschwelle. Die Nachtigallen vom Waschhaus sangen noch immer. Das Gewitter bedeckte jetzt den ganzen Himmel ringsum.

Der ganze Tag verging in Schweigen; die ganze Nacht. Am nächsten Morgen war der Himmel klar und hell. Männer und Frauen machten sich ans Werk.

Ich las die »Ilias« inmitten des reifen Korns. Auf dem ganzen Gelände wurde gemäht. Die kornschweren Felder zerbeulten wie Panzer. Alle Wege waren voll von Männern mit Sensen. Gebrüll stieg von den Äckern auf, wo man nach den Frauen rief. Die Frauen eilten über die Stoppeln. Sie beugten sich über die Garben, sie hoben sie mit beiden Armen auf, und man hörte sie ächzen oder singen. Sie beluden die Wagen. Die jungen Burschen stachen mit den eisernen Heugabeln in die Garben, hoben sie hoch und schleuderten sie hinauf. Die Wagen schwankten durch die Hohlwege davon. Die Pferde schüttelten ihr Kummet, wieherten und stampften. Die leeren Wagen kehrten im Galopp zurück, gelenkt von einem Mann, der aufrecht darin stand, die Pferde peitschte und alle Zügel des Gespanns hart in seiner rechten Faust straffte. Im Schatten der Büsche lagen Männer ausgestreckt, platt auf der Erde, mit gelösten Armen und geschlossenen Augen; neben ihnen im Gras glänzte die ihrer Hand entfallene Sichel.

Wir hüteten die Herde. Der Lieblingshügel der Tiere lag gerade oberhalb der Erntefelder. Der schwarze Mann legte sich im warmen Schatten der Wacholdersträucher nieder; ich streckte mich neben ihm aus. Eine kleine Weile verpusteten wir uns und zuckten mit den Lidern. Der Hügelweg mit seinen runden Steinen wand sich noch eine ganze Zeit lang flimmernd auf dem Grund meiner Pupillen.

»Und das Buch?«

»Da ist es.«

Er kramte in seinem Brotbeutel. Die »Ilias« steckte darin, klebte an dem Stück weißen Käse.

Diese Feldschlacht, die derben Fäuste, die in diesem tänzerischen Ringen wie Peitschenquasten hin und her flogen, diese Spieße, Piken, Pfeile, Säbel, dieses Gebrüll, dieses Fliehen und Wiederkehren und die Gewänder der Frauen, die auf die liegenden Garben zuwehten: ich war inmitten der rauhen »Ilias«.

Die erklärende Stimme des schwarzen Mannes drang tief in mich ein. Seit diesem Frühling trug ich ein seltsames neues Ding in mir. Anfangs war es wie das Tröpfchen einer herben, grünen Frische tief in mir drin gewesen. Eine junge Mandel im April. Dann war es größer und härter geworden. Jetzt glich es ganz einer Mandel mit hartem weißen Kern, der, immer kühl, mitten in meinem warmen Fleisch saß, und jedesmal, wenn mein warmes Fleisch an diese kalte Mandel rührte, rieselten mir lange flüssige Schauer durch den ganzen Körper.

Ich spürte den Geruch der Frauen. Es war ein ganz bestimmter Geruch. Frau Massot roch nicht. Die Bäckersfrau Aurelie roch. Anna roch auch nicht, oder nur zuweilen, wenn sie mich nicht mit ihren tiefen, milchigen Augen anblickte. Dann aber roch sie wie die andern. Das waren auch die Augenblicke, wo ich den Finger ausstreckte, um ihre Lippen zu berühren. Sie blickte mich an, und es war vorbei, der Geruch war weg. Ich fragte:

»Ich hab dir doch nicht weh getan?«

»Womit?«

Ich wagte nicht, es zu sagen.

Marguerite roch. Sie roch sogar stärker als alle andern. Sie war größer als ich und hatte nackte Arme. Sie schwitzte, wenn sie lief. Dann versteckten wir uns im Stroh. Drei ganz getrennte Gerüche waren da: das Stroh, der Schweiß und eben der Geruch. Ich roch sie alle drei und hatte Lust, zu sagen:

»Komm, legen wir uns hin.«

Wir legten uns ins Stroh. Marguerite schmiegte sich an mich. Wir vermengten unsere Beine, und so lagen wir und litten an einer zehrenden Brandwunde, auf die wir kein Öl zu tun wußten. Die Stimme des schwarzen Mannes besaß für mich dieselbe Eigenschaft wie der Geruch der Frauen. Sie drang in mich ein bis zur Mandel. Er besaß eine so tiefe Erkenntnis der Dinge, die er las – ich weiß jetzt, was es war: er ging sinnlich in seinem Gegenstand auf –, er hatte ein solches Gefühl für die Form, die Farbe, das Gewicht der Worte, daß seine Stimme nicht als Klang auf mich wirkte, sondern wie ein geheimnisvolles Leben, das vor meinen Augen erschaffen ward. Ich konnte die Lider schließen, und die Stimme drang in mich ein. In mir schleuderte Antilochos seinen Speer. In mir stampfte Achilleus den Boden seines Zeltes im Zorn seiner schweren Schritte. In mir verblutete Patroklos. In mir durchschnitt der Bug der Schiffe den Meereswind.

Ich weiß, daß ich ein sinnlicher Mensch bin.

Wenn ich mit so viel Liebe meines Vaters gedenke, wenn ich mich nicht von seinem Bilde trennen kann, wenn die Zeit nichts darüber vermag, so darum, weil ich an meinen täglichen Erfahrungen immer wieder erkenne, was er alles für mich getan hat. Er hat als erster meine Sinnlichkeit begriffen. Er hat als erster mit seinen grauen Augen diese Sinnlichkeit gesehen, die mich trieb, eine Mauer zu berühren und mir die körnigen Poren einer Haut dabei vorzustellen. Diese Sinnlichkeit, die mich verhinderte, Musik zu treiben, weil ich den Rausch des Hörens höher schätzte als die Freude an der eigenen Geschicklichkeit, diese Sinnlichkeit, die aus mir einen von der Sonne durchdrungenen Wassertropfen machte, durchdrungen von den Farben und Formen der Welt; und der, gleich jenem Wassertropfen, in Wahrheit Form, Farbe, Klang und Sinn eingebrannt in seinem Fleisch trägt.

Er hatte sich selber Lesen und Schreiben beigebracht. Er brauchte nicht zu wissen, wieviel Reinheit in der Sinnlichkeit ist. Er hatte um sich herum und sah um mich herum den Pfuhl von Auswurf, Eiter und blutigem Schleim, den man gemeinhin Sinnlichkeit nennt. Er brauchte nicht den rechten Ausgangspunkt zu finden. Und hätte er ihn nicht gefunden, man könnte ihm keinen Vorwurf daraus machen. Es wäre nur natürlich gewesen.

Er hat nichts in mir zerbrochen, nichts zerrissen, hat nichts in mir erstickt noch weggewischt mit seinem mit Speichel angefeuchteten Finger. Mit dem instinktiven Wissen eines Insekts hat er mir kleinen Larve die richtigen Mittel eingegeben: heute dies und morgen das; er hat mir Pflanzen, Bäume, Erde verabreicht, und Männer, Hügel und Frauen, er hat mir Schmerz und Güte und Stolz gegeben, alles das wie eine Arznei, in abgemessenen Portionen, alles in Voraussicht dessen, was möglicherweise eine Wunde hätte werden können. Er hat mir im voraus einen heilsamen Verband für das gemacht, was eine Wunde hätte werden können, für das, was, dank ihm, in mir zu einer ungeheuren Sonne geworden ist.

Ist man demütig genug, den Instinkt, die Urkraft anzurufen, dann liegt in der Sinnlichkeit eine Art kosmischer Jubel.

Meine Urnatur hat mich gehindert, frühzeitig die Frau zu erkennen. Ich wußte intuitiv, daß diese Gebärden schön und natürlich sind, daß nichts Verbotenes dabei war und daß das ganze runde Weltall von meinen Füßen bis zu den Sternen und darüber hinaus bis ins Sternenjenseits, daß das ganze Weltall mit seinen Mondfrüchten und Sonnen vom Geäst der verschlungenen Arme, der vereinten Lippen, der aneinandergeschmiegten Leiber getragen wurde. Ich begriff die ganze schlichte Schönheit, die darin lag, und daß es gut und daß es recht war. Alles in allem. Alles, was damit zusammenhing. Aber ich wußte auch, daß diese Gebärden, für mich so selbstverständlich und naturgegeben, für die andern häßlich, heuchlerisch und mit einer Art Schmutz und Unreine beladen waren.

Für mich genügte es, wenn Anna die Sanfte mich mit ihrem unergründlichen Blick anschaute, und sogleich spürte ich den Geruch der Frau nicht mehr.

»Sie würde glauben, daß es häßlich ist.«

Anna die Verlorene – Marguerite, die mich versengte – die Frau des Bäckers mit ihrem Geruch...

Die Welt existiert.

Der schwarze Mann lag im Gras. Da lag er mit seinen Büchern in den Sommerabendstunden, wenn alles Laub, gesättigt und trunken von der Sonne, Duft ausströmte. Erst redete er mit Hand und Mund, um mir Form und Gestalt um mich herum, das Leben zu zeigen. Er flößte mir die Überzeugung ein, das alles wäre nicht nur ein Bild, eine Wahrnehmung unserer Sinne, sondern ein wirkliches Da-Sein, Nahrung unserer Sinne, etwas Starkes und Festgegründetes, das unserer nicht bedurfte, um zu existieren, das vor uns da war und nach uns da sein würde. Ein Quell. Ein Quell am Rande unserer Straße. Wer nicht daraus trinkt, der wird in Ewigkeit dürsten. Wer trinkt, der hat sein Werk vollbracht.

Rings um uns war Ernte. Am Abend ging es lebhafter zu. Man hatte es eilig. César wollte zu Rande kommen. Er verschwand beinahe im Korn; seine Hüften waren wie eine Radnabe: die Sense fuhr fast völlig um ihn herum. Massot in seinem rotbraunen Hemd und seinem großen Hut erkannte man schon von weitem. Er hatte seinen Wagen beladen. Die Massottin hielt das Pferd am Maul und fächelte es mit einem großen Kohlblatt.

Die Schafe schliefen im Thymian. Hin und wieder schürzten sie, ohne die Augen aufzumachen, die Lippen, rupften ein Blumenbüschel ab und begannen von rechts nach links zu kauen und sabberten dabei ein wenig lila Schaum. Die Lämmer richteten sich auf und zitterten auf ihren langen Beinen.

»He-ho, am Bach! Ihr da am Bach!« riefen die Frauen unten. Sie dehnten ihre Stimmen, um sie recht weit über die Stoppeln und die noch ungemähten Felder zu schicken.

»He-ho, wir kommen!« antworteten die Männer. Die Frauen luden sich große Bündel von frischem Gras auf den Kopf und kehrten auf die staubweißen Wege zurück, aufrecht und den ganzen Körper gespannt zwischen der Last des Grasbündels und der Erde.

Alle riefen sie einander von Feld zu Feld.

Der eigensinnige César mähte noch immer rund um sich herum in seinem Korn. Ganz allein blieb er dort zurück. Nur noch seine Rührigkeit und das Aufblitzen seiner Sense auf dem abendlichen Feld. Die Wagen ächzten auf den Wegen. Ich konnte sie alle: den von César und den von Massot, am bloßen Geräusch erkennen. Mädchen begannen zu singen. Der erste Rauch stieg vom Dorf auf. Leise pochte die Nacht ans Laub und weckte die Käuzchen.

Alles hatte sein gerüttelt Maß an Blut, an Saft und Geschmack, an Duft und Klang.

In den Herden wurde trocknes Heidekraut gebrannt, weil es sich hitziger entzündet als das träge Holz. Der Geruch, der bis zu unserm Hügel zog, war erfüllt vom Schaffen der Frauen um den Kessel, vom Zischeln der Suppe, ehe sie anfängt zu kochen und im Flammengeprassel eines hellen, jungen Feuers zittert. Die Fensterläden schlugen gegen die Mauern. Man lüftete die Zimmer, horchte auf die Uhr. Sie ging noch immer, anderntags würde man sie aufziehen. Fern im Wald knackte der Buchsbaum unter den trabenden Füchsen. Die Steine der alten Mauer regten sich leise. Die dicke Schlange drehte sich wohl in ihrem Schlupfloch um und rieb den Hals an der Kante eines Steins, um die alten Schuppen abzustreifen. Ein Klümpchen Ameisen, leuchtend und schnurrend wie eine Katze mit gerundetem Buckel, floß langsam seiner unterirdischen Stadt zu. Die Baumwurzeln ruhten sich aus. Der Wind war eingeschlafen. Abendfrieden. Sie ließen den Felsen ein wenig los. Man spürte, daß der ganze Hügel etwas zusammensackte und daß die Bäume jetzt mehr der Luft angehörten. Man fühlte, daß sie ein wenig wehrloser waren, wie Tiere, die trinken. Das Harz floß an den Pinienstämmen herunter. Der kleine Bernsteintropfen trat aus der Borkenwunde mit dem leisen Zischen eines Wassertropfens, der auf heißes Eisen fällt. Die große Kraft des Abends trieb ihn heraus, eine Kraft, die bis in die Tiefen der Granitfelsen Erregung wachrief; zu kleinen haardünnen Würmchen in der

Tiefe des Gesteins drang die Botschaft, und sie machten sich auf ihren Weg zum Mond durch den steinernen Schwamm, der eine dichte körnige Masse schien. Von allen Wurzelfasern gingen Säfte aus und breiteten sich gewaltsam in den Bäumen bis zu den höchsten Blätterspitzen aus. Sie glitten zwischen den Krallen der Vögel auf den Ästen hindurch. Nur die Rinde und das Horn der Kralle trennten das Blut des Vogels und des Baumes voneinander. Einzig diese Schranken der Haut bestanden zwischen Blut und Blut. Wir alle waren wie blutgefüllte Blasen, die dicht nebeneinander lagen. Wir sind die Welt. Mit ganzem Leib, mit ausgebreiteten flachen Händen lag ich an der Erde. Der Himmel lastete auf meinem Rücken, berührte die Vögel, die die Bäume berührten; die Säfte stiegen aus den Felsen auf, die dicke Schlange dort im Gemäuer rieb sich am Felsenstein. Die Füchse berührten die Erde, der Himmel lastete auf ihrem Fell. Der Wind, die Vögel, das fliegende Ameisengewimmel in den Lüften, das Ameisengewimmel im Schoß der Erde, die Dörfer, die Sippen der Bäume, die Wälder, die Herden, wir alle waren Kern an Kern, gleichsam eingeschlossen in einer üppigen Granatfrucht, die schwer von unserm Saft war.

Die Frau des Bäckers ging mit dem Hirten von Conches davon. Dieser Bäcker war aus einer Stadt in der Ebene gekommen, als Ersatz für den, der sich erhängt hatte. Er war ein rothaariges und dürftiges Männchen. Allzu lange hatte er das Feuer des Backofens in Brusthöhe vor sich betreut und sich daher gekrümmt wie grünes Holz. Er trug immer ein weiß und blau gestreiftes Matrosentrikot. Es mußte schwierig sein, je eine Nummer zu finden, die klein genug für ihn war. Sie waren alle für Männer berechnet, die eine Wölbung an der Brust hatten. Er aber hatte da eine Höhlung, und sein Trikot hing ihm wie eine schlaffe Haut vom Hals herunter. Dadurch hatte er sich angewöhnt, unten an seinem Trikot zu ziehen, und es bammelte nun vorn bis unter seinen Bauch hinab.

»Du siehst zum Erbarmen aus!« sagte seine Frau zu ihm.

Sie dagegen war glatt und immer wie aus dem Ei gepeilt; ihre Haare waren so schwarz, daß sie hinter ihrem Kopf ein Loch in den Himmel schnitten. Sie strich sie mit Öl eng an den Kopf, glättete sie mit der flachen Hand und schlang sie im Nacken zu einem Knoten, der ohne Nadeln hielt. Sie konnte den Kopf schütteln, soviel sie wollte, er ging nicht auf. Wenn die Sonne darauf schien, hatte ihr Knoten violette Glanzlichter wie eine Pflaume. Des Morgens tauchte sie ihre Finger ins Mehl und rieb sich damit die Backen. Sie parfümierte sich mit Veilchen oder auch mit Lavendel. Sie saß vor dem Laden, den Kopf über ihre Spitzenarbeit gesenkt, und biß sich unaufhörlich die Lippen. Sowie sie den Schritt eines Mannes hörte, feuchtete sie ihre Lippen mit der Zunge an und ließ sie ein wenig in Ruh, damit sie recht schwellend, rot und leuchtend wären, und im Augenblick, da der Mann an ihr vorüberging, hob sie die Augen.

Es war schnell geschehen. Solche Augen konnte man nicht lange brach lassen.

»Grüß Gott, César.«

»Grüß Gott, Aurelie.«

Ihre Stimme berührte die Männer überall, von Kopf bis Fuß.

Der Hirt war ein Mann, hell wie der Tag. Ein großes Kind vor allem. Ich kannte ihn sehr gut. Aus allen Obstkernen konnte er Pfeifen schnitzen. Einmal hatte er aus einer Zeitung, Leim und zwei Stöcken einen Drachen gemacht. Er war zu unserm kleinen Lagerplatz gekommen.

»Kommt mit hinauf«, sagte er, »wir wollen ihn steigen lassen.«

Er weidete seine Schafe am Nordabhang, wo das Gras schwärzlich war.

»Wenn der Wind trägt, laß ich ihn los.«

Lange stand er mit hochgerecktem Arm auf einem Mauerrand und hielt den künstlichen Vogel zwischen zwei Fingern.

Ein Wind kam auf.

»Laß ihn los«, sagte der schwarze Mann.

Der Hirt zwinkerte mit dem Auge.

»Ich kenne meinen Wind.«

Er ließ den Drachen in einem Augenblick los, da alles zu schlafen schien; nichts regte sich, nicht das feinste kleine Blättchen.

Der Drachen löste sich von seinen Fingern und begann auf der flachen Luft dahinzugleiten, ohne zu steigen oder zu sinken, immer geradeaus. Er schwebte über den Felsentennen; die Hennen sträubten die Federn über ihren Kücken, und die Hähne schlugen Falkenalarm.

Weit dahinten fiel er in die Pappeln nieder.

»Da siehst du den Wind«, sagte der Hirt.

Er tippte sich mit den Fingern an die Stirn und lachte.

Jeden Sonntagmorgen kam er, um das Brot für den Gutshof zu holen. Er band sein Pferd an der Kirchentür an. Er zog die Zügel durch den Türgriff und schlang mit einer einzigen Handbewegung einen Knoten, der nicht aufzubringen war.

Er musterte seinen Sattel und klopfte das Pferd aufs Hinterteil.

»Wenn es euch stört, schubst es nur fort«, sagte er zu den Frauen, die in die Kirche hineinwollten.

Er zog sich die Hosen hoch und ging nach der Bäckerei.

Das Brot für den Gutshof von Conches füllte einen Sack, der seine vierzig Kilo wog. Anfangs war er immer im voraus zurechtgemacht und stand bereit, um aufs Pferd geladen zu werden. Aber Aurelie hatte die ganze Woche lang Zeit zum Nachdenken, sich die Lippen zu beißen und ihr Verlangen zu schüren. Jetzt mußte der Sack immer erst gefüllt werden, wenn der Hirt ankam.

»Halten Sie ihn auf der einen Seite«, sagte sie. Er hielt den Rand des Sackes auf der einen Seite. Auf der andern hielt ihn Aurelie mit einer Hand, mit der andern legte sie die Brote hinein. Sie warf sie nicht; sie legte sie sorgsam auf den Boden des Sackes; für jedes Brot bückte sie sich und richtete sich wieder auf und zeigte so über hundertmal ihre Brüste, über hundertmal bot sie dicht an ihm vorbeistreifend ihr Gesicht dem Gesicht des Hirten dar, und er stand ganz geblendet von alledem, betäubt vom schmerzhaften Geruch der Frau, der da im hellen Licht des Sonntagmorgens vor ihm auf und nieder wallte.

»Ich werde dir helfen.«

Danach sagte sie plötzlich du zu ihm.

»Ich lad ihn mir alleine auf.«

Jetzt war er an der Reihe, sich zu zeigen. Zum Reiten zog er immer eine dünne weiße Zwillichhose an, die durch seinen Ledergürtel eng um den Leib zusammengehalten wurde; er trug ein Hemd aus weißem, etwas steifem und grobem Leinen, daß es wie gestärkt um ihn herum stand. Er knöpfte es nicht zu, weder am Hals noch unten, es klaffte wie die Schale einer reifen Mandel und ließ den ganzen Oberkörper des Hirten sehen, schmal in der Taille, in den Schultern breit, gewölbt, rötlich wie ein Brot und grasig mit gekräuselten schwarzen Härchen wie wilder Wegerich bestanden.

Er beugte sich vornüber über den Sack. Er packte ihn mit seinen biedern kraftvollen Händen; seine Arme wurden hart. Mit einem Ruck seiner verläßlichen Schultern hob er gemächlich den Sack vom Boden, drehte leicht seinen ganzen geschmeidigen Oberkörper um – und der Sack war aufgeladen.

Eine Kleinigkeit für ihn, sollte das heißen.

»Was ich mache, mache ich langsam und gut.«

Dann ging er zu seinem Pferd. Er preßte den Sack in der Mitte mit beiden Händen zusammen, um ihm gewissermaßen eine Taille zu machen, legte ihn wie einen Quersack über den Widerrist des Tieres, dann löste er seinen Zügelknoten und sprang, während das Pferd sich wendete, mit einem leichten, genau abgepaßten Satz ohne Steigbügel in den Sattel.

Und fertig!

»Sie hat nichts mitgenommen«, sagte der Bäcker, »weder um sich zuzudecken, noch sonst was.«

Es war ein rechtes Unglück. Man trat in die weit offen stehende Bäckerei. Er zeigte einem alles. Bis ins letzte Zimmer hinter dem Backofen konnte man gehen. Der Schrank war ganz in Ordnung, die Kommode gut geschlossen. Auf der Marmorplatte hatte sie ihr kleines blankes Schlüsselbund zurückgelassen, das wie Silber glänzte.

»Seht...«

Er zog die Schubladen auf.

»Sie hat keine Wäsche mitgenommen, auch nicht ihre Trikothemden...«

Mit seinen Händen voll Kleie wühlte er in den Schubläden seiner Frau. Selbst die schmutzige Wäsche durchsuchte er. Er zog eines der Trikothemden heraus, das wie Iltisfell roch.

»Was wollen Sie«, sagten die Frauen, »man spürte, daß es so kommen würde.«

»Woran?« fragte er.

Und er starrte sie mit seinen kleinen rotgeränderten grauen Augen an. Man hatte bald heraus, daß Aurelie mit dem Hirten ins Moor gegangen war. Es gab nur eine Straße nach den Hügeln, und der schwarze Mann und ich, wir hüteten unsere Schafe gerade mittwegs.

Sie kamen herauf uns fragen:

»Habt ihr Aurelie vorbeikommen sehen?«

»Nein.«

»Weder am Tag noch in der Nacht?«

»Weder am Tag noch in der Nacht. Am Tag rühren wir uns nicht von hier fort. Nachts legen wir uns am Saumpfad nieder, weil es dort wärmer ist, und in dieser Nacht haben wir bis zum letzten Tagesschimmer noch bei der Laterne gelesen.«

Eben unser Licht mußte wohl auch das Liebespaar zur Umkehr bewogen haben. Sicher waren sie geradeswegs nach den Hügeln hinaufgestiegen, um zu warten, bis das Licht erlosch. Man fand sogar eine Art Nest im Lavendelkraut, von wo man uns beobachten konnte.

Der Hirt wußte recht gut, daß man nur hier hinüberkonnte. Auf der einen Seite ragte der Piz Crouilles, auf der andern gingen die heimtückischen Abhänge nach Pierrevert hinunter.

Am Nachmittag setzten sich vier Burschen aufs Pferd. Einer von ihnen ritt ohne viel Hoffnung nach Conches, um auf den Heuböden dort nachzusehen. Ein andrer ritt nach dem Bahnhof, fragen, ob Fahrkarten ausgegeben worden wären. Die beiden andern galoppierten, der eine nach Norden, der andere nach Süden, am Gleis entlang zu den beiden Nebenbahnhöfen. Niemandem war an den drei Bahnhöfen eine Fahrkarte ausgehändigt worden. Der Bursche, der nach Conches geritten war, kam spät und reichlich angerissen zurück.

Er hatte die Geschichte Herrn d'Arboise, dem Besitzer von Conches, und nachher den Damen erzählt. Gemeinsam hatte die Gesellschaft die Scheunen durchstöbert. Es hatte viel Spaß gegeben. Herr d'Arboise hatte Geschichten aus der Zeit erzählt, da er Hauptmann bei den Dragonern war. Dabei war manche Flasche getrunken worden.

So hinter einer Frau herzugaloppieren und dann den ganzen Nachmittag um die Gutsdamen von Conches herumzuscharwenzeln, das war dem Burschen mehr zu Kopf gestiegen als der Wein.

Er klopfte dem Bäcker auf die Schulter.

»Hätt ich sie gefunden«, sagte er, »hätt ich sie dir zurückgebracht, aber unterwegs hätt ich sie dir abgeküßt.«

Der Bäcker stand unter der Petroleumlampe. Einzig sein Gesicht war gut zu sehen, weil er kleiner war als alle andern und die Gesichter der andern im Schatten waren. Er stand da mit seinen erdfahlen Backen und roten Augen, er schaute über alles hinweg und klopfte mit den Fingerkuppen auf den Marmor des Ladentisches.

»Ja, ja...«, sagte er.

»Bei alledem«, sagte César, als er die Bäckerei verließ, »ihr werdet sehen, bei alledem werden wir wieder den Bäcker verlieren. Die Liebe, na ja, das ist ganz schön, aber man muß ja schließlich auch essen. Alsdann? Wir werden uns wieder nach Sainte-Tulle trollen müssen, um Brot zu holen. Ich sag ja nichts, aber wenn sie ihren Kopf nur ein bißchen beisammen gehabt hätte, so hätte sie daran denken müssen.«

»Guten Abend, danke sehr«, sagte der Bäcker über seine Tür hinüber.

Am andern Morgen begaben sich César und Massot ins Sumpfgelände. Den ganzen Tag patschten sie dort stumm herum und schnüffelten wie die Ratten. Erst gegen Abend kletterten sie auf den Deich hinauf und riefen nach allen Seiten: »Aurelie! Aurelie!«

Ein Entenschwarm stieg im Osten auf, schwenkte auf die untergehende Sonne zu und entschwand im Licht.

Césars Sorge war das Brot. Was ist ein Dorf ohne Brot? Das hieß seine Zeit verlieren und die Tiere überanstrengen, um Brot aus dem Nachbardorf zu holen. Und noch mehr als das. Bald würde man das Mehl der heurigen Ernte haben, zu wem sollte man es dann hintragen, bei wem sein Brot auf Rechnung nehmen und das Kilo einfach mit einem Messerschnitt ins Kerbholz bezahlen? Wenn der Bäcker nicht über seinen Kummer hinwegkam, würde man das Mehl an den Makler verkaufen und sich sein Brot mit den Groschen in der Hand holen müssen.

»Siehst du, wie's geht, wenn einen der Arsch juckt? Wohin uns das führt?«

Drei Tage lang wich der Bäcker nicht von seinem Ofen. Die Schübe Brot bräunten sich wie immer. César hatte seine Frau zum Bedienen hergeliehen. Sie stand hinterm Ladentisch. Der aber durfte man nichts von Hirt und Moor erzählen: finster stand sie da, kaute ihren stattlichen Schnurrbart, und genau gewogen war genau gewogen. Am vierten Tag zog der warme Brotgeruch nicht mehr durchs Dorf.

Massot öffnete die Tür einen Spalt weit.

»Nun, wie geht's in der Backwirtschaft?«

»Es geht«, sagte der Bäcker.

»Heizt der Backofen?«

»Nein.«

»Warum nicht?«

»Ruhetag«, sagte der Bäcker. »Es ist noch Brot von gestern übrig.«

Dann ging er in Pantoffeln, mit Korkenzieherhosen und bammelndem Trikot aus. Er ging in die Stammwirtschaft, setzte sich hinter der Hecke auf der Terrasse in der Nähe des Schenktischs nieder und klopfte an die Scheibe:

»Einen Absinth.«

Ohne den Geruch des warmen Brotes wirkte das Dorf in der prallen Sonne wie tot. Der Bäcker begann zu trinken, dann drehte er sich eine Zigarette und ließ das Tabakpäckchen neben sich auf dem Tisch bei der Flasche Pernod liegen.

Am Himmel regte sich ein Lüftchen, das von Süden kam. Über die Dächer schwebten hin und wieder jene Wolleflöckchen, die der Wind davonträgt, wenn er ins Schilfrohr bläst. Der Kirchturm schlug die Stunde. Auf dem Dorfplatz spielten kleine Mädchen Himmel und Hölle und sangen dazu:

»Die Uhr schlägt elf!
Daß Gott uns helf!
Mein Herz ist rein,
Soll niemand drin wohnen
Als Jesus allein!«

Maillefer ordnete die Uhren hinter seinem Fenster. Er hatte sein Schild angehängt: »Maillefer, Uhrmacher.« Er hätte auch »Angler« darauf setzen sollen. Die große, große Geduld (und die braucht man, um mit unermüdlichem Auge die Krankheit eines kleinen Rädchens zu belauern) hatte sich in ihm angesammelt. Man nannte ihn den »Geduld-Maillefer«. Er konnte ein, zwei Stunden warten, ein, zwei Tage, ein, zwei Monate. Aber er kriegte, worauf er wartete.

»Wer wartet, kriegt«, pflegte er zu sagen.

Man nannte ihn daher auch den »Werwartetkriegt«, um ihn von seinem Bruder zu unterscheiden.

»Welcher Maillefer?«

»Der Geduld-Maillefer.«

Aber geduldig waren sie alle beide.

»Der Werwartetkriegt.«

Dann wußte man Bescheid.

Er war ein geborener Angler. Wenn man durchs Sumpfgelände ging, konnte man häufig so etwas wie einen Baum-
stumpf darin ragen sehen. Es rührte sich nicht. Selbst wenn
es März war und ein Hagelschlag plötzlich aufs Wasser nie-
derprasselte, rührte sich Maillefer nicht. Er kehrte heim,
seine Jagdtaschen voller Fische. Einmal hatte er einen langen Kampf mit einem Hecht zu bestehen gehabt. Wenn man
wieder einmal davon anfing, klopfte er sich auf den Bauch.

»Da steckt er«, sagte er.

Er hatte dicke Fieberlippen, rot und geschwollen wie Paradiesäpfel, und eine blutrote Zunge, die ihre Zeit nicht mit
Reden vergeudete. Er benutzte sie nur zum Essen, dann aber
ließ er sie auch gehörig arbeiten, besonders wenn er Fisch
aß, und zuweilen kam sie aus seinem Mund zum Vorschein,
um den Saucentau von seinem Schnurrbart abzulecken. Er
hatte träge Hände, träge Füße, einen klebrigen Blick, der sich
wie eine Fliege an eine Scheibe festkleben konnte, und einen
dicken, harten, borstigen Schädel, genau von der Farbe des
Buchsbaumholzes.

Eines Abends kam er an:

»Ich hab sie gesehen«, sagte er.

»Komm schnell«, sagte César und zog ihn mit zum Bäcker.

»Ich hab sie gesehen« sagte Maillefer noch einmal.

»Wo? Was macht sie? Wie sieht sie aus? Ist sie abgemagert?
Was hat sie zu dir gesagt?«

»Geduld«, erwiderte Maillefer.

Er ging hinaus, trat bei sich ein und leerte seine Jagdtasche
auf dem Tisch aus. Der Bäcker, César, Massot, Benoit und
der Taulaire, sie alle waren ihm nachgegangen. Keiner fragte
etwas, man wußte, daß man sich die Mühe sparen konnte.

Er leerte seine Jagdtasche auf dem Tisch aus. Sumpfgräser
waren darin und vierzehn dicke Fische. Er zählte sie, kehrte
sie um und um, starrte sie an; er suchte in den Gräsern, wühlte
in seiner Jagdtasche. Schließlich zog er ein ganz kleines stahl-

blaues Fischchen mit gelbem Maul und ganz rostigem Rücken hervor.

»Eine Kaprille«, sagte er. »Du wirst ihn mir auf dem Rost braten; und nicht ausnehmen! Es ist sozusagen der Krammetsvogel unter den Fischen.«

Er wandte sich all den andern zu.

»Alsdann?...« sagte er.

»Alsdann ist es an dir«, sagte Cśar.

Er erzählte, er hätte seiner Gewohnheit nach sich im Sumpf aufgepflanzt, und gerade wie er diese Kaprille belauerte – ein seltner Fisch, der sich Schlupflöcher im Weidengestrüpp bohrt, um in verlorene Wasserrinnsale zu gelangen, der wie ein Heupferdchen im Gras springt und wie ein Mensch Wege überquert, um andere Gewässer aufzusuchen –, ja also kurz, gerade wie er diese Kaprille belauerte, hatte er gleichsam in der Luft eine Handvoll neckischer kleiner Laute gehört.

»Enten? frag ich mich. Nein, keine Enten. Rallen? frag ich mich. Das Zwitschern und Absetzen klang nicht nach Rallen. Nein, keine Rallen. Fischreiher?...«

»Sie sang?« fragte der Bäcker.

»Geduld«, antwortete Maillefer, »du hast es sehr eilig!«

Ja, es war ein Lied, das er gehört hatte. Nach einiger Zeit konnte man es für ein Lied erkennen. Überall im Morast herrschte das große Schweigen. Um diese Stunde hatte in den Sümpfen nichts außer den Fischen, dem Sommerwind und dem Brisengekräusel des Wassers Leben. Aurelie sang. Maillefer fing die Kaprille mit einem ganz besonderen Handgriff: auswerfen, umdrehen, ziehen. Zwei-, dreimal wiederholte er die Bewegung vor dem kläglichen Blick des Bäckers.

Danach rückte Maillefer vor. Die Luft zitterte von Aurelies Lied. Er belauerte es wie das Schauern einer Forelle, die döst und sich den Bauch von Kressewurzeln streicheln läßt: ein Schritt, noch ein Schritt – es plätschert nicht unter Maillefers Tritt, er kennt den Kniff, wie man das Bein herausziehen und den Fuß mit der großen Zehe zuerst eintauchen muß; das

Wasser teilt sich geräuschlos wie Fett. Es geht langsam, aber sicher. Zuerst stieß er auf ein Regenpfeifernest. Die Mutter saß auf den Eiern. Sie stand nicht auf, regte nicht einmal eine Feder. Sie sah Maillefer nur an und gluckte leise. Dann fand er einen Fischtümpel. Die Weibchen schwammen mitten in dem schwarzen Wasserloch, und ihre weißen, von Eiern geschwollenen Bäuche leuchteten wie Mondsicheln im Wasser. Er ging um das Loch herum, ohne sie zu stören.

Jetzt hörte er das Singen ganz deutlich und hin und wieder den Hirten, der »Rélie!« sagte.

Darauf blieb es eine Weile still. Maillefer rührte sich nicht; nach einer kleinen Pause hub die Stimme wieder an, und Maillefer tappte weiter durch den Morast.

»Es ist eine Insel«, sagte er.

»Eine Insel?« fragte César.

»Jawohl, eine Insel.«

»Wo?« fragte Massot.

»Mitten im Wasser, gerade gegenüber von Vinon.«

Der Hirt hatte eine Hütte aus Schilfgarben errichtet. Aurelie lag auf dem Wiesenfleck ganz nackt in der Sonne.

»Ganz nackt?« sagte der Bäcker.

Maillefer kratzte sich den Kopf. Er schaute auf seine toten Fische auf dem Tisch. Ein Hechtweibchen war darunter. Sie mußte aus Leibeskräften gestorben sein. Ihr kleines Loch zwischen ihrem Bauch und der Kehlung des Schwanzes hatte sich geöffnet, und das Lampenlicht beleuchtete die kleine rote Tiefe.

»Sie ließ ihre Wäsche trocknen«, sagte Maillefer zur Entschuldigung.

Der Bäcker wollte sich gleich auf den Weg machen. César, Massot und die andern suchten ihn daran zu hindern. Nichts schreckte ihn: weder Tümpel, noch Nacht, noch Schlammlöcher.

»Wenn du jetzt gehst, kommst du nicht wieder.«

»Mir gleich.«

»Was hast du dann davon?«

»Mir gleich, ich gehe.«

»Es wäre ein reines Wunder, wenn du dich zurechtfindest.«

»Mir gleich.«

»Du weißt ja gar nicht, wo es ist.«

Und schließlich sagte César:

»Und außerdem ist das nicht deine Sache.«

Das allerdings war ein Grund. Der Bäcker wurde weich in ihren Händen, und schließlich einigte man sich. Man würde den Pfarrer und den Lehrer miteinander schicken. Der Pfarrer war alt, aber der Lehrer war jung und besaß außerdem ein Paar hohe Wachstuchstiefel. Er brauchte den Pfarrer bloß bis zu einem kleinen Flecken festen Bodens ein wenig jenseits des Deiches auf seinen Schultern zu tragen. Von da würde man die Stimme, besonders die des Pfarrers, schon hören.

»Er ist ans Reden gewöhnt.«

Der Lehrer sollte bis zur Schilfhütte gehen. Nicht, um gewaltsam etwas zu erreichen. Man müßte Aurelie begreiflich machen, daß es recht schön wäre...

»Die Liebe ist recht schön«, sagte César, »aber man muß ja schließlich auch essen.«

... daß es recht schön wäre, daß es aber auch einen Ladentisch und Brot abzuwiegen gäbe, und Mehl, das man in Rechnung stellen müßte, und dann auch einen Mann...

»Kurz«, fügte César mit einem Blick auf den Bäcker hinzu, »wenn der Lehrer nicht allein fertig wird, dann soll er pfeifen, und von seinem festen Flecken Erde aus wird dann der Pfarrer die Geschichte aufnehmen. Wenn er ein bißchen laut spricht, kann er die Sache in die Reihe bringen, ohne sich die Füße naß zu machen.«

Anderntags ritten der Pfarrer und der Lehrer zusammen auf dem gleichen Pferd davon.

Bei Einbruch der Nacht kam der Lehrer wieder.

»Geht alle hinein«, sagte er, »und macht alles zu. Erstens ist es zehn Uhr, und ob ein bißchen früher oder später, ihr habt genug frische Luft geschöpft. Und außerdem ist der Pfarrer mit Aurelie da unten am Wegkreuz. Sie will nicht zurückkommen, solange jemand auf der Straße ist. Der Pfarrer hat nichts mitgenommen, um sich einzuhüllen, es fängt an, da unten kühl zu werden, um so mehr, als er naß geworden ist. Ich für mein Teil gehe mich umziehen. Also, geht alle hinein und schließt die Türen.«

Um Mitternacht herum klopfte der Bäcker bei Frau Massot an.

»Hättest du wohl ein bißchen Vier-Blüten-Tee?«

»Gewiß, ich komme hinunter.«

Sie gab ihm von dem Vier-Blüten-Tee und fügte noch eine Handvoll Lindenblüten hinzu.

»Tu das noch hinein«, sagte sie, »danach wird sie schlafen.«

Die übrigen Vorbereitungen wurden in den Häusern bei geschlossenen Fensterläden getroffen.

Als erste erschien Katherine am frühen Morgen. Sie schleifte die Füße über den Boden, weil ihre Krampfadern ihr zu schaffen machten. Man mußte vor allem vergessen, daß Aurelie keine hatte. Von der Schwelle aus blickte Barielle seiner Frau Katherine nach; sie wandte den Kopf noch einmal nach ihm um, ehe sie in die Bäckerei eintrat. Er hatte die Hände hinterm Rücken, aber man konnte trotzdem sehen, daß er den Stiel seiner Hacke fest gepackt hielt.

»Guten Morgen, Aurelie.«

»Guten Morgen, Katherine.«

»Gib mir sechs Kilo.«

Aurelie wog ab, ohne ein Wort zu sagen.

»Ich muß mich setzen«, sagte Katherine. »Meine Krampfadern tun mir weh. Du bist gut dran, daß du keine hast!«

Dann kam die Massottin:

»Gut geschlafen?«

»Ja.«

»Man sieht dir's an; deine Augen blinken wie Wein.«

Dann Alphonsine und Mariette zusammen:

»Laß sehen, wie du eigentlich deinen Knoten schlingst?«

»Dazu muß man aber auch solche Haare haben wie du!«

»Wiege nur, Alphonsine, wie schwer die sind!«

»Allerdings, mit solchen Haaren braucht man keine Nadeln!«

Gegen zehn Uhr war Aurelie noch nicht bis an die Schwelle der Tür getreten. Sie blieb immer im Dunkel des Ladens. Darauf ging César an der Bäckerei vorüber. Er glaubte, bereit zu sein, aber er war es nicht. Er trat nicht ein. Er machte einen Rundgang um die Kirche und um die Waschanstalt und kam dann wieder. Diesmal blieb er stehen.

»Oh! Aurelie!«

»Oh! César!«

»Was machst du denn da drin? Komm ein wenig heraus an die Luft.«

Sie trat auf die Schwelle. Ihre Augen waren ganz zermartert. Sie hatte ihre Haare gelöst, damit Alphonsine und Mariette ihr Gewicht prüfen konnten. Auf ihren schönen Lippen lag ein leichter Widerwille, als ob sie zuviel Süßigkeiten gegessen hätten.

»Was für schönes Wetter!« sagte César.

»Ja.«

Sie blickten nach dem Himmel.

»Eine Spur Seewind. Du solltest zu uns kommen«, sagte César, »meine Frau wollte dir ein Stück Wildschwein abgeben.«

Um zwölf packte der Bäcker seinen Backofen mit schönen, trocknen Eichenholzkloben voll. Es war kein Wind; die Luft lag reglos wie ein Stein; der schwarze Rauch schlug aufs Dorf zurück mit seinem Geruch nach Erde, Frieden und Sieg.

Am Sonntag gegen zehn Uhr brütete die Sonne schon derartig, daß die Landstraße, die Mauern, die Bäume und der Himmel zu knistern begannen wie zerlassenes Schmalz. Da platzte der Hirt mitten hinein. Er ritt in langgestrecktem schönen Paß. Er saß auf dem Schecken, der Herrn d'Arboise persönlich gehörte; ein arabischer Sattel lag darauf, dessen Nägelbeschlag nach allen Seiten Funken sprühte. Er selber war barfüßig wie immer und trug seine weißen Hosen und sein grobes Leinenhemd, aber in dieser Sonne war das gerade das Richtige. Er sprang aus dem Sattel und band das Pferd an der Kirchentür fest.

César trat aus dem Schatten:

»Wo willst du hin?«

César hatte schon Sonntag gemacht. Einen bäurischen Sonntag mit blauwollenem Gürtel, einem tüchtigen Strich mit dem Rasiermesser über die Backen und einem hübsch gelockten Schnurrbart.

»Brot holen.«

»Sag deinem Herrn, er soll einen andern schicken.«

»Scher dich um deine eigenen Angelegenheiten.«

Der Hirt reckte den Arm und tat einen Schritt. César packte ihn bei der Schulter.

Einen Augenblick blicken sie einander an. Der Hirt ruckt mit der Schulter. César packt fester zu. Der Hirt weicht plötzlich zurück; sein Hemd ist ein wenig aus der Hose gerutscht. Der Hirt schlägt zuerst. Sein Faustschlag gleitet an Césars Kinn ab. César hebt seine offne breite Hand. Er will nicht schlagen, er will bloß zufassen und kräftig drücken. Der Hirt schlägt ihn mitten auf die Backe. César weicht zurück und schließt die Augen. Der Hirt schlägt ihn auf die Nase. César senkt den Kopf und springt vor. Mit dem Kopf stößt er den Hirten unters Kinn. Der Kopf des Hirten fällt zurück, seine Arme schlenkern. César versetzt ihm einen nicht besonders heftigen, aber wohlgezielten Faustschlag in die Lebergegend. Der Hirt lehnt sich an die Mauer, sein Kopf bumst gegen die Steine. César verabfolgt dem Hirten einen zweiten Faustschlag in den Gürtel. Der Hirt macht den Mund auf; er holt zu einem gewaltigen Faustschlag aus, der über Césars Schulter hinweggeht. César weicht zurück. Der Hirt tut zwei, drei Schritte, bricht in die Knie, senkt den Kopf und legt sich lang.

Ohne Lärm hatten sie sich in dem kleinen Winkel neben der Kirche geprügelt. Niemand hatte es gesehen. César kam allein heraus, er drehte die Spitze seines Schnurrbarts um den Zeigefinger und ging einen Absinth trinken.

Das Pferd blieb noch ein Weilchen ganz allein an der Kirchtür angebunden. Die Hitze stöhnte und brüllte dumpf und unerbittlich unterm Himmel. Dann erschien der Hirt, knüpfte die Zügel auf, sprang mit dem gleichen Satz wie immer in den Sattel und wendete auf Conches zu.

César trank seinen Absinth, wie gewöhnlich, spielte seine Partie Bezigue, gewann und ging Mittag essen.

Als am Nachmittag getanzt wurde, kamen fünf Burschen aus Conches im Galopp angesprengt. Der erste war der Hirt, noch immer auf seinem arabischen Roß. Er kam als erster vor dem Café an und parierte mit einem harten Ruck der Zügel. Das Pferd schnaubte und tänzelte und schlug mit seinem langen Schweif gegen die Büsche. Gleich danach trafen die andern vier ein, und auf einen Schlag sah man die fünf Schenkel sich aus dem Sattel schwingen. Ohne sich erst die Zeit zu nehmen, ihre Pferde anzubinden, stießen die fünf die Tür auf. Man war mitten in einem Walzer, und niemand hatte etwas von der Kavalkade gehört. Mit einem Armhieb trennte der Hirt die Antoinette von ihrem Kavalier, stieß den Burschen zurück, preßte die Frau an sich und mischte sich in den Tanz. Die andern hatten es ebenso mit der Manie, der José und der Félicie gemacht, und ganz verzückt erhob sich die Germaine vom Costelet von ihrer Bank, um sich dem fünften an die Brust zu pressen. Die Musiker hatten nichts gemerkt und spielten weiter. Sie spielten die »blaue Donau«. Im ersten Augenblick hatte Marius die Sache nicht erfaßt. Er sah Antoinette mit dem Hirten tanzen. Sie sperrte sich zwar ein wenig, aber er preßte sie an sich, und wenn sie zurückwich, drängte er dermaßen vor, daß sie Körper an Körper lagen.

»Aufhören!« schrie Marius.

Und Georges und Ivan und Médéric und Clotaire stießen und pufften nach allen Seiten, um ihre Tänzerinnen wieder einzufangen. Die Frauen kletterten auf die Bänke. Die Musik hielt inne.

»Was soll das heißen? Ihr aus Conches!«

»Musik!« schrie der Hirt.

Marius versuchte, bis zu ihm vorzudringen, aber alle Welt war eng zusammengebündelt wie Stroh.

»Musik!« schrie der Hirt.

Er ließ Antoinette nicht los.

»Geh schlafen!« schrie Marius.

»Mit deiner Schwester«, rief der Hirt.

»Meine Schwester kann dich ...«, sagte Marius.

Der Hirt ließ Antoinette los.

»Macht Platz«, sagte er.

Es wurde sofort Raum um ihn.

»Komm her und sag das noch einmal.«

Marius trat näher.

Der Hirt hatte noch immer den hellen Ausdruck des Mannes, der seinen Wind kennt; aber auf den Lippen lag ihm auch so ein großer Widerwille ...

Marius zog seine Jacke aus.

»Was willst du?« fragte er.

»Das!« sagte der Hirt.

Gleichzeitig holte er mit dem Arm aus, er legte das ganze Gewicht seiner Schultern hinein und stieß ein »hau« dabei aus, wie beim Holzspalten. Marius empfing den Schlag mitten in die Nasenlöcher. Er schüttelte den Kopf und spritzte Blut um sich herum. Er hatte ganz runde, blau und weiße unschuldige Augen und guckte auf seine blutüberströmte Hand.

Die Mädchen begannen zu kreischen.

Der Hirt versetzte ihm mit voller Kraft noch zwei wohlberechnete und abgezielte Schläge und traf ihn beim zweiten Mal unterm Kinn. Marius breitete seine Arme aus wie ein Gekreuzigter und stürzte zu Boden.

Die Mädchen hatten eine Bank ans Fenster gerückt. Sie kletterten hinauf und sprangen hinaus. Antoinette hielt ihr ganz mit Blut beflecktes Kleid mit beiden Händen und weinte. Sie hob den Rock hoch. Man sah ihre Waden und die Spitzen an ihren Hosen. Marius lag regungslos auf dem Boden; das Blut bildete Blasen unter seiner Nase.

Die Frauen kreischten. Eine lief durch den Tanzsaal und

preßte ihren kleinen Jungen an sich. Sie stieß gegen den Hirten.

»Verzeihung«, sagte er.

Er stand da mit herabhängenden Armen. Die Fäuste hatte er nicht geöffnet. Er starrte auf den Mann am Boden. In das Orchester kam Bewegung. Zani, der das Horn blies, stieg vom Podium herunter. Die Burschen von Conches bildeten eine Schutzwehr vor dem Hirten. Dann begannen auch sie loszuschlagen.

Zani packte eine Bierflasche beim Hals, bekam aber einen Fußtritt in den Bauch, er ließ die Flasche fahren, krümmte sich und rollte unter das Podium. Ivan hatte den jüngsten der Conches-Burschen gegen die Theke gedrängt und bearbeitete ihn mit einem Wirbel von Faustschlägen. Der Lange von Conches ergriff einen Stuhl und zertrümmerte ihn auf Ivans Schädel. Er behielt nur die Lehne in der Hand. Ivan lehnte sich gegen die Theke. Der junge Bursch stieß ihn mit dem Kopf vor die Brust, und er fiel um wie ein Sack. Unter dem Podium brüllte Zani und hämmerte mit den Absätzen auf die Dielen. Die beiden andern von Conches hatten Barnabé und Georges umgelegt. An dem Hirten hatten sich zwei wie Hunde festgebissen. Er warf den einen zu Boden und zertrat ihm die Hand mit seinem Fuß. Dem andern verrenkte er den Arm. Der am Boden biß ihn in die Wade. Er versetzte ihm einen derartigen Fußtritt mitten ins Gesicht, daß sein Kopf gegen eine Tischkante dröhnte. Dem andern renkte er den Arm vollständig aus. Er stemmte und stemmte sich mit aller Wucht dagegen. Der andere brüllte auf und fiel hin. Der Hirt zertrat ihm die Hände eine nach der andern.

Frauen liefen über die Straße. Georges stand vom Boden auf:

»Mein Gewehr, mein Gewehr!« schrie er.

»Halt da! Achtung!« schrie der Lange von Conches.

Im Nu waren die Fünf draußen. Die Pferde warteten und fraßen mittlerweile die Blätter von der Hecke. Der Hirt brachte seinen Araber vor den Frauen zum Bäumen, sie wichen zur Seite. Mit einem Satz war er auf dem Platz vor der Bäckerei. Er löste von seinem Sattel einen großen Strauß blühenden Schilfes, warf ihn auf den Gehsteig vor die Tür, und dann sprengten alle fünf im Galopp auf dem Wiesenweg aus dem Dorf.

In dieser Sonntagnacht sollte Massot uns ablösen, damit wir unsere Wäsche wechseln konnten. Da er nicht auftauchte, traten wir bis an den Rand des Hügels vor, der das Dorf beherrschte. Am Himmel standen so viel Sterne, daß unter uns zu unsern Füßen alles pechschwarz war. Nur mit Anstrengung konnte man schließlich den bleichen Schein der Häuser wahrnehmen. Nach einer kleinen Weile war uns, als hörten wir das Klagen einer Frau, und dann wurde ein Fenster hell. Das Klagen klang gleichmäßig wie ein Lied. Als wir noch so standen, hinunterblickten und horchten und uns fragten, was wohl das Dorf so ausgelöscht und verwundet haben mochte, wurde ein Feuer mitten auf dem Platz angezündet. Es mußte ein Scheiterhaufen aus trocknem Heidekraut sein, denn die Flamme schoß sofort bis über die Baumkronen hoch. Jetzt konnte man den kauernden Leib der Kirche erkennen und dann weiter hinten das platte Gesicht eines Hauses, das aus seinem offnen Mund Schatten von Männern auf das Feuer zu hauchte. Das Klagen war stärker geworden, denn es sang noch immer in unsern Ohren, trotz dem Geprassel des Scheiterhaufens und dem lauten Gemurmel der Männerstimmen.

Auf den Tennen entbrannte ein anderes Feuer.

Auf einmal traf uns ein warmer Hauch im Nacken. Wir wandten den Kopf. Ein heller Glanz leuchtete im Westen. Auf dem rötlichen, von langen Rauchspiralen durchzogenen Lichtschein zeichnete sich die Linie des Hügels mit seinen runden Ginsterrücken ab. Wir mußten einen kleinen Umweg machen, um an den andern Rand des Hügels zu gelangen. Dort im andern Tal hatte man vor dem Gutshof von Conches ein gewaltiges Feuer angezündet. Der langgestreckte, breite und kahle Gebäudekörper warf das Licht aller seiner erhellten

Fenster an den Himmel zurück. Das Feuer dort war so groß, und man hatte es, damit es nicht zu schnell niederbrennen sollte, aus schönen Holzkloben so gut aufgebaut, daß es eine Art dicken wallenden Rauch dicht über dem Erdboden von sich gab. Man konnte nicht recht sehen, aber man hörte Pferdegalopp, Flintenschüsse und das Singen eines Liedes: »Hei ho, mein Eisen, hei ho, mein Eisen!«

Ein wenig Wind glitt wie jede Nacht in die Talmulde, und der Rauch stieg auf. Da erkannten wir, daß Reiter um das Feuer galoppierten. Sie ließen ihre langen Gürtel flattern. Zuweilen brach einer der Reiter aus dem Kreis aus, nahm einen Anlauf und sprengte mit verhängten Zügeln ins Feuer hinein. Am Saum der Glut flog er auf wie ein Vogel und sprang unter Gewieher und Jauchzen von Mensch und Tier durch die Flammen. Unter den Bäumen hatte man wohl Tische errichtet, denn Kannen und Krüge leuchteten dort; unermüdlich kreisten die Reiter um das Feuer, und das Funkengestiebe sprühte hoch bis an die Sterne in der Nacht. Droben, hoch droben trieb ein leichter Wind die Feuerfunken nieder auf das Meer.

Wir kehrten auf die Seite unseres Dorfes zurück. Dieses Mal war alles erloschen, aber es klagte immer noch im Dunkel.

In der ersten Morgenstunde fragte mich der schwarze Mann:

»Was war das heute nacht?«

»Ich weiß nicht.«

Ich dachte an den Tod des Patroklos, an Briseïs, die Tochter des Roßhändlers.

Zwei Reiter kamen vom Tal her über den Kamm des Hügels. Wir riefen unsere Schafe vom Saumpfad. Aber plötzlich machten die Reiter eine halbe Wendung und sprangen aus dem Sattel.

Es waren ein Mann und eine Frau; keine Bauern. Der Mann hatte Reitstiefel aus weichem Lackleder an, die man schon von fern knirschen hörte; die Frau ritt, trotz ihrer Röcke, im Herrensitz mit angebogenen Beinen, ohne den Fuß in die Steigbügel zu setzen. Sie kamen auf uns zu. Es waren Herr d'Arboise und jene Rachel, die mit noch zwei andern Mädchen die »Damen d'Arboise« genannt wurden.

Der Herr war von einer ein wenig plumpen Wohlbeleibtheit, seine Reithose spannte sich um seine Oberschenkel. Schwerfällig setzte er die Füße und knickte in den Knien, so daß seine Reitstiefel knirschten.

»Na!« sagte er.

Die Frau, die zurückgeblieben war, rief ihn:

»Agénor!«

Ihr Rock hatte sich an mindestens zehn Stellen in einem Brombeerstrauch verfangen, den sie durchschreiten wollte.

»Meine Taube!« sagte der Herr und kehrte um, um die Frau zu befreien.

Man spürte, daß er plump und verschlagen war, und das »meine Taube« klang nicht recht ehrlich.

Schließlich kamen sie alle beide auf uns zu.

»Habt ihr Käse?« fragte die Dame.

Sie hatte einen kleinen Kopf, rund wie eine Kugel, aber dennoch nicht plump, einen großen schöngeschwungenen Mund und Nachtaugen. Das kurze Schleierchen reichte bis zu ihrer Nasenspitze.

»Nein, gnädige Frau«, sagte ich, »es wird nur gerade für uns selber gemolken.«

Herr d'Arboise trug einen Jagdrock und darunter einen breiten Gurt, um sein Bäuchlein zu stützen. Er kaute an einem Gänseblümchen. Seine Lippen waren kohlschwarz und ein wenig glänzend. Sein Kinn war gut rasiert, der Bart zu beiden Seiten seiner Wangen war grau, luftig und rund gestutzt, sein schöner weicher Schnurrbart war goldblond. Dieser ganz schwarze Mund und die Art, wie er an dem Gänseblümchen kaute, war verwunderlich, und seltsam war auch, daß unter der Krempe seines aufs linke Ohr geneigten steifen Hutes das linke Auge geschlossen und das rechte offen war.

Ununterbrochen knirschte er mit seinen Stiefeln.

»Habt ihr noch Milch?«

»Jawohl, gnädige Frau.«

»Schafsmilch?«

»Jawohl, gnädige Frau.«

»Wollt ihr mir ein bißchen geben?«

»Jawohl«, sagte der schwarze Mann.

Sie wandte sich zu ihm.

»Der Junge kann sie mir geben«, sagte sie. »In deinem Glas«, fügte sie hinzu und sah mit ihren violetten Augen tief in mich hinein.

Sie waren violett. Man sah es, wenn sie einem näher kam.

»Es hat dich erregt«, sagte Herr d'Arboise.

Sie blickte ihn an, ohne meine Hand loszulassen. Sie hatte meine Hand und nicht das Glas ergriffen.

»Du hast dich heute nacht nicht darüber zu beklagen gehabt«, sagte sie.

Sie ließ meine Hand los.

»Gib mir deine Milch, mein Goldjunge.«

Ich reichte ihr das Glas hin.

»Laß mich trinken.«

Sie kniete sich ins Gras nieder, weil sie größer war als ich.

Sie roch sehr stark nach Frau.

Unter ihrer Jacke trug sie eine ganz leichte, durchsichtige, seidne Bluse, durch die die Farbe ihrer Brüste hindurchschimmerte.

Sie näherte ihren geöffneten Mund.

Ich führte das Glas an den Rand ihrer Lippen. Sie sog die Milch ein, dann stemmte sie die Lippen gegen das Glas, damit ich die Hand senken sollte, und trank es mit ihrer nadelspitzen kleinen Zunge schlabbernd aus.

Sie erhob sich.

»Auf Wiedersehn, Goldjunge.«

Sie streckte mir die Hand hin. Ich starrte darauf.

»Küß mir die Hand.«

Ich schüttelte verneinend den Kopf.

»Eifersüchtig?« sagte sie. »Das wird dir die Zeit vertreiben. Komm, Baron!«

Sie lachten alle beide, während sie zu ihren Pferden zurückkehrten. Sie saßen auf. Sie nahm das Pferd zwischen ihre nackten Schenkel.

Herr d'Arboise wollte nach dem Dorf hinunter.

»Wir wollen sehen, ob er tot ist.«

Er ritt schon in der Richtung los. Sie rief:

»Nein, sag ich, ich will jetzt nicht.«

Sie galoppierte aufs Tal zu. Der Mann wendete sein Pferd und folgte ihr.

Sie hatte einen großen roten Fleck am Rand meines Glases zurückgelassen.

ACHTES KAPITEL

Weinlese – Der Wein des Lebens – Die Hoffnung derer,
die guten Glaubens sind – »Deck mich zu, deck mich zu« –
Gonzalès – Antonine, Mexiko und der Geruch nach Kabeljau –
»Milder noch als die Madonna« – Die Schwester von Césarie –
Der Jahrmarkt am Flußufer – Winter – Das Messer –
Die Gitarre – Die Hochzeit des Gonzalès –
Tod von »Wahrhaftig«

Der Tag kam, da ich in die Schule zurückkehren mußte. Mein
Vater hatte geschrieben: »Ich werde ihn am Samstag abholen
kommen.«

Die Weinlese ging zu Ende. Die erholten Schafe waren bereit, den Bock zu empfangen; unruhvoll und verlangend blökten sie traurig nach dem Dorf. Massot kam, um uns zu sagen,
daß wir sie hinuntertreiben sollten. Die Lämmer hatten jetzt
kräftige Beine, sie hüpften vor uns her wie weißer Schaum,
die Mutterschafe trotteten hinterdrein.

»Sie sind ganz bockstoll«, sagte Massot, »wir werden sie in
den Feigenstall sperren müssen, oder meine Schafböcke werden sich zu Tode rackern.«

Sie flossen mit ihrer dicken schlammigen Wolle den Hügel
hinunter, ohne sich aufzuhalten, ohne das Maul nach einem
Thymianbüschel oder einer fetten Immergrünoase zu recken;
sie blökten nach den Ställen. Und der schwarze Mann und
ich, wir beide trudelten hinter der Herde her wie ausgeris-
sene Baumstämme: er wie eine alte Eiche, ich wie eine kleine
Pappel. Der Hügel war uns ein liebes Zuhause geworden.

Das Dorf roch nach nassem Faß und zertretenem Holz.
Es roch nicht nach Wein, es roch nach Weinhefe, nach dem
Schmutz der Bottiche. Die Weinlese war zu Ende. Zwischen harten Bretterpanzern zerquetschte man die schon
einmal zerquetschten Trauben. Man versuchte, noch eini-

148

ges dünne Weingerinnsel herauszupressen. Merope sang, und acht derbe Hände klatschten auf Kommando gegen einen langen, über und über klebrigen Holzbalken. Dann sah man, wie die Hände, die sich um das Holz preßten, hart und dürr wurden; wie zwei dicke eiserne Kugeln stieg die Kraft der Männer in ihren Armen hoch, die Brüste weiteten sich schwellend, um diese Kugeln schlucken zu können, die Lenden warfen sich zurück, und die Beine zitterten; die Balkenstange knarrte, die Kelter schrie ihren Schrei einer Kindbetterin, roter Schaum sickerte perlend aus ihrem Leib, und ein feiner Weinregen sprühte in den Bottich.

Der Wein auf dem Grund des Bottichs war schwarz und geronnen. Er bewegte sich nicht; seine Oberfläche war glatt und glänzend, und die Sonne spiegelte sich darin. Auch im Glas blieb er dickflüssig, mit kleinen Regenbogen überflammt, und er kratzte im Hals mit seinem Geschmack nach Traubensaft und herber Grüne.

Alle zehn Stöße tranken die Männer der Balkenstange. Sie wischten sich nicht den Mund ab. Wenn ihre Hände ruhten, waren sie im Nu von Fliegen bedeckt wie tote Hände.

Anna trug einen großen geflochtenen Weidenhut. Er beschattete die ganze Oberhälfte ihres Gesichtes mit den beiden Augenfeuern und der Stirn. Nur noch ihr kleines hartes Kinn war von ihr zu sehen, das ein wenig gelblich war wie gebleichte Hammelknöchel. Sie hatte versteckte Feigenbäume ausfindig gemacht, wo sie nun ganz allein im Luftschloß wohnte und spielte. Ich suchte nach ihr in den Obstgärten, ich rief sie. Sie gab keine Antwort, und das Laub der Feigenbäume war zu dicht; sie saß gut versteckt darin. Ich lauerte. Sowie ein Baum sich ein wenig rührte, näherte ich mich schrittweis wie ein Fuchs. Ich steckte den Kopf unter die Äste und schaute: es waren Tauben, die an den Feigen pickten, oder lange grüne Ringelnattern, die mit den biegsamen Zweigen des Feigenbaumes Hochzeit spielten. Der Abend kam. Im Dorf stöhnten die drei Keltern; je nach dem Wind hörte man die Stimme von Merope, die ihr Kelterlied sang.

»Anna«, rief ich, »Anna!«

Eine Taube flog auf; eine Schlange fiel ins Gras; der Feigenwald regte sich nicht mehr. Dann wurde auch ich zu Stein. Es war ein Kampf des Schweigens. Mein Herz war zu weich. Die Nacht rührte es an. Der Wind nahm es sanft in seine beiden lauen Hände; der Duft der wilden Reseden koste es. Es zitterte unter alledem wie ein Zicklein. Ich zwang mich zum Schweigen, zwang mich dazu, reglos dazustehen wie diese dicken schlammgrünen Bäume, die mit ihren breiten, flachen Blättern dem Nachtwind Trotz boten. Ich belauerte jedes Rascheln, jede Runzel im Laub. Ich wußte, daß Anna barfuß auf die Bäume kletterte. Ich wußte, daß sie da oben auf dem Ast, auf dem sie sitzen mußte, ihren großen Hut abgenommen hatte und sich mit der flachen Hand die Haare glätten würde. Aber mein Herz zitterte und bebte. Ich konnte niemals lange genug warten und genug lügen, damit der Sieg mein würde.

Ich rief: »Anna!«

Sie wußte, daß ich dastand mit meinem Herzen, das schwach war wie ein Vogel. Wozu lügen, wozu ihr vormachen, daß ich ihr überlegen wäre in den Spielen, die ich selbst ersonnen hatte?

»Anna!«

Die Erde war vom Sommer und den Menschen arg verheert. Das Blut des Weines ließ seine Spur in der Ebene, auf den Hügeln, im Dorf und auf den Wegen. Die Gräben mit der Weinhefe aus den Fässern sahen wie Wunden aus. Die Schlacht hatte bei Sommersanbruch da oben eingesetzt, gleich nach jenem Gewitter, das uns mit Vögeln überschüttet hatte, das ganze Hände voll Vögel in unsere Fenster warf und Nachtigallen im Wasserbecken des Waschhauses ertränkte. Danach waren die Männer mit Sensen, die Frauen mit Stricken ausgezogen. Sie hatten das reife Gras bis zu den Luken der Böden geschleift. Sie hatten die Erde von allen Pferden zerstampfen, von allen Wagen zermalmen lassen. Mit Schnabel und Krallen hatten die Menschen zuerst nur Fetzen aus dem vollen Fleisch herausgerissen, aber schließlich war man im Ernst daran gegangen und hatte wacker gerupft und gerafft, man hatte sich mit Vorräten an Korn, an Linsen, an Viehfutter und Wein versehen. Es hatte wohl Gewitter gegeben, mit Donner und Blitz hatte die Erde sich schwer verteidigt und Bäume niedergemetzelt mit gewaltigen Blitzschlägen. Winde hatten geweht, hart wie Steinwürfe. Was hatte es geholfen? Einen Tag lang war alles drunter und drüber gegangen. Die Männer hatten auf die Stuten losgepeitscht, um eilends unter Dach und Fach zu kommen. Am andern Morgen aber war man schon wieder im Feld und rupfte, riß und raffte. Und jetzt bei der Weinlese wurde es klar, daß die Erde allenthalben blutete. Auf den Böschungen, wo man Traubenbütten abgeladen hatte, war das Gras ganz verklebt, und die Erde darunter war molsch vom Most wie eine angegangene Stelle. Der reglose Fluß im Taigrund zeugte Fliegen wie ein totes Tier. Sie schliefen in den Weidenbüschen, auf den Wasserflächen, die zu viel Sonne getrunken hatten und regungslos und grün wie abgeschlagene Äste zwischen den Steinen faulten, sie hausten im Moos; sie schwärzten die süßschmeckenden Ruten der Trauerweiden und ließen sich vom Winde schaukeln. Kam aber der Wind vom Dorf statt von den Hügeln, wo die Wälder still ihr friedliches Leben lebten, kam der Wind von der Seite, wo die Menschen das Antlitz des Tals zerschunden hatten und wo die Erde Wein blutete, so stiegen die Fliegen allesamt wie eine Wolke auf. Sie verdarben das Brot und das Fleisch; sie kamen und sogen den Most selbst aus dem Bart der Schläfer, selbst von den Händen der Männer an der Kelterstange und von Meropes Mundwinkel. Die Frauen scheuchten sie mit knatternden Schürzenschlägen aus den Küchen.

Gegen Abend flossen sie mit der Nacht in die Feigenhaine. Sie setzten sich auf die Tauben; wie Staub bedeckten sie ihr Gefieder, wie Blüten irgendeines schwarzen, vom Winde ganz geplünderten Baumes. Sie setzten sich auf die langen Nattern, und dic Schlangen zuckten hochschnellend mit den Flanken und schlüpften dann in ihre Löcher mit einem Zischeln wie Öl auf dem Feuer.

»Anna!«

So viel Nacht und Fliegen gab es, so viel süßliche Wärme, so viel Schweigen und fahles Leuchten im Laub der Obstgärten, daß ich immer an den Tod denken mußte.

Der Lebenstrieb des Menschen, der Wunsch, nicht zu sterben, war es, der mich trieb, im Feigenwald, wo die Nacht so dicht war, »Anna, Anna!« zu rufen. Ich wurde also wohl wirklich zum Manne, da ich diesen Lebenswunsch verspürte. Ich gehörte schon nicht mehr zur Kinderwelt, ich stand mit meinem vollen Gewicht auf der Erde, und der Himmel ließ mich nicht mehr wie einen leichten Flaum vom mütterlichen Busch dahinschweben, er lastete auf mir schon mit voller Wucht, um mich auf meinen Weg zu zwingen.

Zum erstenmal hatte mich in diesem Jahr der Geruch der Frauen berührt. In diesem Augenblick hatte die Welt aufgehört zu singen. Eine lange Pause war entstanden, um mich allein zu lassen mit diesem Geruch der Frauen, diesem Geruch nach Zucker und Zimt, der auch an Weihrauch erinnerte, wenn man nach der Vespermesse die Kirchentür öffnet. Und ich war allein geblieben mit diesem Geruch, ich war gut damit durchtränkt. Weich und geschmeidig war ich darin geworden, ein rechter Lappen in den Händen der Welt; sie konnte mich zwischen ihren Handflächen reiben, ich war bereit. Das Lied der Erde und des Wassers hatte nun seine Tonart geändert. Aus jeder Silbe sprach mir die Bedeutung des Blutes. Irgendwo im Himmel, hinter mir in meinem Schatten, jenseits der Luft, ganz dicht bei mir, mußte ein Tier getötet worden sein, und alles, was ich einatmete, hatte den schalen Geschmack einer Metzgerei voll Hammel mit aufgeschlitzten Bäuchen. Die Wolken waren verwundet, die Hügel erschlagen, ihr Rücken war tot, ihr Kopf gesenkt; das Leben hatte nicht mehr seinen geflügelten, im Tanze federnden Sandboden; bei jedem Schritt mußte ich meine Füße aus einem dicken warmen Schlamm herausziehen, der mich indessen berauschte, wie der Geruch der Sümpfe und des Frühlings.

Während der letzten Zeit unseres Aufenthaltes auf dem Hügel hatten auch die Schafe Geruch für mich gehabt. Zuweilen erhob ich mich mitten in der Nacht. Der schwarze Mann schlief. Ohne Laterne ging ich zu den lagernden Schafen. Ich kniete neben ihnen nieder, ich beroch sie. Ich schnupperte dicht an ihrer Wolle, so wie man an einer Erdscholle riecht, um zu sehen, ob man bei der Feldbestellung auch allen Dung, gesalzenen wie nicht gesalzenen, richtig verwendet hat. Unter der Wolle saß der Geruch des Tieres. Ich mußte einen Augenblick warten, um diesen Tiergeruch ganz rein zu spüren. Das Schaf zitterte leise unter meinen Händen wie nasser baufertiger Mörtel. Das Schaf verlangte im Schlaf nach dem Bock, und plötzlich drang der Geruch des Tieres in mich ein. Ich sah die Frauen aus dem Dorf vor mir: Aurelie, die den Sack des Hirten packte, Frauen, die über die Straße gingen, die sich über den Waschtrog beugten, die Wasserkrüge trugen und den linken Arm dabei von sich streckten; Frauen, die ihre Brüste unter dem Mieder neben und ihre Taillen mit beiden Händen zusammenpreßten; ich sah die Mädchen, die vom Tanz heimkehrten, ihre Haare ordneten und ihre Röcke abklopften, Rachel, die an den Gläsern, aus denen sie Milch trank, ein wenig von ihren Lippen zurückließ; Anna.

»Anna!«

Das Schaf zitterte im Schlaf. Neben ihm lagen andere Schafe und dann wieder andere im stoppeligen Gras, und ich hörte sie atmen. Dann waren da alle diese Frauen, und manchmal das Gesicht des Moschusmädchens, ihre Fingerspitzen, wenn sie mein Halstuch knüpfte, Antonine, die ihren Schafgeruch unter Veilchenparfüm verbarg, die beiden Louisen, dann wieder Schafe, und Stuten, Kühe, Säue, Frauen, die auf Wagen im Galopp vorüberfuhren. Mädchen auf Heuhaufen, Anna mit ihren schimmernden Lippen, die wie Glühwürmchen leuchteten; gesträubte atemlose Tauben am Rand des Taubenschlags, Wildsäue, Füchsinnen, Hündinnen, Stuten, ganze Ausschnitte aus dem Dorfball mit Musik, den Mädchen, Müttern, Kindern, alles das durcheinander, zusammengerührt und geknetet wie Mörtelbrei, alles das langgestreckt wie eine große Schlange, verschlungen und verstrickt wie eine große Schlange, die träumend ihre Eier legt.

Da aber hörte ich die Kniegelenke des Schafes knacken, und es entwand sich meinen Händen. Ich ging und rollte mich wieder bei der Laterne in meinen Mantel. Ich hatte Wolle in den Händen.

Große Traurigkeit war in mir.

Diese letzte Woche war düster und lang. Jeden Morgen prallte der Tag an einen weiten, harten Himmel. Ich hörte ihn klingen und beim Vorüberstreichen in den hohen vergoldeten Pappeln rascheln. Einzig an den Bäumen, deren Blätter hinstarben, war noch Farbe, sonst nirgends. Die Morgen waren klar wie Wasser, und die Sonne brütete immer noch den ganzen Tag lang über uns. An den Abenden aber hielten die Wolken Weinlese in den gehöhlten Kufen der Talgründe. Im Dorf klangen dumpf und schwer die Stöße der Keltern.

Ich hatte Anna nicht mehr wiedergesehen. Ich belauerte sie von einem Maulbeerbaum aus, der bei ihrem Haus stand. Ich kletterte in den Baum hinauf. Mit Anna trug sich alles in den Bäumen zu, über der Erde, auf dem Geschaukel der Äste, im Land von Wind und Wolken. Durch das Laub hindurch beobachtete ich ihr Fenster. Ich wurde des Wartens müde. Sie kam nicht heraus. Sie war wohl gar nicht drinnen. Ich ging nach dem Obstgarten, ich rief, ich suchte, ich witterte kurzatmig wie ein Hund, der eine Fährte verfolgt, mein Auge suchte im Gras, um die leuchtende Spur ihrer Schritte auf der Luzerne oder im Klee zu entdecken. Sicher war sie im Obstgarten. Zuweilen war es mir, als finge ich ein Wort jenes langen Liedes auf, das sie immer in sich selber sang und das in schönen Augenblicken des Friedens und des Glücks wie schillernde Blasen über ihre Lippen kam. Ich ging dem Laut nach, ich rief, es verlangte mich so sehr, die Traurigkeit meines Herzens zu lindern, diese dürstende Traurigkeit, die meinen Körper verzehrte, weil ich die große, aus dem Geruch der Schafe geborene Schlange angeschaut hatte. Es verlangte mich so sehr nach den Milchaugen, den schwarzen Haaren, dem stillen unbeweglichen Gesicht von Anna, die keinen Geruch hatte, nach dem kalten und stummen kleinen Mädchen, der Schläferin mit offenen Augen, die wie eine Frucht im Baum saß.

»Was hat der Kleine nur?« sagte Frau Massot, »schau ihn dir an.«

Massot blickte mich an.

»Es ging ihm so gut«, sagte sie, »er hatte runde Backen bekommen. Er hatte Farbe, und jetzt, wo sein Vater ihn holen kommt, schau ihn dir an, verfällt er ganz.«

»Er wächst«, sagte Massot.

Sie holte ihren bittern Borkenwein. Sie goß ihn mir in kleine Kaffeetäßchen. Sie suchte mir den Appetit mit Anchovispastetchen anzuregen, mit Saucen, in die sie Knoblauch und wilde Schalotten wiegte, sie rieb mir den Kopf mit Alkohol ein.

»Geh in die Sonne, mein Herzblatt«, sagte sie.

Und sie seufzte, indem sie mir nachblickte.

Die wilde Sucht nach ewiger Lebensdauer, die den Schafen den Geruch gegeben und die Böcke zum Stoßen trieb, verzehrte auch mich.

»Anna!«

Ich schlief nicht mehr. Ich lauschte der Zeit, die in der Nacht verrann.

Ich hatte ein spitzes, mondsüchtiges Gesicht bekommen, eine sandfarbene, gipsgraue Maske und tote Haut. Meine kühlen Backen waren weggeschmolzen, meine Nase war ganz spitz geworden, nur ein Tröpfchen Fleisch saß noch um die Nasenflügel, ein ganz flappiger Tropfen Fleisch, und ich spürte, wie er jedesmal, wenn ich Luft einsog, sich blähte und sich bewegte. Bei Massot gab es keinen Spiegel; aber seit einigen Tagen hatte ich gelernt, mich in der Rückseite

155

der Fensterscheiben zu betrachten. Ich musterte mein fremdes, verzücktes und trauriges Gesicht. Ich strich mir mit den Fingern über meine voll gewordenen buschigen Brauen, ich betastete die violette Haut unter meinen Augen. Mein Blick kam von weiter her als von mir. Er hatte seine blaue Farbe, seine Klarheit und Frische verloren. Er war jetzt wie feuchtes dichtes Gras. Mein Mund war dick geschwellt, und ich mochte die Lippen noch so sehr zusammenpressen, sie teilten sich immer wieder und bildeten zwei kleine Vorsprünge aus rohem Fleisch.

Am Sonntagmorgen erschienen Rachel und der Baron zu Pferd, um die Messe zu besuchen. Herr d'Arboise klatschte in die Hände, und der Wirt vom Café kam mit einem Glas, der Absinthflasche und der Karaffe heraus. Der Baron trank vier Glas hintereinander, dann leckte er sich den Schnurrbart und stieg vom Pferd. Er setzte sich auf die Kirchenstufen, zog Reitstiefel und Socken aus und trat barfüßig in die Kirche. Rachel band die Pferde an der Trockenstange des Waschhauses an; sie stäubte ihren Rock mit der Reitgerte ab; sie schaute von draußen einen Augenblick der Messe zu, die drinnen im Hintergrund flimmerte, dann entfernte sie sich mit ihren knirschenden Stiefelchen aus Juchtenleder in der Richtung der Felsentennen.

Ich hatte die Spur ihrer Lippen von meinem Glas, aus dem sie die Milch getrunken hatte, nicht weggewischt.

»Da«, sagte der schwarze Mann zu mir, »wasch dein Glas aus.«

Er machte gerade Ordnung in unserem Proviantbeutel. Am Abend sollte er allein mit einer Herde Lämmer hinaufziehen, die Massot an hartes Gras gewöhnen wollte.

Ich ging zum Ausguß und wusch das Glas zum Schein.

»Wasch es ordentlich aus«, sagte er, »ich sehe dir zu.«

Ich rieb den roten Fleck. Es tat mir an den Fingern weh. Ich stellte das Glas an seinen Platz auf das Bord neben die andern. Rachel war um die Straßenecke gebogen. Ich würde Anna nicht wiedersehen, mein Vater mußte gleich kommen.

»So«, sagte der schwarze Mann, »schau her: mein Messer, das mit dem Korkenzieher und dem Büchsenöffner; Nadel und Faden, mein Buch, das Liter Wein, zwei Brote, Zwiebeln, der Topf mit Honig, Ahle und Pechdraht, Arnika, Fleisch und Wurst; und hier mein Mantel und mein Stock...«

Er blickte mich an.

»Das ist alles«, sagte er, »du siehst, es ist genug zum Leben.«

Mein Vater traf gegen zwei Uhr nachmittags im prallen Sonnenschein ein. Er war zu Fuß gekommen. Er war irgendwie verändert. Niemals noch hatte ich ihn rot und verschwitzt unter seinem weißen Bart gesehen. Er hatte die Hemdsärmel über seinen fahlen Armen hochgestreift. Er trat nicht sogleich in die Kühle der Küche ein, sondern blieb auf der Türschwelle und trocknete sich ab. Als er hereinkam, war er wieder mein lieber Vater mit den gelben Augen. Er zog seinen Kamm heraus und kämmte sich den Bart; er schob den linken Handrücken darunter und entwirrte ihn mit kurzen kleinen Kammstrichen. Er schäumte wie Seifenschaum.

Ohne Erstaunen betrachtete er mich.

»Er wächst zum Mann heran«, sagte er nur.

»Seiner Mutter wird das leid sein, aber ich bin zufrieden, daß es sich auf diese Weise gemacht hat.«

Auf Rachel war nicht mehr zu zählen. Ich hatte gesehen, wie sie aufs Pferd stieg und nach Conches davongaloppierte. Auf Anna war nicht mehr zu zählen; der Tag ging zur Neige, sie saß nun wohl auf ihrem verlorenen Feigenbaum und spielte mit ihrem Schweigen.

Wir mußten fort.

Bis zu den Hügeln schritt mein Vater ohne zu reden. Ich folgte ihm. Von Zeit zu Zeit wandte ich mich zurück, um einen Blick auf Corbières zu werfen. Das Dorf lag da unten wie die gesammelte Asche eines großen Brandes. Es war weiß, und hie und da rauchte es ein wenig. Lange Schwalbenzüge flatterten wie Grashalme am Himmel.

Als wir an den Weg nach Isnards gelangten und das ganze Land von den Felsenplateaus bis hinab zum Fluß sich vor uns ausbreitete, hub mein Vater an:

»Schau, mein Junge«, sagte er, »wenn man nur so viel Glauben hat wie ein Pfefferkorn, dann braucht man nur ein Wort zu sagen, und alle diese Hügel werden aufstehen wie Schafe und als Herde vor uns herwandern bis ans Meer.

Schon lange wollte ich mit dir reden und grüble da oben allein in meiner Werkstatt.

Du wirst nun vielleicht mein Geselle werden, was meinst du dazu?

Ich will die Gelegenheit, da es jetzt bergab geht, benutzen, um dir gleich anfangs zu sagen, was am Anfang steht. Vielleicht ist es ein bißchen verfrüht, was, Jungchen? Aber ich sehe, du bist bereit zuzuhören, und ich glaube, ich sollte gleich mit dir reden. Wenn ich jetzt zu dir sagte: ›Biege den Strauch auf und greife den Fisch, der dort auf dem Zweig singt‹, dann würdest du denken: mein Vater ist verrückt geworden; Fische bauen doch keine Nester im Hagedorn! Aber es gibt ein Ding, das noch viel wunderbarer ist, und dennoch existiert es: die Hoffnung.

Du siehst die Erde, mein Sohn, und alles sonst, du wirst auch unsere Straße sehen. Dir sind neue Augen gewachsen. Laß dich's nicht anfechten, wenn auf allem um dich herum so ein wenig Kohlenstaub zu liegen scheint. Das Wunderbare, der Fisch im Hagedorn existiert: die Hoffnung. Denn wenn man alles in allem nur auf das vertrauen wollte, was man sieht und hört, dann hätte es nicht viel Verstand zu hoffen. Mißtraue dem Verstand! Damit kommt man schließlich so weit, sich den Strick um den Hals zu legen.

Siehst du, was ich dir eben von den Hügeln sagte. Wenn du dich hier ins Gras setzen und rufen würdest: ›Hügel, Hügel, kommt alle, kommt alle, meine Hügelschafe, und folgt mir bis ans Meer!‹, dann würde ich, dein Vater, zu dir sagen: ›Bravo, mein Sohn, Geduld, es glückt nicht gleich beim ersten Mal, aber fahr fort. Und wenn die Hügel aufstehen, dann komm und hole mich.‹ Und eines Tages würden die Hügel aufstehen und wandeln! Mit dem Verstand erreicht man nicht viel. Damit gelänge es einem vielleicht, einen künstlichen, mechanischen Berg herzustellen mit einem geheimen Knopf, und drückt man auf den Knopf, würde der Berg auch wandern. Das wäre mit dem Verstand möglich. Wenn du dann aber kommen würdest und sagen: ›Ich will Bäume auf diesen wandernden Berg pflanzen‹, dann würden sie alle schrein: ›Nicht anrühren, sonst geht der Mechanismus zuschanden!‹

Mit der Hoffnung erreicht man alles. Die Berge, die man damit aufruft, sind echte Berge aus Fleisch und Bein, und die Bäume sind auf ihnen zu Haus, und die Quellen schlafen bei ihnen in Betten aus Granit, die blank wie Goldstücke sind. Die Kraft, die sie zum Wandeln bringt, ist keine Räder- und Federkraft aus Stahl. Es ist eine Kraft des Herzens. Und ist sie einmal in Gang gesetzt, wird sie nie zuschanden.

Sohn, wenn es dir bestimmt ist zu leben, wirst du auf deinem Weg Männern begegnen, denen ganze Herden von Bergen folgen. Männer, die nackt und bloß ins Land kommen. Kaum wird man es gewahr, daß ihre offenen Hände gleich Nachtlämpchen das Dunkel erhellen. Wenn man es überhaupt gewahr wird! Und da auf einmal stehen die Berge auf und folgen ihnen. Und da auf einmal schlagen alle die Verstandesmechaniker mit der Faust auf den Tisch und schreien: ›Zehn Jahre lang suche ich schon nach den Formeln, zehn Jahre lang schwärze ich Blatt um Blatt mit Tinte, zehn Jahre lang wende ich alle Rechenkünste an und suche nach dem geheimen Knopf. Der aber hier kommt und sagt ganz einfach: Berg!, und schon steht der Berg auf. Wo ist da die Gerechtigkeit?!‹

Sohn, die Gerechtigkeit ist da.

Die Hoffnung...«

In diesem Augenblick mußte er husten und konnte sich gerade noch an einen Baum lehnen. Er ließ sich an ihm bis auf das Gras hinuntergleiten, und eine geraume Zeit blieb er so sitzen und keuchte stoßweise wie ein erschöpfter Hund. Ich wagte nicht, etwas zu sagen noch ihn anzurühren. Ich begriff, daß er sehr krank war und daß er das für sich behielt, daß das seine persönliche Angelegenheit war und meine Mutter und ich kein Anrecht darauf hatten. Er blickte mich an, um zu sehen, ob ich das begriffe. Ich begriff.

»Ich werde alt«, sagte er.

Mein Vater hatte keine Vogelkäfige mehr. Die Nachtigall hatte sich umgebracht. Sie hatte ihren kleinen Schädel an den Käfigstäben abgewetzt, und dann, als sie nur noch ein dünnes Knochenhäutchen besaß (unter dem man das Gehirn pochen sah), wartete sie auf den Abend. Sie äugte nach der angezündeten Lampe, breitete die Flügel aus wie zu einem weiten Flug und schlug wild mit dem Kopf gegen ihre Stange.

Danach hatte mein Vater den Käfig der Buchfinken geöffnet. Sie waren davongeflogen. Es war noch ungefähr Sommer um diese Zeit. Aber mit der ersten Septemberkälte sah er den kleinen rosigen Fink, den er »Garibaldi‹ getauft hatte, wiederkehren. Garibaldi spazierte auf dem Fensterbrett hin und her. Er guckte in die Werkstatt, flog schließlich hinein und ließ sich auf seinem Käfig nieder. Als mein Vater sich erhob, um ihn mit seinen Händen zu greifen, flog er davon.

In der Nacht war ein schweres, eisiges Gewitter, das aus den ersten Bergfrösten gebraut war.

Mein Vater hatte alle Käfige aus seiner Werkstatt entfernt. Nur zwei, den von der Nachtigall und den von Garibaldi, hatte er behalten.

»Siehst du«, sagte er zu mir, »da hatte er sich niedergelassen.«

Er faßte an die kleinen eisernen Stäbe. Am Käfig der Nachtigall ging er vorüber ohne hinzuschauen.

Der Schafhof war gealtert. Ich glaube, mit dem Moschusmädchen und der Kleinen vom Akrobaten hatte er seine ganze Jugend eingebüßt. Das Moschusmädchen sang zuweilen, und dann hingen auch die weißen Handtücher vor dem

Fenster. Dieses Weiß gab dem Hof Mut; man fühlte, daß dort Seele war, und wenn man auch die Nächte dort bei Licht verbrachte, des Morgens stellte man sich nackt hin, um sich zu waschen. Auch bei dem Akrobaten mit seinem kleinen Mädchen war Seele gewesen, bei dem kleinen Mädchen, das nie sprach, nicht lachte und nicht weinte, das nur in den grauen Hof hinunterschaute. Sie sah aus, als wisse sie mehr als alle Welt.

Die Mexikanerin sang noch immer: »Deck mich zu, deck mich zu, ach, wie kalt ist mir...« Aber jetzt hörte man sie zuweilen mit einem Mann mexikanisch sprechen. Es war nicht die Stimme ihres eigenen Mannes. Der hatte eine dünne gelbliche Stimme wie Heringsmilch. Sie paßte recht zu ihm. Er war groß und hager, dürr und bis auf die Knochen verbrannt. Seine Haut war fast schwarz von der Sonne und hatte goldne Glanzlichter, wenn er sich wendete. Sein ganzer Schädel verlief flach in den Rücken seiner riesigen Nase.

Die Männerstimme, die der Mexikanerin Antwort gab, rollte weich und geschmeidig dahin, und am Ende eines jeden Satzes kam ein Wort, das dumpf klang wie eine Elfenbeinkugel, die an die Bande eines Billards stößt. Die Frau erwiderte nicht sogleich darauf. Man spürte, während dieser kleinen Pause vollführte das Wort einen stummen Kreislauf in der Frau, einer Bahn folgend, die der Mann berechnet hatte.

Als ich ihnen lauschte, hatte ich sofort an Billardspielen denken müssen. Die Stimme rollte ebenso dahin wie die beinerne Kugel über den Filz. Sie hatte nichts Rauhes, Scharfes, Spitzes. Alles daran war Rundung, Filz und Gleiten. Sowie sie begann, fühlte man aber, daß sie darauf ausging, etwas zu berühren, und wenn sie auch nach der entgegengesetzten Seite rollte, so würde man doch gleich den dumpfen Anprall des letzten Wortes vernehmen.

Dann aber!...

Die Mexikanerin hatte die Stimme eines kleinen Raubtieres

im Unterholz, eines jener unruhigen und immer verängstigten Tiere, die vorm Sterben die Hand des Jägers zerfleischen.

Ihr Mann arbeitete in den Steinbrüchen. Er ging spät am Morgen weg. Sobald die Mexikanerin allein war, öffnete sie das Fenster und lüftete ihre Matratze. Dann nahm sie die Matratze wieder herein, und man hörte, wie sie ihr Bett machte. Nach einer kleinen Weile begann sie, zuerst leise, zu singen: »Tapa mé, tapa mé, deck mich zu, deck mich zu«, dann immer lauter; dann, indem sie mit ihren nackten Füßen dazu auf den Boden trommelte, dann schlug sie mit der Faust auf den Tisch, und schließlich schrie sie ihr »tapa mé, tapa mé« mit einem brüllenden Fauchen ihrer kleinen Katzenkehle heraus. Ganz plötzlich hielt sie inne. Man hörte jemanden hereinkommen und die Tür schließen. Und dann begann die geschmeidige Stimme zu reden.

Die kleine Wirtschaft »Zur Tonne« in unserer Straße hatte den Besitzer gewechselt. Zur Zeit, da das Moschusmädchen dort durch die Scheiben guckte, war eine alte Frau, die Mutter Montagnier, Inhaberin der »Tonne« gewesen. Sie war weg, aber nicht sehr weit weg. Sie hatte ein Zimmer im gleichen Haus gemietet, das Café jedoch hatte sie verkauft. Es hieß, sie hätte eine Erbschaft gemacht. Antonine, die alles wußte, erzählte mir, eines Abends hätte der Bahnhofsomnibus vor dem Café gehalten, und eine Dame wäre ausgestiegen.

»Sie war sehr geschnürt und hatte überall Litzen und einen weißen schaumigen Kragen, der vorn an ihr herunterrieselte und um ihren Hals schäumte, als pißten ihre Brüste Milch vor lauter...«

»Sei still«, sagte meine Mutter, »was erzählst du ihm da für Geschichten.«

»Sehen Sie ihn an«, sagte Antonine, »er wird rot!«

»Das bist du mit deinem Gerede«, sagte meine Mutter.

Antonine blinzelte mir zu.

»Wollen Sie ihn denn in Watte packen?«

Und sie gab mir einen Wink, daß sie nach dem Kohlenverschlag ginge. Ich trat auf die Straße hinaus und kehrte durch die Flurtür ins Haus zurück. Antonine wartete auf mich und machte absichtlich Lärm mit der Kohlenschaufel.

»Jawohl«, sagte sie, »eine Dame mit einem schneeweißen Kragen, wie ich dir gesagt habe. Ein weiter Rock, und darunter Schühchen, spitz wie Rattenschnäuzchen. Sie ließ einen kleinen Jungen aussteigen. Sie trug einen großen Sonnenschirm. Danach hat denn die Mutter Montagnier das Café verkauft. Sie sitzt jetzt oben unterm Dach mit dem Kleinen. Die Dame ist wieder weggefahren. Und der, der jetzt die ›Tonne‹ hat«, fuhr sie fort, »wenn du's wissen willst, das ist ein Mann, kann ich dir sagen, o ja, das ist ein Mann. Du wirst ja sehen!«

Es war ein großer schwerfälliger Mann,. der nie ein Wort sprach. Er hatte breite Schultern und eine schmale Taille, die er recht zur Geltung brachte, indem er immer sehr knapp anliegende kleine Jacketts trug, die herzförmig über seinem flachen Bauch ausgeschnitten und mit einem einzigen Knopf geschlossen waren. Er trug schwarz und weiß gewürfelte Hosen mit Stegen. Seine Schuhe waren bis über den Rand der Sohlen gewichst, und der Absatz glänzte in seiner Dicke genau so wie der Schaft. Die Manschetten seiner weißen Hemden sahen unter den Jackettärmeln vor. An der linken Hand hatte er drei Ringe. Aber über seinem niedrigen weichen Kragen und dem schwarzen, vom langen goldenen Stengel einer roten Blume durchwirkten Schlips breitete sich die riesige nackte Sandfläche seines Gesichtes aus. Die Nase hob sich kaum wie eine alte, abgenutzte Düne darin ab; alles übrige in diesem Gesicht war flache, tote Wüste, und nur stellenweis lief die Spur eines seltsamen Windes in weichen Kurven darüber hin. Höchstens ein- oder zweimal konnte Wasser das Bett des Mundes überspült haben. Seine Lider waren stets gesenkt.

Er hieß Gonzalès. Obgleich der Oktober unter seinen tiefen Wolken kalten Ruß durch die Straße fegte, machte er seine Tür auf, pflanzte sich vierschrötig auf seiner Schwelle hin; die Hände in den Taschen, jedoch so, daß der kleine Finger draußen blieb, um den dicken blauen Ring daran funkeln zu lassen, ließ er sich vom Herbst streicheln. Er hatte keinen Blick. Seine Lider deckten die Augen zur Hälfte, und dann hingen lange schwarze Wimpern daran herunter. Er sog nur die Luft ein. Man wußte nicht, kostete er aus freien Stücken den kalten Wind, oder war diese Bewegung seiner Nüstern, dieses Blähen der Nasenflügel, der leichte Schauer, der über seine Sandbacken lief, nur der Schritt des Windes in der Wüste.

Nach einem kleinen Augenblick erschien ein zweites Gesicht, um sich die Kälte zu betrachten. Es tauchte neben Gonzalès in der Höhe seiner Hüften auf. Man wußte nicht, war es das Gesicht eines kleinen Mädchens oder einer Frau, aber jedesmal, wenn ich es erblickte, lief mir der Geruch der Schafe, dieser furchtbare Geruch, wie eine Weinsuppe im Mund zusammen. Kam ich dann nach Haus, blickte mir Antonine in die Augen.

»Da hat er nicht mehr seine Unschuldsaugen«, sagte sie, »sondern wieder seinen grünen Brennesselblick!«

Dieses zweite Gesicht war lebendig wie ein warmes Tier. Zwei lange schmale, nach den Schläfen gezogene Augen, keine Wangen, zwei kräftige runde Backenknochen unter den Augen, ein Mund wie ein Lorbeerblatt, eine ziegelfarbene Haut, lange, straffe und glatte Haare, die von Öl triefen.

»Die Rothaut«, sagte Antonine. »Er hat sie aus Amerika mitgebracht.«

Antonine wußte sehr viel von Gonzalès. Damals konnte ich nicht wissen, wo sie alle diese Geschichten hernahm, noch warum sie ganz naß wurde, wenn sie mir von diesem Mann erzählte, aber ich ging oft mit ihr in den Kohlenverschlag.

Er war Besitzer eines Parfümladens in einem verlorenen Stadtnest irgendwo auf den Hochebenen von Mexiko hinter Guadalajara gewesen. Er hatte drei Revolutionären zu Pferd Silberbarren abgekauft. Mit den Reitstiefeln hatten sie gegen seine Tür gehämmert, er war in die Nacht hinausgetreten und hatte ihnen die Silberbarren abgekauft. Man mußte schon jemand sein, um so etwas zu tun. Er war füsiliert worden. Drei kleine Löchlein hatte er auf der Brust gerad unter dem Herzen, und auf dem Rücken eine große Narbe. Sein Vater, ein ehemaliger französischer Gendarm, war einige Monate General gewesen, dann hatte man ihn aufgehängt. In dem riesigen Koffer in seinem Zimmer – und keinen Menschen ließ er je in diesen Koffer blicken, den Schlüssel dazu trug er stets an seiner Westenkette neben einem Haifischzahn befestigt –, in dem riesigen Koffer bewahrte er getrocknete Pflanzen auf, Steine in allen Farben und, dick eingewickelt in drei alte Zeitungen, den Kopf seines Vaters, der nicht größer als eine Faust war, mit den richtigen Haaren, dem richtigen Schnurrbart, der richtigen Haut und den richtigen Augen, so wie er als Gendarm ausgesehen hatte; und das alles, man sollte es nicht glauben, nicht größer als eine Faust.

»Es riecht nach Kabeljau in dem Koffer«, sagte Antonine. »Man weiß nicht, woher es kommt, ob von den Pflanzen, von den Steinen oder von diesem ganz eingetrockneten Kopf. Aber es riecht nach Kabeljau.«

Ich war noch voll von meinem Wiesendorf, durchbraust und durchbrandet von Vögeln, Schafen, Odyssee, und so dachte ich:

»Sie glaubt, es riecht nach Kabeljau, aber sicher riecht es nach dem Meer.«

Nach dem Meer und Mexiko. Das Feuerrot, mit dem das Land Mexiko in meinem Atlas angestrichen war. Diese weiche Schulter des blauen Ozeans, die an der schmalsten und schwächsten Stelle an Amerika stieß, an dieses Land, das von Vulkanen und riesigen Steingöttern zerrissen wurde, die wie Quarzblöcke von Zähnen und Krallen starrten.

Jedesmal, wenn ich meinen Atlas aufschlug, spürte ich diesen Geruch nach Kabeljau, und der verhärtete Kopf des Gendarmen schwamm gleich einer Insel auf den blauen Meereswassern; seine Haarmähne, sein Schnurrbart und sein Backenbart spreiteten sich wie die Fangfäden einer Meduse um ihn herum aus.

Ich hörte die Jalousien in den kleinen spanischen Städten

am Morgen angesichts des Golfes klappern, der von einem feinen Sprühregen und dem Blütenstaub der Palmen wie mit Mehl bestäubt war.

In den Höfen latschte der Schritt der plumpen Negertanten um die Brunnen oder verhallte im Schatten.

Alte Mexikanerinnen mit Elefantenbeinen trugen Körbe mit Zitronen auf ihren Polsterfrisuren.

Junge Damen mit olivenfarbigen Gesichtern eilten mit Ponies, kleinen Eseln, Wolfshunden oder buschigen Katzen zum Seebad, während die dumpfen Sirenen der Schiffe, die nach den Inseln in See stachen, heulten.

Es gab lange Augenblicke des Schweigens.

Das war um die Mittagsstunde. Ich stieg zum Boden hinauf. Zwischen zwei Windstößen brachte der Oktober noch festlich vergoldete Tage. Nur auf der Mauer der Dame mit den grünen Augen ließ die Sonne ein wenig Schatten liegen. Sie lächelte das stille, wissende Lächeln derer, die am Ziel sind und warten. Als ich von Corbières zurückkam, fand ich sie noch gerade so vor wie immer, mit jenem schmalen Schimmer um Mund und Augen. Die ganze Zeit über, da sie alleingeblieben war, hatte sie wohl schweigend so gelächelt. Sie wußte...

Der Tag war schwer und drückend. Tauben gurrten auf den Dächern. Ihre zarte Stimme war voll Lebensblut und Verlangen. Es war die wüste Stunde, da die Mexikanerin ihr »Deck mich zu, deck mich zu« rief und ihren Ruf auf die dunkle Trommel des Tisches paukte und das ganze Haus drüben unter diesem gleichförmigen Getrommel bebte. Man hätte meinen können, daß sie einen Baugrund bearbeitete. Lange, lange, lange. Dann verstummte sie. Ich hörte, wie ihre Tür sich öffnete, ich klatschte meinen Atlas auf die Erde, mitten in die Sonne; ganz von allein klappte er auf der Seite von Asien auf. Das Land jenseits von Mexiko!

Ein weites, weites Land war das, warm und dick wie eine Krankendecke und völlig erstorben vor Krankheit und Fieber.

»Deck mich zu, deck mich zu, ach, wie kalt ist mir!«

Träge Flüsse schwitzten unter Bäumen in den Ebenen. In

der Mitte dehnte sich ein ungeheures Gebiet von Bergen und Hochebenen aus; Steppen ohne Grün und Gras, Wüsten, die die Sintflut getrunken hatten, furchtbare Stirnen, Münder ohne Speichel, die nur noch ausgedörrte und stumme Wegspuren waren, tote Flüsse in weiten grauen Wüsten.

Gonzalès! Gonzalès der Dschungel und Sümpfe, Gonzalès voll tigerhafter Wildheit unter seinem gut sitzenden Rock. Gonzalès, der in seinem toten Steppengesicht die tiefen Furchen uralter vergehender Bäume trägt.

In diesem Bilde Asiens sah ich den Besitzer der »Tonne« mit seinem Schweigen, seiner Kraft und seinem grauenerregenden Bergzauber.

»Deck mich zu, deck mich zu, ach, wie kalt ist mir.
Nur die Decke deines Maultiers, wenn du willst.
Deines Maultiers Regendecke.
Deck mich zu, deck mich zu, daß ich ein wenig Wärme
spüre...«

Die Filzstimme da drüben spielte leise ihr wohlberechnetes Spiel. Sie rollte und prallte an die geschmeidigen Banden der Frau.

Nach einem kurzen Schweigen begann die Mexikanerin an diesem Tag plötzlich zu wimmern.

Ein sanftes, trauriges Wimmern, wie die Sprache der Tauben, aber gleichmäßiger als das Schwanken des Meeres, und so viel Schwung holte es sich aus seiner Trauer und Sanftheit, so viel Schwung, daß es zum Beuteschrei eines Tieres anwuchs. Es endigte in einem so stoßenden, gellen Lachen, daß ich, mit bebenden Nasenflügeln, erstickt vom Geruch der reifen Schafe, den Atlas zuklappte.

»Schlag mich mit der Peitsche auf die Äugen,
Jag hinaus mich auf die Bergeswege,
Aber deck mich zu, deck mich zu, ach, wie kalt ist mir.
Milder noch als die Madonna, deck mich zu mit dir.«
Eines Abends hörte ich Antonine im Kohlenverschlag weinen.

»Tonine!«

Im Dunkel strich ich mit der Hand über das liebe weiche Gesicht, das von nassen Haaren verdeckt war.

»Dieses Weib«, sagte sie, »dieses Weib aus seiner Heimat!«...

Sonntag. Wenn es regnete, wurde es schon um vier Uhr Nacht. Dann wurde eine große Decke über den Bügeltisch gebreitet und die Lampe angezündet.

Mein Vater machte sich im Warmen zurecht. Er zog ein gut gestärktes Hemd über, ließ sich seine kleine schwarze Bandkrawatte knüpfen und sagte:

»Pauline, gib mir zwanzig Sous.«

Und dann ging er ins Café.

Abends aßen wir immer eine Rindfleischsuppe. Das kochte sich von allein, und meine Mutter hatte ihre Ruhe. Sie setzte sich dicht an die Lampe und buchstabierte leise das Feuilleton der Zeitung vor sich hin. Der Schatten ihres Kopfes störte sie, und sie bog ihn nach rechts und nach links, um das Licht auf die enggedruckten kleinen Zeilen fallen zu lassen. Zuweilen blickte sie über ihre Brille hinweg auf die Tür oder auf die Wand und sprach langsam ein paar inhaltsschwere Worte:

»Die Gräfin küßte ihren Geliebten... Das Kreuz seiner Mutter!...«

Die Tür zur »Tonne« öffnete sich. Jedesmal tönte dann das Geläut eines Schellenbündels. Gonzalès hörte gern, wenn jemand bei ihm eintrat.

Dieses Mal ging er selber hinaus. Es war seine Art; er setzte immer nur die kleine, helle Schelle in Bewegung. Indessen schien sein Café ganz voll zu sein. Ich hatte die laute Stimme des Brillenhändlers gehört. Er sang da drinnen. Gonzalès aber war eben herausgekommen. Er mußte die kleine Rothaut hinter die Theke gestellt haben. Ich hörte jemanden im Regen gehen und den Regen auf eine Lederjacke fallen.

»Bist du da, Pauline?«

Jemand hatte unsere Tür halb geöffnet. Es war Césarie.

»Jawohl«, sagte meine Mutter. »Nun, und die Vespermesse?«

»Er hat ewig geredet«, sagte Césarie und trat ein. »Er konnte kein Ende finden mit seiner Predigt. Er wußte gar nicht, was er sagte.«

Sie stellte ihren Regenschirm im Winkel hinter der Tür ab und blieb stehen. Sie strich sich mit ihrer kleinen ganz verrunzelten Hand über die Stirn.

»Setz dich doch«, sagte meine Mutter. »Nun, und deine Schwester?«

»Ich komme, um hier auf sie zu warten.«

Sie mußte gelaufen sein. Ihre weißen Haare quollen unter ihrer Haube hervor.

»Er ist eben weggegangen«, sagte Césarie, »jetzt ist er bei ihr.«

Meine Mutter faltete ihre Zeitung zusammen.

»Und du, du bleibst hier so sitzen?« sagte sie.

»Was soll ich denn machen?«

Césarie strich sich über die Knie.

»Wenn ich's wäre«, sagte meine Mutter, »ich würde zu ihnen hingehen. ›Guten Abend‹, würde ich sagen. Ihn würd' ich überhaupt nicht ansehen. Clara aber würd' ich beim Arm nehmen und sagen: ›Vorwärts, komm mit nach Haus.‹ Und wenn er mir was sagen wollte, würd' ich ihn fragen: ›Schämen Sie sich nicht?‹«

»Er schämt sich nicht«, sagte Césarie.

»Seit wann geht das eigentlich?« fragte meine Mutter.

»Seit drei Tagen.«

»Na, und? Es regnet, wo sind sie?«

»Im Stall von Arnaud«, sagte Césarie. »Der steht immer offen. Man braucht bloß gegen die Tür zu stoßen, und innen ist alles voll Heu.«

Ich hatte »Wahrhaftig« und »Frau Königin« wiedergesehen. »Wahrhaftig« war dick und bläulich geworden. Er schien ganz von einem inneren Himmel genährt zu sein, und seine Haut war von einem dicken, gewittrigen Blut gefärbt, das träge war wie Schlamm. Sein Geist lief schneller als sein Leben; er eilte voraus und ließ ihn regungslos, ohne Blick und Bewegung, mit seiner tückischen Wolkenfarbe, verlassen auf der Erde zurück. Dann kehrte er ihm wieder.

»Nun?« sagte er.

Es war, als wollte er fragen: Was hat sich seit meiner Abreise hier unten zugetragen?

An der Straßenecke traf ich »Frau Königin«.

»Kommen Sie«, sagte er.

An seiner Haustür angelangt, horchte er nach der Treppe.

»Nein, niemand; gehen wir hinauf.«

Er knackte mehr denn je, aber er machte jetzt ein ganz neues Geräusch. Sein rechtes Knie knirschte wie brüchiges Leder.

Er ließ mich eintreten, zog den Teppich vor und setzte sich mit mir darauf nieder.

»Hören Sie zu«, sagte er.

Er nahm seine Flöte und spielte im Dunkeln langsam eine lange Phrase voll sanftem Windeswehen. Die Wolken liefen über die Hügel wie entsprungene Pferde.

»Mehr nicht«, sagte er, »er könnte kommen. Ich hab mich auch beeilt, es Ihnen vorzuspielen. Der Schluß ist noch flüssiger geschrieben.«

Er wies mit dem Kopf auf den leeren Strohsack von »Wahrhaftig«.

»Er hat das gemacht. Er darf uns hier nicht finden«, sagte er, »sonst merkt er, daß ich es Ihnen vorgespielt habe. Wo gehen Sie jetzt hin?«

Es war sechs Uhr abends. Ich sagte, daß ich ihn eine Stunde lang begleiten könnte.

»Dann kommen Sie.«

»Wohin?« fragte ich, als wir die Treppe hinuntergingen.

»Nach der ›Tonne‹«, sagte »Frau Königin.«

»Wahrhaftig« war da. Er hatte seinen Kopf in beide Hände aufgestützt. Er sah uns näher kommen. Sein Blick ging mit uns mit; er schien auf Erden zu weilen.

»Frau Königin« berührte seine Schulter.

»Wie geht's, Alter?«

»Gut.«

»Hast du deinen Korn getrunken?«

»Ja.«

»Und der Bauch?«

»Besser.«

»Wahrhaftig« blickte mich aus seinen milchigen Augen an. Er schien mir trotz allem wirklich mein Gesicht und seine Veränderungen zu gewahren: meine verbreiterten, aber hagerer gewordenen Schultern, die Dünne meiner Handgelenke, diese blühende Verzweiflung, die langsam das Gezweige meines Blutes aufzehrte.

»Du bist gewachsen«, sagte er.

Es war das erstemal, daß er mich duzte. Seine Stimme hatte etwas Überraschendes bekommen. Es war wohl seine frühere Stimme, aber männlicher geworden, sie hatte den düstern Ernst einer Höhle, einen Gebirgsklang, eine herbe Note, wie der Wind auf den Hochebenen. Er wandte sich zu »Frau Königin«.

»Hast du gesehen«, sagte er mit einer Kopfbewegung zu mir herüber, »er hat mehr Knochen als Fett angesetzt.«

Es war sehr lärmig im Café. Ich konnte nicht verstehen, was »Wahrhaftig« sagte.

Es wurde Mora gespielt, und der Brillenhändler kreischte sein »Viere!« wie eine Marmorsäge.

»Frau Königin« beugte sich über den Tisch.

»Es geht dir besser«, sagte er, »nicht wahr, es geht dir besser?«

»Ja«, erwiderte »Wahrhaftig«, »aber hier ist zuviel Lärm, wir wollen gehen.«

Draußen bog er um die Straßenecke und setzte sich auf den

Gehsteig. Man sah, daß er mühsam atmete. Ganz gewiß waren sein Geist und die physische Arbeit seines Körpers weit, weit voneinander getrennt.

»Geh und mach das Bett zurecht«, sagte er zu »Frau Königin«, »ich bleib hier mit dem Kleinen.«

»Frau Königin« sah ihn an. Er rieb sich sacht die Hände, aber wie in den Fällen, wenn er zarte Dinge berührte, knackten sie nicht. Er entfernte sich lautlos.

»Es stört dich doch nicht, daß ich ›Kleiner‹ zu dir sage?« fragte er mich.

»Nein, Quelle.«

An einem Abend des verflossenen Winters, als er mir die »Uhr« von Haydn vorgespielt hatte, hatte ich ihn »Quelle« genannt, und seitdem war es das Wort der zärtlichen Augenblicke, wenn ich ihm leise helfen wollte.

Er saß und atmete schwer.

»Siehst du«, sagte er, »mit mir ist das so: es ist wie ein großer Jahrmarkt um einen Fluß.«

»Was, Quelle?«

»Das Leben, Kleiner.

Siehst du, es ist voll von Zelten und Würfelbuden, wo Hühner verkauft werden, wo man nach Eiern schießt, und Buden mit Glücksrädern, wo man gewinnt, und Tauben und Feuern, an denen Krapfen gebacken werden. Ganz weiß von Zelten ist es zu beiden Seiten von mir. Auf der einen Seite geht es zum Tanz. Es gibt Männer, die machen ganz kleine Schritte, um sich dem Mädchen anzupassen, das sie beim Arm genommen haben. Sie kaufen ihr Karamellbonbons und sagen: ›Warte, du wirst schon sehen!‹ Sie wartet. Und du, du nimmst ein Gewehr und zahlst fünf Sous. Sie stecken dir eine kleine Bleikugel ins Gewehr. Du schießt und zerknallst das Ei. ›Hast du gesehen?!‹ Sie lacht, und nun schiebt sie selber von sich aus ihre Hand in deinen Arm. Oh! aber das ist noch lange nicht alles! Du kannst nicht wissen, was es alles auf so einem Jahrmarkt am Fluß gibt.«

Er hielt inne und klappte seinen Rockkragen hoch.

»Ist Ihnen kalt?«

»Nein. Weißt du, es ist leicht, das Ei zu zerschießen. Du stehst nicht weit weg. Aber das Ei fällt eben herunter. Das beweist Geschicklichkeit. Ein bißchen Geschicklichkeit. Aber daraufhin kann man glauben, daß man sehr viel Geschicklichkeit besitzt. Man probiert es immer nur mit Eiern auf fünf Schritt Entfernung, und es gelingt bei jedem Schuß. Da heißt es denn: ›Alle Wetter, der kann was!‹«

Er schauderte.

»Sie sollten sich erheben, Quelle«, sagte ich, »und wir könnten nach Hause gehen.«

»Es ist weit ärger als das«, sagte er. »Es ist eine ganze Zeit, daß man sich nicht gesehen hat, und die Dinge haben ihren Gang genommen. Ich kann mich nicht mehr allein erheben, Kleiner. Wir müssen auf die ›Königin‹ warten. Er wird mich beim Arm nehmen.

Er sah aus, als ob ihn hauptsächlich im Rücken fröre. Ich legte meine Hand auf seinen Rücken. Ich wärmte so seine kalte Jacke an. Lange blickte er mich schweigend an. Wenn eine Stelle warm war, legte ich meine Hand auf eine andere.

»Und was soll ich denn machen«, sagte er und blickte mir immer weiter voll in die Augen, »was willst du, was soll ich, der Fluß, denn auf diesem Jahrmarkt an meinen beiden Ufern machen? Wenn ich hinaufstiege und mit meinen Wasserhänden hinginge, um das Gewehr zu nehmen und nach dem Ei zu schießen, dann würde der Budenbesitzer zu mir sagen: ›Laß liegen, du wirst es rostig machen.‹ Und wie nähme sich das auch aus, mein Wasserfinger am Hahn und meine Wasserschulter am Kolben. Ein Fluß, der kann doch kein Gewehr abschießen. Ich sehe nicht auf fünf Schritt Entfernung. Siehst du, Kleiner, ich hab von weitem auf das Meeresei gezielt. Das Meeresei, das dahinten irgendwo tief in den Bergen lag, weit, weit, weit. Ich wußte, daß ich mit meinem Kopf durch Dornen und Felsenschluchten hindurch mußte. Das aber ist für einen Fluß nicht schwer. Aber der Jahrmarkt, der ist an den Ufern. Verstehst du, Kleiner, auf das Meer zielen!«

Er begann zu schlottern.

»Auf fünf Schritt Entfernung«, sagte er, »auf fünf Schritt«...

Wir waren ganz allein auf der Straße. Ich hörte »Frau Königin« zurückkommen.

»...auf das Meer zielen...«

Er berührte seine Stirn mit jener stummen Hand, mit der er auch nach seiner Flöte griff.

»Er hat Fieber. Es hat ihn wieder gepackt. Komm«, sagte er.

Er faßte ihn unter die Achseln und richtete ihn behutsam an sich hoch. Er verwandte mehr Herz als Kraft darauf, und deshalb knackte er vielleicht nicht mehr, deshalb war sein ganzer Körper stumm und achtsam.

Ich wollte ihm helfen.

»Nein, laß uns«, sagte »Frau Königin«, »geh nach Haus.«

»Wahrhaftig« ließ den Kopf auf seine Schulter sinken.

»Auf das Meer zielen, verstehst du, Kleiner?«

Seine Arme hingen kraftlos zu beiden Seiten an ihm herunter.

»Komm, Bruder«, sagte »Frau Königin«.

Und er schleppte ihn durch die dunkle Straße.

Der Regen hat die kahlen Zweige der Bäume blank gewichst. Der Winter ist da. Die Nächte sind tot. Keine Sterne, kein Laut, kein Wind mehr. Nur Frost. Die Stadt hat, in Schmutz gebettet, alle ihre Feuer angezündet. Sie schwitzt Rauch aus allen ihren Mauern aus. Der Rauch sickert durch die Dachziegel hindurch und bleibt dann schläfrig, dick und schwer auf ihnen liegen. Grimmiger Winter herrscht jetzt. Es gibt nur noch Kälte: keine Bäume, keine Hügel, keine Wege, nicht Stadt noch Himmel; nichts gibt es mehr, an nichts kann man mehr denken, nur noch an Kälte. Jeden Morgen gehen Männer hinaus vor die Stadt, bleiben an der Landstraße stehen und warten. Sie versuchen noch »zu verdienen«. Es kommt vor, daß hin und wieder eine Hand gebraucht wird, um einem gestürzten Pferd wieder aufzuhelfen, um Holz hineinzuschaffen, Kohlen zu tragen, zwanzig Sous zu verdienen. Der sogenannte Brillenhändler ist gestorben. Die ganze Nacht hat er geredet, man hat ihn auf der andern Seite der Wand gehört. Er rief »alle guten Gaben Gottes« an, gebratne Hammellebern, farcierte Sardinen, Paradiesäpfel, Gänseschmalz. »Pute«, sagte er, »Pute!«

Er ist mit all seinem Hunger gestorben. Auf seinem Arbeitspult ist er erfroren. Er war ganz verkrümmt. Man hat mit aller Gewalt auf ihn drücken müssen, um ihn in die Sargkiste zu zwängen. Es war ein Sarg vom Spital, im voraus nach gewöhnlichem Maß gemacht, er aber hatte sich im Sterben verkrümmt, weil es seinem Strohsack an Weiche mangelte und weil er für einen Toten sehr kräftige Muskeln hatte.

Einmal rief jemand vom Hof aus meinen Vater. Er öffnete das Fenster.

»Wer ist da?«

Es war die Mexikanerin. Sie wollte ihr Messer schärfen lassen.

»An Ihrem Stein«, sagte sie.

»Werfen Sie es herüber«, sagte mein Vater.

Sie warf uns das Messer zu. Sie hatte es in ein weißes Tuch gewickelt.

Es war ein großes, breites und biegsames Messer mit einer leicht gebogenen Spitze; die Schneide war nervig wie ein Irisblatt.

Mein Vater spuckte auf den Stein und begann dann, das Messer darauf abzuziehen; sehr vorsichtig behandelte er die Schärfe der gebogenen Spitze. Er probierte sie auf seinem Daumen.

»Zu stark dürfte man damit nicht aufdrücken«, sagte er.

Er wickelte das Messer wieder in das Tuch und warf es der Mexikanerin zu.

»Seien Sie vorsichtig«, sagte er, »drücken Sie nicht zu kräftig auf, es würde in einen Ochsen eindringen wie in Wasser.«

»Der Teufel sitzt mir in der rechten Hand«, sagte sie.

Es wurde weniger und weniger gearbeitet. Es gab keine Arbeit mehr, weder für die Maurer, noch für die Steinbrecher, noch für die Klempner und Maler. Die Reichen lebten in ihren Häusern und gingen nicht aus. Ein wenig Arbeit gab es noch für die Holzhacker. Dann war auch das vorbei. Der Winter nahm mit jedem Tage zu.

Die Mutter Montagnier starb. Ehe sie sich legte, hatte sie noch Zeit gehabt, dem Kleinen, der bei ihr lebte, seinen Sonntagsanzug anzuziehen. Er hatte einen Kittel aus königsblauem Samt an und einen großen Spitzenkragen. Er kam zu den Nachbarn.

»Kommt«, sagte er, »Oma ist krank.«

Sie wies auf den Kleinen und sagte leise:

»Herr Signières.« Dann fügte sie hinzu: »Meine Tochter wird schreiben.«

Eine der Frauen neigte sich über sie:

»Sagen Sie das Vaterunser.«

Sie schüttelte den Kopf: »Nein.«

Man wußte nicht, daß die Mutter Montagnier eine Tochter hatte.

»Doch«, sagte meine Mutter. »Sie hieß Juliette. Als sie sechzehn war, ist sie weg. Man hatte sie vorher nie gesehen. Sie war im Kloster in Mane.«

Man durchstöberte das ganze Zimmer: den Schrank und die Schubladen der Kommode. Nirgends fand man eine Adresse. Nur einen Brief fand man, der auf einem Bogen mit dem Briefkopf eines Cafés in Marseille geschrieben war und in dem versprochen wurde, monatlich dreißig Francs für Herrn Signières zu senden.

Eine Schwester vom Hospiz kam und holte den Kleinen. In seiner Tasche hatte er eine Schachtel mit Reispuder und eine Puderquaste. Er puderte sich das Gesicht und besah sich dann in dem Spiegelchen, das im Deckel der Schachtel saß.

»Er hat es richtig heraus«, sagten die Frauen.

Und sie ahmten die Bewegung nach, mit der man die Quaste vor dem Pudern ausschüttelt.

Er folgte der Schwester auf den Fersen, ohne irgend jemanden anzublicken.

Beim Suchen nach der Adresse der Tochter hatte man im Schrank eine Gitarre gefunden. Auf dem bauchigen Perlmutterrücken war eine Inschrift.

»Für Juliette, damit sie singt. Ihr Jean S.«

Der Maurer nahm die Gitarre und ließ seine Hand über die Saiten gleiten. Er begann mit einer Art Ingrimm zu spielen. Die Frauen wagten nicht mehr, sich zu rühren. Sie waren in ihrem Innersten getroffen, in der dunkeln Tiefe ihres Leibes. Sie fühlten ihren Hunger und ihre Schwäche. Eine von ihnen setzte sich leise auf den Rand des Bettes neben Mutter Montagnier nieder. Der Maurer hatte die Lippen geschürzt. Man konnte seine zusammengebissenen Zähne sehen. Er sagte, man wäre ja kein Narr und kennte die ganze Ungerechtigkeit.

Schließlich riefen die Frauen:

»Geh, du Satan. Laß uns in Ruh, wir müssen die Tote anziehen.«

Und eines Sonntagmorgens heiratete Gonzalès. Er hatte dafür bezahlt. Er wollte am Sonntag heiraten. Er wollte Glockengeläut. Er wollte Musik. Er heiratete die Schwester von Césarie. Césarie, die mit alledem Bescheid wußte, war zu der Dame, die die Orgel spielte, gegangen. Gonzalès hatte »Frau Königin« gebeten, bei seiner Trauung zu spielen. »Wahrhaftig« war zu krank dazu.

»Geh nur«, sagte er, »geh nur, Väterchen, ich fühl mich nicht schlecht.«

»Es trägt uns ein paar Sous ein«, sagte »Frau Königin«.

Ich erkundigte mich, wie Gonzalès es angestellt hätte, zu reden und zu sagen, daß er Flötenmusik haben wollte.

»Er redet nicht«, sagte »Frau Königin«, »er macht sich verständlich.«

Die Nachricht von der Heirat des Gonzalès hatte ihren Weg zuerst durch unsere Straße gemacht, dann durch die Gäßchen »unter den Glocken«, wo man die »Tonne« gut kannte. Nach und nach drang sie bis zu allen Häusern der Stadt. Sie machte es wie die Fliegen. Durch die Fenster flog sie hinein, legte ihr kleines Ei in irgendeine Vorhangsfalte, und auf einmal war die Nachricht da mit ihren großen Ozeanflügeln und dem Geschwirr von Mexiko und schönem Ackerland. Clara, die junge Schwester von Césarie, besaß im Tal schönes Ackerland und Weinberge genug, um das Interesse der ganzen Stadt zu erregen. Sie war eine der reichsten Grundbesitzerinnen aus dem Tal. Obendrein hatte sie schönes festgeformtes Fleisch, ein rundes Gesicht mit wunderschönen Augen und eine so edle Gestalt, daß die Burschen vom Hügel von ihr sagten:

»Sie ist eine Stute!«

Man muß verstehen, was das für ein vieldeutiges Lob war. Auf den Höfen in den Hügeln sind die Stuten nicht feist und schwerfällig; da man von ihnen weniger schwere Arbeit verlangt, als vielmehr gute Fohlen erhofft, läßt man sie auf den hochgelegenen Blachfeldern frei herumgaloppieren. Sie jagen herum und spielen den ganzen Tag mit Sonnenstrahlen. Sie tun, als wären die Sonnenstrahlen Peitschenschnüre. Sie ruhen sich im Schatten aus, und sowie die Sonne nur ihr Fell berührt, machen sie das Kreuz hohl, springen auf und schütteln aus vollen Nüstern ein wieherndes Lachen, weißer als ein Büschel zackiger Narzissen.

Clara war aufs Haar solch eine Hügelstute. Sie schritt mit jener gemessenen Bewegung starker Schenkel voller Muskeln aus. Man sah auf den ersten Blick, daß sie bei jeder Witterung unter ihrem Kleide nackt war. Sie brauchte kein Korsett und trug auch keins. Sie hatte nichts zum Schnüren oder Halten; sie war von Natur geschnürt, wo es nötig war, und alles hielt sich bei ihr von allein. In ihren Hüften trug sie ein unberührtes, gut gewiegtes Nest von Kindern, warm und sauber, wie der Backofen eines guten Bäckers. Aber sie hatte den Blick und das Lachen der Stuten. Sie hatte wie die Hügelstuten einen Brausekopf, der den Wind durchschnitt, ihr Verlangen, ihr Bedürfnis, ihr Gesetz war, sich mit einem Kind zu füllen, und da sie nackt der gebieterischen Hand der Erde preisgegeben war, galoppierte sie mit ihrem gierenden Mund über die Blachfelder. Die Männer hatten Angst vor ihr.

Die Mexikanerin rief meinen Vater.

»Meister! Meister Schuhmacher!«

»Was mag sie wollen?« sagte mein Vater.

Er ging und öffnete das Fenster.

»Was willst du?«

»Schärf mir mein Messer, Meister.«

»Bist du schon wieder da mit deinem Messer? Ich hab's dir doch aufs beste hergerichtet. Willst du's denn ganz abnutzen?«

»Nein, nur gut nutzen.«

Sie betrachtete ihr blankes Messer, sie hielt es dicht vor ihre Augen.

»Was willst du denn damit?« fragte mein Vater.

»Ein Schwein abstechen.«

»Was für eins?«

»Meins.«

»Du hast ein Schwein?«

»Oh! Heilige Jungfrau in den Lüften, ja, ich hab so ein Schwein. Meister Schuhmacher«, sagte sie, »du, der das Gute tut, schärfe mein Messer, damit es glatt eindringt und ich meinen Herzenstäuberich nicht erst quäle.«

»Also gut, gib das Messer her«, sagte mein Vater.

Sie wickelte es dieses Mal in zwei Tücher und warf das Päckchen so geschickt, daß es gerade in unser Fenster hereinfiel.

»Was soll man machen«, sagte mein Vater, indem er die von Öl glänzende Schneide betrachtete. »Sie hat es eingefettet wie ein Bajonett.«

Die Nachricht von der Heirat des Gonzalès war überall rundum gegangen, ehe sie bis zu Antonine drang.

Es war Samstag. Jetzt wußte sie es.

Mit schweren Beinen ging sie ihr Bügeleisen holen; sie war ganz benommen. Sie blieb vorm Ofen stehen und sann, dann wählte sie sich ein Eisen und kehrte an den Bügeltisch zurück. Es war, als ob ihr ein Gift im Blut steckte. Das hatte sie im voraus den Toten zugesellt, wo man sich nicht mehr zu bewegen braucht. Aber ihr ganzer Körper kämpfte noch. Sie versuchte, die Dinge mit ihrer Hand zu greifen. Ihr Auge wußte die Entfernungen dieser Welt nicht mehr zu schätzen. Sie warf den Napf mit dem Sprengwedel um, oder sie verbrannte sich am Eisen. Sie stieß schwere Seufzer aus wie Kranke, die sich nicht mehr zusammenzunehmen brauchen. Am Abend wurden ihre Backen schwärzlich, diese Lähmung aus dem Totenreich schritt in ihr fort. Schon regte sie nicht mehr die Augenlider noch den Mund; kaum noch ein Hauch an den Nasenflügeln. Mit erstarrten Schultern, hängenden Armen und steifen Beinen stand sie da, spröder als Eisen.

Man gab ihr Lindenblütentee zu trinken. Zwei-, dreimal mußte man mit dem Rand der Tasse gegen ihre Zähne stoßen. Sie trank, ohne zu merken, ob es warm oder bitter war; ihr Mund war wie Sand.

»Man muß sie nach Haus bringen«, sagte meine Mutter.

Sie blickte uns an und schritt auf die Tür zu.

Gonzalès hatte dem Glöckner hundert Francs gegeben. Als er von der Beichte kam und in die »Tonne« eintrat, saßen alle arbeitslosen Maurer um den Ofen versammelt und zwei oder drei Frauen, die um den köstlichen Genuß des Feuers selbst den Teufel gestriegelt hätten. Ohne etwas zu trinken, hatten sie sich den ganzen Feiertag über mit Klatschen und Verleumden eingeheizt. Man wollte unbedingt die Galgenmiene des Wirtes sehen, nachdem der Pfarrer ihn abgekanzelt hätte. Aber es gab nichts zu lachen noch sonst was. Gonzalès trat ein, schloß die Tür, ging mit seinem gewöhnlichen Schritt unbekümmert wie immer hinter seine Theke und war der einzige, der lächelte; ein breiter Spalt klaffte in seinem Gesicht, in dem nicht das Weiße der Zähne, sondern nur eine häßliche Mundfarbe zu sehen war.

Vom Angelus an begann der Glöckner am Sonntag mit allerlei kleinen Klangphantasien. Er verzierte sein Glockenläuten durch anmutige Schläge aus dem Handgelenk. Er ließ das Seil schlaff werden, dann zog er auf halbem Rückweg mit einem kräftigen Ruck bis zur Erde daran, und dann schwang die Glocke dreimal hin und wider, und ihr Klagen flog hüpfend über den Himmel wie ein flacher Kiesel über das Wasser. Am Schluß schnitt er zweimal den Klang ab, indem er sich an den Strang hängte, und die große Glocke – die »die Finstere« genannt wurde – ließ zwei schillernde Blasen fahren, die langsam in unsern Hof hinuntersanken und die Mauer zum Erzittern brachten; dann barsten sie und übergossen die Stadt mit einem flimmernden feinen goldnen Regen.

Es war Tag.

Es war richtiges Winterwetter, grau und rosig und so scharf, daß die Luft bei der leisesten Windentfaltung wie mit Krallen an der Haut riß. Vom frühen Morgen an fuhren langgestreckte Wolken, spitz wie Barken, über den Himmel. Nichts regte sich außer dieser stummen Schiffahrt; sie schleppte Schatten über die farblos graue Ebene; schließlich stand auch sie still, als wäre sie im Hafen angelangt; das rötliche Heck der Schiffe trieb noch ein wenig vor Anker auf der stillen Luft, und dann schlief alles ein im Frost.

Es gab noch ein wenig Getänzel und Gelächter im Geläut, um die Zehn-Uhr-Messe zu verkünden, und besonders die kleine Glocke leistete sich einige so tolle Sprünge, daß die ernste dumpfe Verkündigung verstummte, um ihr zuzuhören.

Heute sollte Gonzalès wirklich heiraten. Ich schaute zum Fenster hinaus. Die Mexikanerin hatte trotz der Kälte das ihre geöffnet. Sie bürstete ihren großen Schal. Er hing halb aus dem Fenster heraus, halb ins Zimmer hinein. Das Stück, das über die Mauer fiel, war mit großen goldenen Vögeln und roten Blumen bedeckt.

Sie sang ganz leise, ohne Glut: »Deck mich zu, deck mich zu, ach wie kalt ist mir«; sie zitterte an allen Gliedern wie eine Waise.

In der Tiefe des Zimmers sah ich das lange gelbe und ha-

181

gere Gesicht ihres Mannes vorüberstreichen. Er sagte ein paar Worte zu ihr, sie zog den Schal hinein, schloß das Fenster, und sie begannen zu streiten. Man konnte sie durch die Scheiben sehen; mit beiden Fäusten schüttelte sie ihren großen, mit roten Blumen und Vögeln bedeckten Schal.

Um diese Sonntagstrauung am Vormittag unterbringen zu können, hatte der Pfarrer die Zehn-Uhr-Messe ein wenig zusammengedrängt und die von halb zwölf hinausgeschoben. Zwischen beiden war ein wenig Raum, Zeit genug, um die Orgel spielen zu lassen.

Man wunderte sich, als man aus der ersten Messe kam:

»Das ist aber heute sehr früh aus...«

»Clara hat Hochzeit...«

»Ach, richtig, ja...«

Alle feinen Damen in ihren pelzbesetzten Jacken, mit ihren kleinen Baretts und ihren Überstiefeln waren zur Stelle; die Erbinnen in langen Mänteln aus marineblauem Tuch, den Tiroler Filz auf üppige Haarwellen gedrückt; die Mädchen aus den Arbeitsstuben in neuem Sonntagsstaat. Kurz, die gesamte Weiblichkeit. Man blieb weniger wegen Gonzalès als wegen Clara. Es war bitterkalt. Man richtete sich ein, beim Schneider, beim Uhrmacher, beim Käsehändler, bei der Putzmacherin ein wenig einzutreten; grüppchenweise verteilte man sich in die Läden im Umkreis der Kirche. Auf dem verlassenen Platz blieb nur die kleine Dame Sophie Meulan zurück, die junge Frau des alten Notars. Sie hatte keinen Hut auf, eine schöne rötliche Haarschleife lag schwer auf ihrem milchweißen Nacken. In einen dicken prächtigen Fuchsmantel gehüllt, trat sie in ihren Überstiefeln leise von einem Fuß auf den andern, indem sie sich in den Hüften wiegte; ihr Gesicht, blau überschattet von ihren großen, umrandeten Augen, schwankte wie die durchsichtige Spitze einer Kerze hin und her.

Eine kleine Weile blieb sie ganz allein, dann hörte man einen raschen Schritt auf der gefrorenen Straße, und die Mexikanerin erschien. Sie hatte ihren schweren Tuchrock angezogen; sehr eng zusammengefaßt in der Taille, bauschte er sich um ihre Knöchel in zwanzig Falten und Falbeln und wallte um ihre Schritte wie schwarzer Schlamm vom Meeresgrund. Die Schnäbel ihrer spitzen Schuhe lachten unter ihrem Rock hervor. Sie hatte sich in ihren Vogelschal gewickelt. Sie blickte über den verödeten Platz, dann trat sie zum Brunnenbecken und schlug mit der Faust die Eisschicht ein. Sie tauchte ihre Hände bis an die Handwurzeln ins Wasser. Sie schaute Frau Sophie an, dann trat sie zu ihr und stellte sich dicht neben sie, so dicht, daß ihre Ellenbogen sich fast berührten.

»Guten Morgen«, sagte sie.

»Guten Morgen«, sagte Frau Sophie.

»Wir sind beisammen«, sagte sie.

»Ja«, sagte Frau Sophie.

Von allen Seiten wurden sie angestarrt. Hinter den Scheiben der Läden drängten sich die neugierigen Gesichter.

Die Glocken begannen zu läuten. Dieses Mal war es für Gonzalès ganz allein, ohne Messe und alles. Die Trauzeremonie sollte zwar stattfinden, aber daran dachte der Glöckner nicht. Er dachte nur an den Mann mit den hundert Francs. Er läutete für den Mann mit den hundert Francs, für den Mann mit dem toten Mondgesicht und der filzbelegten Stimme, mit der er das große Glockenspiel bestellt hatte.

Als das Geläut verstummte, tauchte Antonine sacht aus der Straße auf und erschien auf dem Platz. Sie mußte die ganze Nacht angekleidet auf ihrem Bett gelegen haben. Sie war mager wie der Tod geworden. Sie sah aus, als hätte sie jäh einen wahnwitzigen Satz bis an den Saum der düstern Wälder gemacht. Sie erblickte Frau Sophie und die Mexikanerin; sie senkte den Kopf, ging auf sie zu und stellte sich leise neben sie.

Gonzalès hatte keinen geschlossenen Wagen gewollt; trotz der Kälte hatte er die offne Kutsche verlangt. Ganz genau wußte man es allerdings nicht. Clara war es, die gesagt hatte: »Ich will«, aber, wie Césarie meiner Mutter zugeflüstert hatte:

»Sie hat keinen eigenen Willen mehr, sie will nichts mehr, sie will nur noch ihn, und auch das ist, als ob er selbst sich wollte.«

Auf der gefrorenen Erde ließ sich der feierliche Hufschlag des Pferdes hören, das im Paßgang die Straße heraufkam. Die Kutsche war aus starkem, hellem Weidengeflecht und knirschte wie ein Korb. Alle die Damen von der Messe traten nach und nach aus den Läden.

»Was haben Sie da unter Ihrem Schal?« fragte Frau Sophie Meulan.

»Nichts«, sagte die Mexikanerin, »den Heiland, kleine Dame.«

Im Augenblick, da die Kalesche auf dem Platz anlangte, begann alle Welt zu flüstern und einander ringsherum auf den Gehsteigen mit den Ellenbogen anzustoßen. Die Damen verbargen den Mund hinter ihren Muffen. Die jungen Fräulein bissen in ihre kleinen Spitzentaschentücher.

»Es ist genau, wie ich Ihnen gesagt habe«, flüsterte die Apothekerin. »Sehen Sie nur! Ach! Sie ist schon so weit.«

»Sieh nur, sie kommt, sieh nur. Siehst du jetzt, daß ich recht hatte?«

»Er sitzt neben ihr!«

Jawohl, er saß neben ihr. Gonzalès folgte niemals der Sitte, oder er hatte vielmehr seine eigenen Sitten, ein bequemes und dehnbares Geschirr, das nicht für gewöhnliche Menschen taugte.

»Er hält sie am Arm!«

»Oh, Beste, rufen Sie doch Ihre Tochter!« sagte die Apothekerin, »sie steht da drüben und starrt wie eine arme Seele in Höllenpein!«

Sie hüstelte.

»Er hält ja Clara wie in seinem Bett!«

Ja, Gonzalès hielt Clara in der Kutsche genau wie im Bett. Er hatte seinen Arm um die Schultern der Frau geschlungen, und sie lag an seiner Brust.

»Delphine!«

Alle jungen Mädchenköpfe flogen zur gleichen Zeit herum, und alle Augen waren auf die Kutsche geheftet, die sich auf die Kirche zu bewegte.

»Delphine!«

»Marie!«

»Jeanne!«

Die Mütter riefen:

»Kommt her!«

»Kommt her, hört ihr nicht?«

Aber die jungen Damen standen alle in der ersten Reihe und folgten dem Vorrücken der Kutsche wie Blumen, die sich nach der Sonne drehen.

»Kommt jetzt!«

»Aber was haben Sie denn bloß unter Ihrem Schal?« fragte Frau Sophie Meulan.

»Den Heiland, gute Dame«, sagte die Mexikanerin, »den Heiland.«

Der Wagen hielt vor der Kirche. Gonzalès stieg aus. Er hatte sein Sandgesicht ohne Mund und Blick wie immer, aber sein Körper war weich und dicht wie die vollen Äste eines Baumes, man spürte eine ungeheure und sanfte Kraft jedesmal, wenn er seine Schultern, seine Arme, seine Beine oder seine Hände bewegte, es war wie das duftende Wiegen eines wilden Lindenbaums.

Er reichte Clara die Hand. Sie stützte sich darauf und richtete sich auf. Einen Augenblick blieb sie in der Kutsche stehen, um sich zu zeigen. Sie war hochschwanger, und sie hatte ihr weißes Kleid über und unter ihrem Leib zusammengerafft, damit er recht hervorträte.

Stille verbreitete sich in diesem Augenblick in der Menge, dann wollte ein Schrei aufspringen, brach aber ab. Neben der Kutsche stand Gonzalès, und das erklärte alles.

Man folgte ihnen in die Kirche. Frau André, die die Orgel spielte, saß schon lange auf ihrem Platz. Sie wußte nichts von dem, was da unten vorbeizog. Sie spielte einen kleinen Marsch, frisch und hell, wie für eine Vogelhochzeit. Gonzalès hatte den Arm von Clara genommen. Sie schritten beide den Mittelgang entlang, schon verheiratet, schwer und voll und ehesatt. Die kleine Rothaut trug Claras weiße Schleppe. Sie schaute nach allen Seiten auf die Statuen der Heiligen und die bunten Kirchenfenster. Der Herr Pfarrer trat mit seinen Chorknaben aus der Sakristei und stieg sofort zum Altar hinauf. Clara und Gonzalès knieten auf den beiden Betpulten gerade vor dem Tabernakel nieder. Die Rothaut kreuzte die Beine und ließ sich auf den Teppich nieder. Der Priester drehte das Schlüsselchen um und holte die Monstranz heraus. Es gelang der Menge nicht, sich geräuschlos auf die Stuhlreihen zu verteilen. Die Männer hatten ihre Hüte aufbehalten. Ich stand dicht am Altar des heiligen Antonius von Padua. Der Nachbar der Mutter Montagnier, der Maurer, der die Gitarre genommen hatte, löschte die Kerzen, schneuzte die Dochte und steckte sie in seinen Kittel. Er klopfte mit dem Finger gegen den Opferstock. Frau André hörte auf, Orgel zu spielen und blickte über die Brüstung.

Von Anfang an wurde geweihtes Brot verteilt. Es gab zwei Arten: zuerst knusprige kleine Plätzchen, die auf einem Tablett gereicht wurden, und dann richtiges in Scheiben geschnittenes Brot in einem großen Korb. Der Maurer, der neben mir stand, sah dem Brotkorb entgegen. Er holte aus seiner Tasche einen jener kleinen Säcke, in die man Sesam tut. Als der Knabe an ihm vorbeikam, hielt er ihn am Arm auf.

»Warte, mein Jungchen, warte doch«, sagte er, »welche Vorsicht in diesem Haus!«

Er begann seinen Sack mit Brotschnitten zu füllen.

»Wie denn?« sagte er, bin ich etwa nicht auf dem Standesamt eingetragen, he? Glaubst du, Gott hat mich mit seiner Küchenmagd gemacht? Glaubst du etwa, sie haben mich hinter der Hecke aufgelesen?«

Er lachte mit seinen Wolfsaugen.

»Laß nur, Junge, es ist nicht wegen des Brotes, es ist wegen des Segens. Wenn du wüßtest, wieviel mir am Segen liegt!«

Der Chorknabe ließ ihn ganz verdutzt gewähren.

Ich fühlte, wie ein Hund an meinem Bein vorüberstrich. Es war Antonine. Sie ging auf allen vieren. Sie kauerte sich zu Füßen der Statue des heiligen Antonius hin. Sie erkannte mich. »Er ist verrückt«, sagte sie und schloß dann die Augen.

Ich begriff, daß sie von Gonzalès sprach. Ich konnte ihn von der Stelle, wo ich stand, sehr gut sehen, ihn, Clara und die Rothaut. Er tat gar nichts Auffallendes. Er kniete einfach auf dem Betstuhl. Man sah nur das breite Gerüst seiner Schultern, die Arme, den Rumpf und seine eingebogenen Beine. Man spürte wohl, daß in alledem etwas Ungewöhnliches und Dreistes lag. Aber so angespannt ich auch guckte, ich sah einzig Gonzalès, Clara, die Kirche und den Priester, der recht klein erschien, um den Segen über alles das zu sprechen.

Ich suchte nach der Mexikanerin. Sie saß nicht im Mittelschiff der Kirche bei den Damen. Die rote Haarschleife von Frau Sophie diente mir als Führer. Sie standen alle beide dort an einem Pfeiler in der Nähe des Chors. Sie sprachen sehr lebhaft miteinander, ohne sich dabei anzublicken. Ich näherte mich ihnen. Frau Sophie hatte ein ganz rotes Gesicht, und ich sah, daß ihre Hände zitterten.

»Ich sage dir, du sollst es mir geben!« sagte sie.

»Ach! die Dame, ach! die Dame!« singsangte leise die Mexikanerin.

Sie gurrte zärtlich, als wollte sie ein Kind einlullen. Frau Sophie war rasend, sie ballte die Fäuste und zitterte.

»Gib es mir!«

»Kleine Dame, kleine, kleine, kleine Dame!«...

»Gib her!«

Die Mexikanerin begann auf spanisch mit sich selbst zu reden, und nach und nach preßte sie die Zähne aufeinander, der Zorn stieg in ihr hoch, und es wurde etwas ganz Wildes; ihre Backen glänzten wie Kupfer.

»Gib, gib, gib!« sagte Frau Sophie unermüdlich. »Gib, auf mich hat er keinen Argwohn, und ich werde ihn für uns beide treffen!«

Hin und wieder knarrte die kleine Eingangstür der Kirche und fiel dann dumpf wieder zu. Die Leute der Gasse »Unter den Glocken«, die Bewohner des Schafhofes, die Stammgäste der »Tonne« fanden sich ein. Die feinen Damen wollten fortgehen. Sie machten ihren jungen Mädchen krampfhaft Zeichen; aber die hörten und sahen nichts; vereint blickten sie stumm auf das Bergesrückgrat von Gonzalès und den bläulichen Abglanz des weißen Kleides von Clara, die wie gewöhnlich nichts darunter anhatte.

Seit einem Augenblick war die Musik in der Kirche verstummt. Der Pfarrer hatte sich dem Brautpaar zugewendet. Mit ausgebreiteten Armen war er sehr mutig auf sie zugetreten, er hielt den Trauring mit den Fingerspitzen gefaßt.

Da begann da oben hinter der Brüstung bei der Orgel »Frau Königin« auf seiner Flöte zu spielen.

Bei den ersten Tönen schon versuchte ich zu erraten: Haydn, Mozart, Bach?

Man lauschte in fürchterlichem Schweigen.

Nach einem Augenblick wandte Gonzalès den Kopf. Er blickte nach der Orgel, und zum erstenmal sah ich inmitten seines toten Gesichtes seine Augen: sie waren rührend menschlich.

Es war zu Ende.

Gonzalès nahm den Arm seiner Frau. Er schritt an dem Pfeiler vorüber, wo wir – Frau Sophie, die Mexikanerin und ich – standen. Sein Rücken streifte die Mexikanerin; sie regte sich nicht. Sie ließ die Arme sinken, und es fiel etwas zu Boden. Es war das Messer mit der Irisblattschneide. Frau Sophie bückte sich rasch und hob es auf. Gonzalès streckte seine geöffnete Hand aus. Frau Sophie gab ihm das Messer.

»Danke«, sagte er mit gesenkten Augen und steckte es in seine Tasche.

Als er sich entfernte, glitt die Mexikanerin an dem Pfeiler zu Boden.

»Mutter, Mutter«, flüsterte sie leise, »ich bin krank.«

Ich traf »Frau Königin« an der kleinen Kirchentür.

»Was war das, was Sie gespielt haben?« fragte ich ihn. »Von wem war es?«

»Von niemand«, sagte er. »Von niemand und jedermann. Es sind mexikanische Lieder. Gonzalès hat sie mir vorgesungen.« Man schob und drängte sich, um hinauszugelangen. Er zog mich in die kleine düstere Kapelle der Heiligen Jungfrau.

»Schön ist das, wie?!« rief er aus. »Was hast du in dem allen gesehen?«

»Daß alles zerstört ist«, sagte ich.

Er sah aus, als ob er träumte, als ob er über mich hinweg zur Sonne blickte.

»Lieder von Maultiertreibern«, sagte er. »Klagen, die ersten Ackerbauern, Holzfäller...«

Er drückte meinen Arm.

»Da ist eines«, fuhr er fort, »ein Bursche, der den Steinbrechern in den Bergen Wasser hinträgt. Er hat die Schläuche an den Brunnen im Dorf gefüllt. Seine Braut hat zu ihm gesagt: ›Scher dich weg, du schwitzender Teufelsknecht, ich liebe einen andern, und der ist frisch wie Flieder.‹ Er tritt ins Wirtshaus. Er tanzt aus Leibeskräften über die Holzdielen und schreit wie ein Besessener:

›Kelter meines Herzens,

Mit geschlossenen Füßen spring ich auf mein Herz.‹

Ich hatte der Frau an der Orgel gesagt, sie solle mit ihrer dicken Baßpfeife bum-bum machen, das tiefe F, um das Geräusch der Füße und dieses Herzens zu bezeichnen, das unter den derben Schuhen hervorspritzt. Sie hat sich nicht getraut, du verstehst?«

»Ja«, sagte ich, »ich hab nicht gesehen: alles ist zerstört.«

»Alles«, sagte er, »alles, was da ist. Nur die nackte Erde bleibt übrig. Aber die reicht bis zum Dunst des Horizonts.«

Er breitete seine Arme zum Kreuz aus, um mir begreiflich zu machen, daß die Welt nach dieser Zerstörung trotzdem heil blieb.

»Der Berg, der den Himmel versperrte«, sagte er, »ist nur

noch ein Sandkorn, aber in dem kleinen Korn der Wassermelone sehe ich schon ihr Wurzelgewirr und ihren Blätterwald vor Augen, verstehst du?«

Er bewegte Hände und Arme, ohne zu knacken.

»Ein Efeureis in diesem Pfeiler«, sagte er, »und du kannst das gewaltigste Bild des Schöpfers formen. Du kannst es in Marmor oder Granit schlagen, und du wirst sehen, daß der Efeu ihm sein Lächeln wegfressen und die steinere Schädeldecke hochheben wird, und dann wirst du sehen, daß das Gehirn des Schöpfers dieser wie eine grüne Schlange in seinem Kopf zusammengekringelte Efeu ist. Laß Zeit vergehen, und es wird hier nur noch ein Wald von Efeu sein mit ein wenig Staub auf den Blättern.

Ich habe Hunger«, setzte er hinzu. »Gonzalès hat mich bezahlt. Wir wollen Anchovispastete kaufen. Der Bruder mag sie gern. Komm.«

Wir gingen zusammen hinaus.

»Gonzalès ist einer von den unsern, verstehst du, und Clara auch. Sie wußte es nicht. Jetzt weiß sie es. Es gibt ihrer nicht wenig, die nicht das Maß haben und die es heute früh gemerkt haben.«

Er wies auf die Apothekerin, die in ihrem Pelzwerk herumfuchtelte.

Wir kauften warme Anchovispastetchen in Öl.

Auf der Treppe wandte er sich nach mir um.

»Wenn die Freiheit in die Nähe der Erde kommt«, sagte er, »hat sie einen Schweif von Geschrei hinter sich, wie ein Komet.«

Er machte die Tür auf.

»Bruder!« rief »Frau Königin«.

»Wahrhaftig« rührte sich nicht. Er starrte unverwandt auf das Fenster.

Er war tot.

NEUNTES KAPITEL

*Franchesc Odripano – Der Dichter ist wie der Färber: aus
Weiß macht er Rot – Mein Vater befreit den Stellmacherssohn –
Odripanos Mutter – Im Sattel – Heilen – Odripanos Schlaf –
Sie hatte das Licht mitgenommen – Marie-Jeanne –
Die Zauberteppiche – Der heilige Franziskus und die heilige
Klara – Louis David – Gott – Ikarus – Das Abenteuer*

Die Hausbesitzerin entschloß sich, die Wohnung von Tante
Eulalie zu vermieten. Sie lag oben im zweiten Stock, der
Werkstatt meines Vaters gegenüber. Ich erinnerte mich, einmal einen Blick in dieses geräumige düstre Zimmer geworfen
zu haben. Es war lange nach dem Tode der alten Eulalie gewesen, man hatte die Möbel schon entfernt und versucht
zu desinfizieren, indem man Schwefel verbrannte. An jenem Tag hatte man die Tür wieder geöffnet, ich weiß nicht,
warum; der Treppenflur war ganz abgekühlt durch diese of-
fenstehende Tür. Ich hatte hineinzuschauen versucht, ohne
einzutreten. Aber das ging nicht. Seit Jahr und Tag hatte sich
das Dunkel darin verhärtet.

Erst um die Mittagsstunde drang ein Sonnenstrahl durch
ein Astloch in den geschlossenen Läden, und da konnte
ich von der Schwelle aus die Räumlichkeiten übersehen. Es
war einfach ein ganz gleichgültiges großes Zimmer mit einem Alkoven. Es gab keine Wand mehr zwischen ihm und
dem Geheimnis. Am Rand, wo in früherer Zeit die Wände
des Zimmers gewesen sein mußten, hingen jetzt dicke Nebel-
schleier, die von zahllosen Spinnenfamilien bewohnt wurden.
Der Alkoven gähnte im Hintergrund wie eine Meereshöhle.
Er mußte das Nest irgendeines in sich zusammengerollten
klebrigen Ungeheuers sein, das nur aus Maul und Riesenau-
gen bestand.

191

Die Hausbesitzerin entschloß sich zum Vermieten, weil der Frost die Mandeln vernichtet hatte. Sie nahm für den Tag eine dicke Frau, die die »Fettsau« genannt wurde, und diese richtete die Wände wieder her. Gegen Abend ging sie und leerte einen großen Eimer voll Spinnen in den Müll aus.

Das Zimmer wurde von Franchesc Odripano gemietet. Er mußte so in den Sechzigern sein. Er hielt sich gerade wie ein Taxus und trug eine große Tuchmütze verquer auf den Kopf gesetzt: der Schirm schützte sein linkes Ohr, und über seiner Stirn schäumte ein herrliches Büschel gekrauster Haare, weiß wie Quellenschaum; wenn er die Mütze abnahm, begann seine Stirn zu leuchten. Er hatte noch alle seine wolligen Haare, aber zu beiden Seiten seines Kopfes rundeten sich über den Schläfen zwei hübsche kleine Hautspiegel glatt, poliert und elfenbeinfarben, und da saß das Licht. Es kam auf einen zu, es berührte einen. Odripanos Augen sah man nicht, man wußte nur, daß sie hell waren; einzig die beiden Leuchtfeuer seiner Stirn trafen einen sanft ins Fleisch, wie die hellen Hörner junger Böcke.

Er begegnete mir auf der Treppe. Er hatte seine Mütze auf.

»Mein Name ist Franchesc Odripano«, sagte er.

Sein Mund fand Vergnügen daran, den Namen zu sagen, er machte sorgfältig alle Umwege, die zu seiner Aussprache erforderlich waren, und seine Lippen schnörkelten sich lange um alle Buchstaben herum.

Er war auf dem Wege zur Hausbesitzerin. Er zahlte sechs Monate im voraus. Er stieg wieder zu sich hinauf, indem er mit der Quittung wedelte, um die Tinte trocknen zu lassen.

»Weißt du, wo man hier Kalk kaufen kann?«

Er borgte sich einen Kübel, eine Leiter und einen großen Pinsel. Er verputzte seine Wände. Den Fußboden rieb er mit Salmiakgeist ab. Er kaufte einen Tisch aus Weidenholz und zwei Stühle.

Er hatte mich nicht aufgefordert, ihn zu besuchen. Er ließ seine Tür offenstehen und wartete. Eines Tages sagte er zu mir:

»Warum kommst du nicht herein? Komm doch herein.«
Die Wände des Zimmers waren jetzt sahnig und gebläut
wie schöne volle Milch. Nur ein Tisch aus Weidenholz, zwei
Stühle und ein breites Kissen aus venezianischem Leder, auf
dem Odripano vermutlich schlief, befanden sich darin.

»Meine Mutter war jung«, erzählte er mir, »aber ich hatte
meine beiden Großväter und meine beiden Großmütter, und
mein Vater war auch alt. Es war ein richtiges Greisenheim.
Abends wurde die Lampe angezündet. Der Vater meines Vaters, der Hauptmann der Miliz gewesen war, sagte: ›Laßt uns
unsere Hände zeigen.‹ Man setzte sich um den Tisch herum;
meine Mutter holte eine große silberne Schüssel, und wir
legten alle unsere Hände auf diese Schüssel. Das Licht der
Lampe reichte nur bis zu unsern Handwurzeln. Wir wohnten am Hafen. Aber meine Großmutter hatte das Fenster mit
jenen großen eisernen Nägeln zugenagelt, die man bei uns
›Dornen Christi‹ nennt. Draußen schlugen die Segler mit den
Flügeln. Die roten Laternen an den Mastspitzen blickten uns
durch die Fensterscheiben an. Es war verboten, zu reden. Unsere Hände mußten auf der Schüssel liegen bleiben. Ich war
vier Jahre alt. Die Hände des Hauptmanns waren kalt und
gefährlich spröde wie Glas. Er puderte sie mit dem Reispuder meiner Mutter. Jeden Abend kam ein Matrose in unsere
große Halle und rief:
›Angiolina! Angiolina!‹
Die Magd eilte hinunter, und bis zum nächsten Morgen sah
man sie nicht wieder. Sie hatte eine große Tasche aus Stoff
unter ihrem Rock, und wenn sie des Morgens heimkehrte, hob
sie ihre Röcke hoch, klemmte sie unters Kinn und knüpfte die
Bänder der Tasche auf, die von Vanille, Pfeffer und zuweilen
auch Tabak geschwollen war.
Meine Mutter hatte schöne traurige Augen. Sie trug lange, bis
zur Taille eng anliegende Kleider, die sich dann weit wie ein Bal-
lon bauschten. Sie machte sich immer sehr lange vor dem Spiegel schön mit Schminken aus einer kleinen Lacktruhe. Nachher hatte sie das Recht, in den Zimmern auf und ab zu spazie-

ren. Vorher aber sah meine Großmutter nach, ob die Fenster auch noch gut zugenagelt waren, und legte alle Riegel vor. Mein Großvater Horatius stampfte mit dem Stock auf.

›Schneller!‹ sagte er.

Meine Mutter ging schneller, und die Seide ihres Kleides begann zu rauschen. Dann lächelte der Großvater Horatius. Zuweilen näherte ich mich in solchen Augenblicken meiner Mutter, um sie anzufassen. Auch sie hatte Lust mich anzufassen, ich sah, wie sie mich anblickte, ohne den Kopf zu bewegen, und daß ihre Hände bereit waren. Mein Vater warf mir seinen Stock zwischen die Beine. Dann weinte meine Mutter, und mein Vater sagte zu ihr:

›Ich hab dich gekauft, dich und das Kind mit dir, aber ich verlange, daß man gehorcht. Vorwärts, geh weiter.‹

Sie begann von neuem zu gehen und zu lächeln.

Wenn sie allein war, hörte ich sie sagen:

›Der Tod tritt nicht in unser Haus, warum nicht?‹

Sie sagte zur Magd:

›Läßt du auch die Tür gut offen, zum mindesten, wenn du ausgehst?‹

›Ja, Herrin.‹

Mitten in der Nacht stand sie auf, um nachzusehen, ob die Tür auch gut offen stand. Sie blickte auf die Straße nach rechts und nach links.

›Dieser Tod‹, sagte sie, ›wo bleibt er nur? All die Zeit, die man hier schon auf ihn wartet!‹«

Jedesmal, wenn ich von Odripano fortging, mußte ich sorgfältig nach der Erde tasten, um zu fühlen, daß sie noch da unter meinen Füßen war. Er sprach immer mit lauter Stimme zu mir in seinem kahlen Zimmer. Anfangs war da nur seine Rede, aber nach einer kleinen Weile, wenn die Luft sich erwärmt hatte, begann das Echo der Wände zu spielen, und drei oder vier Stimmen redeten durcheinander. Dann klangen auf dem Grund der Rede Tamburinschläge, wie die Trommel, nach der die Bären tanzen müssen, und klopften wie mit Fingern an meinen Bauch. Darauf bevölkerte sich alles mit verschiedenen Stimmen, mit abgebrochenen und zurückgeworfenen Echos, mit Klängen, die verspätet wiederkehrten, nachdem sie gegen alle vier Wände geprallt waren; das war dann eine Unterhaltung mit den Bewohnern des Geheimnisses, und die Geschichte schrie um Odripano herum wie das Geflatter eines großen kreisenden Vogelschwarms. Er sprach ohne Gesten. Er legte die Arme auf den Tisch und bewegte sie nicht mehr. Einzig seine Hände belebten sich hin und wieder, aber auch nur, um die Finger zu einer Lilienfrucht zusammenzuschließen. Ich saß auf dem andern Stuhl. Er sah mich an.

Er ging sehr wenig aus. Er nährte sich von kalten Sachen: Milch, Brot, Ziegenkäse. Es gab bei ihm keine Krümel und keinen Geruch; nur den Geruch von ungelöschtem Kalk.

Meine Mutter fragte ihn:

»Langweilen Sie sich nicht hier drinnen, Herr François?«

»Nein«, sagte er, »aber ich heiße Franchesc.«

»Wir hatten eine Flucht von fünf großen Zimmern«, erzählte er mir, »aber die Mauern des Hauses waren um einen ungeheuer weiten Raum herumgeführt worden, Pferde hätten in dem, was frei blieb, galoppieren können. Mein Großvater Horatius bewohnte das erste Zimmer. Es roch nach Brand und Auswurf bei ihm. Er rauchte immerwährend lange schwarze Zigarren, die Angiolina den Matrosen stahl. Er hatte stets Katarrh. Er legte die brennende Zigarre auf die Möbel und begann zu husten und vor sich hin zu spucken, immer auf dieselbe Stelle, bis er eine Pfütze zusammengespuckt hatte. Unterdessen verbrannte die Zigarre Holz und Bezug. Der Großvater schlug mit seiner breiten Hand darauf. Nachdem er sich ausgehustet hatte, zündete er seine Zigarre wieder an und wechselte den Platz, um auf eine saubere Stelle spucken zu können. Bei meiner Mutter jedoch roch es nach Stoffen und Spiegeln. Sie besaß auch Halsketten aus großen gelben Steinen. Sie legte sie niemals an; sie vergnügte sich damit, sie in ihren Schatullen hüpfen zu lassen, und wenn sie das tat, stieg der Staub von diesen abgenutzten Steinen wie Rauch auf und erhellte das ganze Zimmer. Nach einem Weilchen schloß meine Mutter die Augen und schnupperte. Sie sagte, es röche nach Steinbruch, wie die Hügel Roms, in denen sie als junges Mädchen alle Morgen spazierengeritten war. Auch die Spiegel meiner Mutter hatten ihren Geruch. Ich blieb immer in ihrer Nähe, wenn sie Toilette machte, und sie machte immer Toilette. Wenn sie damit fertig war, sich zu parfümieren, sich Augen, Lippen und Wangen zu schminken, betrachtete sie sich, dann wischte sie alles wieder weg und fing von vorne an. Mit der Zeit hatte sich an ihrem Mundwinkel ein kleiner Schaden gebildet, der ein wenig mit Blut gefüllt war und wie die Nase eines Wiesels zuckte. Sie verdeckte ihn mit Reispuder; einen Augenblick blieb er verborgen, dann tauchte er wieder auf. Sie saß und wartete, den Blick darauf geheftet, in der Hand die Puderquaste, in Bereitschaft. Man sah, wie der Puder sich rosig färbte, und dann quoll eine kleine Blutperle auf. Sie tat neuen Puder darauf. Sie hatte verschiedene Schminken und Wohlgerüche in ihren Schachteln. Die Schminke war auf den Geruch abgestimmt. So machte sie sich zuweilen die Lippen blau, die Wangen grün und parfümierte sich dazu mit Veilchen.

›Schau her‹, sagte sie, ›siehst du, das ist ein Baum, der mich erwürgt, er ist mit seinen dicken Ästen bis an meinen Hals gekommen, und nun würgt er mich, und ich werde sterben. Siehst du, ich bin schon ganz grün, und mein Blut fault in meinen Lippen.‹

Dann streckte sie die Zunge heraus, und ich begann zu weinen, denn um die erwürgte Frau vorzustellen, verdrehte sie ihre schönen Goldaugen, das Weiße über das Gelbe. Es war wie am Kieselstrand, wenn die Welle die runden Steine umdreht und man die schmutzige Seite sieht. Aber ich tröstete mich rasch, denn die Zunge, die sie herausstreckte, war rot, und rot war für mich die Sprache des Lebens. Der Segler, der vor unserm Palast vor Anker lag, hatte eine rote Laterne oben am Mast.

Ein andermal legte sie auf ihr Gesicht eine Grundfarbe,

die sie in einer Untertasse aus verschiedenen Cremes zusammenmischte. Sie wartete, bis der Überzug getrocknet war, und dann ließ sie ihr Lachen spielen. Der dünne Zementbelag platzte in den Falten ihrer Wangen. Sie schelferte ihn mit der Nagelspitze ab und legte eine geschmeidigere Tünche auf. Sie versuchte immer wieder, bis sie auf ihrem Gesicht endlich die Grenze ihres Lachens erblickte. Hatte sie das erreicht, so modelte sie sich darum herum eine fühllose rosa Marmorhaut.

›Tritt zurück‹, sagte sie.

Ich trat zurück und hatte eine Porzellanpuppe vor mir. Anfangs rührte sich nichts, dann gewahrte ich die Augen, die sich entzündeten wie Hirtenfeuer in den Bergen, dann rieselte ein wenig Schnee an der Nase entlang, dann öffnete sich der Mund wie ein Herbst voller Trauben, und das Gesicht meiner Mutter war schön in seinem Lachen wie ein ganzes Erdenjahr. Meine Freude beglückte sie so sehr, daß ich ein kleines trockenes Knacken hörte, so, als ob eine Schachtel zuschnappt: das war ihr Lachen, ihr helles Jungmädchenlachen, das seine Grenzen sprengte. Die Emaille ihrer Wangen platzte in Stücken ab, und ich erblickte darunter die tote Haut ohne Sonne und ohne Bach.

›Ach!‹ seufzte meine Mutter, ›wenn der Tod in dieses Haus tritt, Franchesc, werde ich zu ihm sagen: Bedienen Sie sich, bedienen Sie sich, mein Bester, und dann gehen wir alle beide auf und davon mit den Matrosen.‹

Noch einen andern Geruch gab es im Zimmer meiner Mutter. Es roch nach neuer Peitsche.

Die Tür ging auf. Mein Vater kam herein. Er stützte sich auf zwei Stöcke. Er war groß und schwer. Von den Füßen bis zu den Armen hinauf war er zu Eis erstarrt. Ich nannte ihn ›Euer Gnaden‹. Nur Arme und Schultern konnte er noch frei bewegen und sein Gesicht, das schon vom Moos des Alters zerfressen war. Er blickte meine Mutter an. Sie stand, ohne sich zu regen; sie kreuzte die Hände flach auf der Brust. Er sagte zu mir:

›Hinaus mit dir!‹«

Die Geschichten von Franchesc hatten niemals Ziel oder Zweck. Sie flogen auf gut Glück aus wie Tauben. Schreiend flatterten sie nach rechts und links, und das Haus war fortan von diesen schreienden Geschichten bewohnt. Sie starben nicht. Zuweilen fand man sie lange danach in irgendeinem dunkeln Winkel wieder. Da saßen sie und warteten, und zuweilen überfielen sie einen.

Seit der Ankunft dieses Mannes war ich nur ein oder zweimal zum Schafhof zurückgekehrt. Und auch das noch nicht einmal aus freiem Willen, sondern von einer Art innerem Vorwurf getrieben. Diese Welt von »Wahrhaftig« und »Frau Königin«, von der Mexikanerin und dem Moschusmädchen, – es war, als ob der Tod mit aller Macht darin herumsäbelte. »Frau Königin« ging gar nicht mehr aus, höchstens einmal des Abends. Er hatte nicht mehr sein früheres Gesicht, sondern gleichsam nur noch eine Gesichtsruine, verlassen im tiefsten Wald, fern von allen Menschen, allein mit Busch und Baum und Tier. Sein Bartwuchs fraß ihm das Gesicht weg; zwei dicke blonde Bartstränge begannen den Spalt seiner Lippen zu überwuchern. Wenn er jetzt Flöte spielen wollte, mußte er mit der flachen Hand diese Barthaare beiseiteschieben, und dann versuchte er, seinen Mund wieder fertigzumachen. Es war sehr schwierig. Man spürte, daß der feuchte Keller seiner Brust unter seinem Kopf angefüllt war mit diesem Haarsamen und daß man sich vergebens noch irgendwelche Hoffnung machte: es war sein innerstes Gesetz, von diesen Tierhaaren aufgefressen zu werden und unter seinem Bart sacht zur Ruine zu verfallen. Er raffte sich übrigens kaum noch zusammen, sondern verbrachte seine Tage auf seinem Teppich hockend; die Geige von »Wahrhaftig« lag auf seinen Knien, und von Zeit zu Zeit zupfte er an den Saiten den Rhythmus einer Melodie, langsam, langsam wie ein langes Nachsinnen.

Ich war ihm einmal auf der Straße begegnet. Er hatte mich mit der Hand fortgeschoben.

»Nein, nein, ich habe keine Zeit.«

Die Mexikanerin sang noch immer: tapa mé. Sie hatte alle ihre Zweige verloren, alle Blätter, ihre Rinde und ihr Grün. Sie war nur noch ein hartes verdorrtes Etwas. Man spürte, ein feuriger Staub verzehrte ihr Mark, sie war schwelende Glut in ihrem Innern, und eines Tages würde sie plötzlich in Asche zerfallen und nichts von sich zurücklassen. Nachts ging sie hinunter und wartete auf Männer an der Straßenecke. Ich war einmal um sie herumgestrichen, ohne mehr zu wagen.

Antonine war weg.

Der Schafhof roch nach Niederlage und Sklaverei. In diesem Lager der Besiegten gab es nur noch Unterwerfung und Tod. Man blieb auf seinem Mist liegen; von Zeit zu Zeit kam der Schlächter und führte ein Tier zur Schlachtbank.

Selbst mein Vater...

Er war mehr und mehr allein. Sein Herz half ihm nicht mehr. Andern vermochte er wohl noch zu helfen, aber er hatte keine gastliche Güte mehr für sich selbst, und auch mein Vater mußte nun in seinem Alter sehen, daß seine Stadt zerstört, seine Felder verbrannt waren und daß er allein die einsame Straße wandern mußte, wie die andern.

Eines Abends waren wir grade mit dem Essen fertig. Da hörten wir »Hilfe, Hilfe«! rufen. Er erhob sich.

»Komm«, sagte er.

Ich folgte ihm. Es war bei dem Stellmacher. Man hörte da oben das Schnaufen eines Mannes, der alle Kräfte an eine schwere Arbeit setzt.

»Was machst du denn?« schrie mein Vater, indem er die Tür öffnete.

Der Stellmacher schlug seinen Sohn tot. Der Junge war mit ausgebreiteten Armen an die Wand gekreuzigt, der Kopf hing ihm schon herunter; ein Blutbach floß über seine Lippen. Der Mann hatte den schweren Tisch gegen den Jungen gerückt und zerquetschte ihm die Brust. Am Fenster stand die Mutter und rang nach Atem, nach Leben, um zu schreien. Sie vermochte nur noch mit dem Kopf zu schütteln, wie Pferde tun, um die Fliegen zu verscheuchen.

Ich hatte nicht Zeit, auch nur eine Bewegung zu machen. Der Stellmacher lag schon wie ein Haufen drüben an der Wand. Er wußte nicht, wo der Stoß hergekommen war. Er blies in seinen Bart und blickte auf seine Hände. Es war, als würde er gleich einschlafen.

Ich wußte, daß mein Vater nicht stark, daß er alt war und schon an dem Übel litt, an dem er sterben sollte.

»Bist du denn verrückt geworden?« sagte er. »Gib Wasser her, Frau.«

»Ja«, sagte die Frau.

Sie rührte sich nicht. Sie konnte nicht. Sie zitterte.

»Hilf mir«, sagte mein Vater.

Ich hob den schweren Tisch auf. Der in sich zusammengesunkene Stellmacher schnarchte.

»Kleiner«, sagte mein Vater.

Er berührte die Backe des Jungen. Er wusch ihn, dann faßte er ihn um die Mitte und trug ihn ohne irgend jemandes Hilfe fort.

Diese Nacht schlief ich auf dem Bettvorleger. Ich hatte dem Sohn des Stellmachers meinen Platz abgetreten. Er wimmerte leise.

Mein Vater brauchte lange, um einzuschlafen. Ich lag dicht neben seinem Bett. Er rief mich:

»Jean!«

Ich hob meine Hand hoch, um ihn anzufassen. Ich begegnete der seinen, die mir entgegenkam.

»Ich kann's mir nicht erklären«, flüsterte er. »Hast du's gesehen? Ich begreife nicht! Ich habe gerade nur meine Hand auf seine Schulter gelegt, und er ist wie Zunder hingefallen.«

Franchesc war kein Besiegter. Man brauchte ihn nur anzusehen. Trotzdem war er einer der Unsern.

Ich fragte mich oftmals, warum er einer der Unsern war, trotz »Seiner Gnaden« des Vaters und des Palastes am Meeresufer, wo die Segler vergeblich sich vertäuten. Er hatte seine Anmut, seine Reinlichkeit und diese Fürsorglichkeit für die

Wände. Er selber hatte ungelöschten Kalk gekauft. Er liebte weiche, weiße Hemden, die sich wie Wolken bauschten, und zuweilen ging er barfuß in seinem Zimmer herum mit schönen, fehlerlosen Füßen, die gelöst und glücklich waren wie Hände. Seine Hand war lang und schmal. Sie begann an der Außenseite dem Daumen gegenüber mit dem schwindelnden Anstieg des kleinen Fingers, der jäh wie eine Gletscherwand war, zwei Vorsprünge führten dann hinauf zum Gipfel des Mittelfingers. Da war, so schien es, ein freies Plateau, verloren mitten im Himmel, dann ging es an der Daumenseite über den Zeigefinger hinab, an dessen Rand der Abgrund gähnte. Unten, unten im Tal faßten die Abhänge des Daumens Wurzel in einer breiten Handfläche, in der drei breite tiefe Flüsse die Wasser des Schicksals mit sich führten. Aber trotz alledem und durch alles dieses war er einer der Unsern, gehörte er zu den Armen und Verlorenen, zu denen, die Christus trotz seiner Güte hatte im Netz lassen müssen. Er gehörte zu unserm Schafhof. Auch über ihn hatte Christus seine Hand ausgebreitet und gesagt: »Sie dauern mich, aber ich kann nicht alle halten; wer zuviel umfassen will, umarmt zu wenig.« Er war gleich uns nicht von Gottes Arm umfangen, Gott selbst hatte ihn vergessen. Jedoch er war nicht besiegt. Unbeschwert trug er einen sieghaften Triumph hinter seiner Stirn.

Ich traf ihn lachend an.

»Ich habe den Konditor gesehen«, sagte er. »Er stand vor seiner Tür. Er hat eine Festung aus Schokoladenmasse gemacht. Sie steht in seinem Schaufenster. Er sagte zu mir: ›Jetzt werde ich das alles wieder einschmelzen und dann die Brücke über die Durance daraus machen.‹«

Er wurde ernst.

»Es ist Konditorware«, sagte er.

Er fuhr fort:

»Wenn meine Mutter Porzellanpuppe spielte, parfümierte sie sich mit Rosenduft. Jede Parfümflasche paßte zu ihrer Schminkschatulle. Sie hatte das lange im voraus studiert und irrte sich nie. Solange sie vor dem Spiegel stand, war die Welt dahinter von ihrem Abbild bewohnt. Dieses Abbild machte nicht immer die gleichen Bewegungen wie sie, sondern schien lebhafter und kraftvoller; es war dreister. Man hätte es nicht mit der Peitsche schlagen können oder hätte es nur ein einziges Mal getan, und dann wäre es gleich mit den Matrosen auf und davon gegangen und hätte sein Klein-Jungen-Abbild mitgenommen... Zuweilen öffnete das Abbild sein Mieder, und man sah schöne Frauenbrüste, zu Abenteuern bereit, straff und geschwellt wie kräftige Segel. Die Frau dahinten schaute geradeaus, aber sie entfernte sich, sobald meine Mutter sich erhob, um eine andere Schachtel Schminke zu holen, und in den Bewegungen, mit denen sie dahinten in ihrer Welt herumwirtschaftete, lag so viel Anmut und Kraft, daß durch den Spiegel hindurch ein anderes Parfüm als das meiner Mutter zu mir drang.

Ich hatte zwei Großmütter: Frau Horatius und Frau Capitaine. Frau Horatius nagelte die Fenster mit den langen eisernen Nägeln zu. In der übrigen Zeit machte sie Riegel: sie hatte sich eine Schlosserwerkstatt mit einem Schraubstock und einer ganzen Ausrüstung von Feilen eingerichtet. Sie hatte es zu einer solchen Geschicklichkeit gebracht, daß ihre Riegel wie ihre eigenen Schatten in die Löcher glitten. Aber ihre mit Schmieröl befleckten und mit Feilstaub bedeckten Finger sahen oberhalb ihrer Spitzenhalbhandschuhe wie Bronzewurzeln aus. Sie wusch sich nie, und ihr Brot schmeckte nach Eisen. Sie bot mir manchmal kleine Krumen davon an, die sie mit den Fingerspitzen abzupfte. Ich behielt sie im Mund, ohne sie zu kauen, und warf sie dann verstohlen hinter meinen Rücken, seitdem einmal ein Eisenspan mir die Lippen blutig geritzt hatte.

Frau Capitaine liebte die Liebe, und daher war sie mißtrauisch. Sie fand den Geruch vor mir heraus, vielleicht sogar vor meiner Mutter. Aus diesem Grund trat auch der Tod ins Haus, aber er wählte die Schönste, die, die auf den Hügel von Fiesole hinauf wollte.

Man konnte mit Angiolina alles machen, was man wollte.

Man brauchte sie nur mit einem seidenen Tuch an ein Tischbein festzubinden. Die Männer riefen unten in unserer Halle: ›Angiolina! Angiolina!‹

Das Mädchen wand sich und zwang manchmal den großen Tisch, einen Schritt zu tun.

›Vacca!‹ sagte meine Mutter. ›Du bist eine Kuh. Sie sind unten, sie rufen dich. Sag, daß du's mitbringen wirst.‹

Man sah, das Mädchen hatte nichts mehr, nicht Kopf, nicht Körper, nichts, nur noch einen Bauch.

Meine Mutter knüpfte die seidnen Tücher auf.

Eines Abends sagte Angiolina:

›Ich werde es dir mitbringen.‹

›Schwöre!‹ sagte meine Mutter.

›Bei den sieben Wunden.‹

Da nahm meine Mutter mich in ihre Arme und wiegte mich lange in ihren Jungmädchenarmen und sang mir das Lied:

> ›Blaugestreift ist sein Matrosenhemd,
> Und er weiß die Wege nach den Inseln.‹

Angiolina kam mitten in der Nacht heim. Ein riesiger Stern leuchtete ins Fenster. Die Ankertaue knirschten am Uferkai, und man hörte das vom ruhigen Vorwärtsgleiten eines nach Afrika ausfahrenden Seglers erregte Schaumgekräusel der Lagune.

›Nimm rasch‹, sagte sie. Und sie gab meiner Mutter eine Handvoll kleiner brauner Körner.

›Ich möchte dich küssen!‹ sagte meine Mutter.

›Brennt es dich nicht?‹ fragte Angiolina.

›Nein!‹

Zierlich hielt meine Mutter die Handvoll Körner.

›Dann ist es also nicht wider das Gebot Christi?‹

›Nein‹, sagte meine Mutter, ›küß mich.‹«

Eine ganze Weile saß Odripano noch unbeweglicher als sonst. Und ich sah, wie das Leuchten seiner Stirn erlosch.

»Meine Mutter«, fuhr er dann fort, »war eine Nichte des Papstes. In jener Nacht küßte sie Angiolina für die Handvoll Körner. Sie küßte Angiolina auf den Mund, und Angiolinas Mund roch nach verfaultem Schiff und totem Matrosen; er war der Sündenschlund der Seeleute, und nachts auf offenem Meer dachten alle Matrosen an Angiolinas Mund, aber nicht um ihn zu küssen.

Der Stern beleuchtete die beiden Frauen. Der Segler war über das Kap hinaus, man hörte die Segel klatschen. Meine Mutter küßte Angiolina mit Taubenzärtlichkeit, ganz zart, um die Lippen herum und in die Lippen hinein.«

Zum erstenmal hob Odripano die Hand hoch und wandte sich geradezu an mich. Er blickte mich mit so seltsam starren Augen an, daß ich endlich ihre Farbe sah. Sie waren blau, blau wie die meinen.

»Mein Sohn«, sagte er, »man muß voller Verzeihung sein. Man muß mehr Verzeihung im Körper haben als Blut.

Ich sag dir das nicht auf das hin, was meine Mutter tut, sondern auf das hin, was sie tun wird.«

Wieder saß er reglos, die Arme auf den Tisch aus Weidenholz gestützt. Er senkte die Augen, und während die Lichter auf seiner Stirn aufleuchteten wie angefachte Kohlenglut, fuhr er mit seiner Stimme, die dem Meer glich, fort:

»Meine Mutter zieht ihr schwarzes Kleid an. Es ist ein Tiroler Kleid, über der weißen Seide der Brust verschnürt. Es ist über und über blumig mit gestickten Vögeln und tanzenden Schlangen bestreut, aber mit ihrem spitzen Fingernagel trennt sie die Stickereien eine nach der andern auf. Gegen Abend steht sie auf, sie schüttelt alle Fäden ab, und nun ist sie ganz schwarz, bis auf ihre Brüste und ihr Herz unter den Busenschnüren. Sie hat ihr großes offenes Gesicht, ihre dem Wind entgegenbebenden Nüstern und das breite und flache Lächeln der Götter, die um alles wissen.

›Der Tod kommt, Franchesc. Ich hab ihm mit meiner blauen

Tinte geschrieben, in meiner kleinen Schrift, die ganz schräg die Seite hinaufläuft, und er hat mir geantwortet: Zähle auf mich! – Du mußt ein artiger kleiner Junge und sehr nett zu ihm sein, denn er kommt, um uns beiden zu helfen, dir und mir. Ich werde ihm alle Höflichkeiten erweisen. Ich werde zu ihm sagen: Hier – Seine Gnaden, hier – Herr Horatius und Herr Capitaine, und hier – die Damen, die mit ihnen gehen wollen. Der Tod kommt, um sie einzuladen. Er wird sie bei der Hand nehmen und in sein Land führen. Ich hab ihm gesagt, daß Seine Gnaden nicht dein Vater ist und daß ich nicht seine Frau bin, und so wird er uns, dich und mich, nicht einladen. Und wir werden allein zurückbleiben. Dann gehen wir nach dem Hügel von Fiesole, um uns mit dem wieder zu vereinen, den ich liebe, den ich den heiligen Franziskus und der mich die heilige Klara nannte. Der, an den ich dachte, als ich dich trug.‹

Ich frage sie, ob wir denn nicht mit den Matrosen auf und davon gehen werden.

›Der, den ich liebe‹, erwidert sie, ›ist ein Matrose der Erde. Und alle Tage entdeckt er neue Inseln. Er wird sie uns warm und voller Gesang wie Vogelnester in seinen Händen darbringen. Du wirst sehen. Er ist nicht bös; er versucht es, aber es gelingt ihm nicht.‹

Sie preßt meine Hand; ihre Gedanken sind in die weite Welt geflogen.

›Er muß noch am Leben sein‹, sagt sie. ›Ich habe meine geschminkten Lippen auf ein Blättchen Papier abgedrückt, und gewiß hat er das aufbewahrt. Es war ein Passierschein für die Hoffnung.‹

Dann holt sie fünf Gläser aus der Kredenz. Sie stellt sie auf ein Tablett. Sie öffnet ihre Parfümschatulle, und da steht ein ganz neuer Topf darin, und sofort spüre ich einen Geruch. Sie hat den Deckel noch nicht gelüpft, aber ich weiß, die Körner sind da drin, in dieser eisengrauen Paste, die dick auf dem Boden des Topfes liegt.

Sie bereitet eine Zitronenlimonade aus schönen frischen Zitronen. Sie hat Eis besorgen lassen, und das war sehr teuer in unserm heißen Land, aber sie hatte ihre Halsketten verkauft, die nach Steinbruch rochen. Mit ihrem Spatel legt sie eine kleine Haselnuß der eisengrauen Paste auf den Grund eines jeden Glases. Sie gießt den Zitronensaft und Brunnenwasser darauf. Sie fügt einen kleinen Brocken Eis hinzu, dann sagt sie:

›Komm, wir wollen uns die Schiffe angucken. Lassen wir die Welt sein.‹

Man mußte auf die Truhe klettern. Dann reichte man bis an das hohe Fenster und konnte den Hafen sehen. Ich erblickte ihn zum erstenmal, sie aber, sie kannte ihn gut.

Unser Palast tauchte geradeswegs ins Wasser wie ein Felsenkliff, und die Segler vertäuten sich unmittelbar an unserer Mauer. Ein herrlicher weißer Dreimaster ›Adelaïde‹ lag vor Anker. Das lange schlaffe Ankertau tauchte ins Meer. Von Zeit zu Zeit zerrte das Schiff mit einem gewaltigen Ruck an dem Seil, und dann rauchte das Seil in der Sonne wie ein Feuerstrahl. Unser Palast aber rührte sich nicht. Ein kleines Küstenschiff ächzte und achterte mit dem Heck. Wie ich unsere mit Putz beworfene krause Mauer und die Seegrasbrauen am untern Rand betrachtete, kam es mir vor, als wäre unser Haus ein im Meeresschlamm versunkenes Gesicht, und die vor seine Stirn gespannten Fahrzeuge würden es mit vereinten Kräften aus dem Wasser ziehen, und endlich würde er nun auftauchen, der Mund, der der Welt unser Unglück künden würde.

Die ›Adelaïde‹ tat, was sie konnte, und auch der kleine Kutter half nach besten Kräften. Einzig ein kleines Fahrzeug, das ›Ouraba‹ hieß, tat gar nichts. Der Azteke, der sich an Bord befand, fischte Tintenschnecken.

Meine Mutter sang ein wildes Lied für sich, das sie im Singen ersann:

›*Meines Liebsten Stirne ist bespannt mit Seglern.*
Jener, den ich liebe, ist ein richtiger Mann. Und ich

hab es nicht gewußt, aber jetzo weiß ich, weiß ich.
Mein Herzliebster ist ganz voll von Kindern, und ich hab
sie nicht gewollt; unrecht war das von mir, aber jetzo,
da ich weiß, jetzt will ich sie...‹

Dann sprang sie von der Truhe, reichte mir die Hand und
sagte:

›Komm, es ist so weit.‹

Sie nahm das Tablett in ihre Hände und schritt zum Saal
der Greise.

Der Geruch der Körner redete mit lauter Stimme im Palast.
So laut, daß Angiolina sich die Ohren zuhielt.

Als meine Mutter den Saal betrat, begann Seine Gnaden zu
lachen.

›Ich bringe euch zu trinken‹, sagte meine Mutter.

›Wer hat die Tür aufgemacht?‹ rief Frau Horatius.

›Oh! Simiane, das uns, die wir dich so lieben!‹ seufzte Frau
Capitaine.

Meine Mutter stand am ganzen Leibe zitternd unter ihnen.

›Man muß sie strafen‹, sagte Herr Horatius.

›Und hart‹, setzte Herr Capitaine hinzu, ›denn es ist Gift.
Straf sie, Euer Gnaden, du hast das Recht.‹

Mein Vater nahm ein Glas von dem Tablett und reichte es
meiner Mutter.

›Trink!‹ sagte er.

Und sie trank, ohne mich anzublicken.«

Nach einer Pause setzte Odripano hinzu:

»Übrigens war jener, der auf dem Hügel von Fiesole
wohnte, schon gestorben, und man hatte ihn mit seinem
Passierschein der Hoffnung begraben.«

Dieses Mal war es wirklicher Ernst. Mein Körper war immer
noch hier, in der Stadt; er war es, der die Schule verlassen
hatte und in eine Bank gesteckt worden war. Man setzte ihn

an einen Tisch, und er schrieb Adressen ab. Man übergab ihm Briefe, und er ging sie abliefern. Man rief ihn:

»Geh und öffne der gnädigen Frau die Tür.«

Und ich öffnete der gnädigen Frau die Tür, und gnädige Frau konnte hindurchgehen, ohne sich weiter bemühen zu müssen, und sie konnte ohne Unbequemlichkeiten die Goldstücke in ihren Händen betrachten und sie sanft zwischen Daumen und Zeigefinger reiben, ehe sie sie in ihr Täschchen tat. Sie konnte es: ich hielt die Tür. Ich hatte ein prächtiges himmelblaues Kostüm. Ja, trotz allem; der Spender des Zufalls hatte mich der Diskontobank zugeteilt, deren Livreen blau waren. Es gibt Gesetze, denen selbst der Zufall gehorchen muß.

Ich grüßte mit einer Verbeugung:

»Guten Tag, gnädige Frau.«

Sie blickte mich gar nicht an. Der Direktor dagegen blickte mich an, um zu sehen, ob die Beugung des Körpers auch höflich genug war. Er rief mich zu sich:

»Komm her. Du mußt dich etwas tiefer neigen. Nicht zu viel, aber etwas mehr. Höflichkeit mit Würde. Schau her.«

Und er machte es. Sehr gut.

»Hast du begriffen?«

Jawohl, ich begriff. Ich hatte das ganze Räderwerk in meinem Kopf in zwei Teile geteilt. Es gab zwanzig oder dreißig kleine Rädchen, denen hatte ich die Arbeit übertragen, die Höflichkeit mit Würde und die gute Handschrift zu begreifen. Diese ganze Hälfte des Mechanismus hieß: »Komm her« und verdiente dreißig Francs im Monat, die dazu dienten, Kartoffeln zu kaufen.

An die große andere Hälfte aber rührte niemand. Die hieß Jean – der – Himmelblaue, Jean – der – Träumer. Man wäre seiner gern habhaft geworden und hätte ihn gern in die Livree gezwängt, die die gnädigen Frauen begrüßte. Aber es war zu spät. Das Gesicht der Mauer, »Wahrhaftig« und »Frau Königin«, Anna und das Moschusmädchen, sie alle hatten ihn reihum bei der Hand genommen und auf freie schöne Wiesen gezogen. Franchesc Odripano hatte ihr, dieser andern Hälfte, Schwalbenflügel als Sporen gegeben, und nun saß sie im Sattel hoch zu Roß.

Ich lebte in einer schmerzhaften und begeisterten Welt. Man hatte, scheint es, alle Prinzessinnen schon befreit, ohne auf mich zu warten. Es war meine Blütezeit. Ich brauchte Heldentum, Liebe und Wunden. Das beglückende Gefühl meines Ich trieb mir bei jeder Bewegung den Schweiß aus allen Poren.

Indessen kam ich zuweilen zu meinem Vater und fand ihn in Nachdenken versunken. Die Arbeit seiner Hände ruhte.

»Woran denkst du?«

Er blickte mich mit seinen Samtaugen an.

»An die Könige von Frankreich, die die Skrofeln heilten.«

»Ja, und?«

»Und sie heilten die Skrofeln, mein Junge. Das ist alles, sie brauchten die Stelle nur mit dem Finger zu berühren. Manchmal vermochten sie aus einem Aussätzigen einen reinen Menschen zu machen. Sie brauchten nur mit der Hand über das Übel zu streichen, den Aussätzigen wie eine Katze gegen den Strich zu streicheln, und die Schuppen fielen herunter, und das Fleisch schwoll ab.«

Leise sagte er in seinen Bart:

»Heilen! Lindern!«

Dann: »Ein Mensch«, sagte er, »der diese Gabe hatte und seine Zeit mit allen möglichen andern Dingen vergeudete, zum Beispiel damit, zu Gericht zu sitzen! Das entschuldigt alle Revolutionen.«

»Wenn man einen reinen Atem hat«, sagte mein Vater, »dann kann man um sich herum die Wunden auslöschen wie Lampen.«

Ich aber wußte nicht. Ich sagte:

»Wenn man die Lampen auslöscht, Vater, wird man nichts mehr sehen.«

Da blickten die Samtaugen einen Augenblick unbeweglich, sie blickten über meine prahlerische Jugend hinaus.

»Das ist ganz richtig«, gab er zur Antwort, »Wunden leuchten. Das ist ganz richtig. Du hörst Odripano viel zu. Er hat seine Erfahrungen gemacht. Wenn er unter uns jung bleiben kann, so kommt es daher, daß er ein Dichter ist. Weißt du, was Dichtung ist? Weißt du, daß das, was er redet, Dichtung ist? Weißt du es, mein Sohn? Man muß es wissen. Jetzt hör mich an, auch ich habe meine Erfahrungen gemacht, und ich sage dir, man muß die Wunden auslöschen. Wenn du ein Mann sein wirst und diese beiden Dinge kennst: die Dichtung und die Weisheit, Wunden auszulöschen, dann – wirst du ein Mann sein.«

Ich wußte nicht, daß alles, was er mir damals sagte, mir auf meinem Weg voranging, um auf mich zu warten, und ich dachte hauptsächlich an Franchesc, an seine Stirn, die von den Seglern aus dem Meer gezogen worden war.

Der Sommer war wiedergekehrt, und nach dem Frühstück um zwölf mußte man Mittagsruhe halten. Die Stadt war ganz verbrannt und verdorrt. Die Brunnen hatten kein Wasser mehr. An der Mauer platzte der Putzbewurf und fiel in großen Schuppen ab. Der Staub lebte lustig mitten in den Straßen; eine dicke Puderschicht von Erde wallte unter den Schritten. Zuweilen strömte ein drückender Odem von den Bergen, und die ganze Stadt rauchte wie eine feurige Wolke. Die Männer hatten alle weiße Schnurrbärte, und die Augenbrauen der Frauen waren nicht mehr zu sehen. Die Häuser faulten unter sich, und aus den Ausgüssen sickerte goldgelbe Jauche. In den Stadtvierteln in der Nähe der Abfallgruben hatte der Typhus Samen ausgesät, und fast in jedem Haus lag schlotternd und zusammengeschrumpft ein Kranker, in seine Decken und Bettücher verpuppt. Für die Toten wurde nicht mehr geläutet. Wenn die Sonne hinter die Hügel gesunken war, lag lange noch ein heller fahler Tagesschein am Himmel, und die Männer zogen aus, um Wasser von den Hügeln zu holen. Bei der Rückkehr machten sie am Rande der Stadt in den ersten Olivenwäldern halt und ruhten unter den

Sternen aus. Sie konnten sich keine Zigaretten mehr drehen, denn der Tabak war zu Puder geworden. Sie rauchten weiße Tonpfeifen.

Odripano schlief sofort nach Tisch. Er ließ seine Tür offenstehen. –

Ich trete ein. Er liegt ausgestreckt auf seiner Ledermatratze. Er ist groß und mager. Er liegt ganz flach. Er hat keinen Bauch. Ich sehe, daß seine Haut an der Stelle, wo die Männer seines Alters Fettwülste haben, eine Höhlung bildet. Er hat seine Leinenhosen an. Seine Füße sind nackt. Seine Brust ist breit und kraftvoll ausgebuchtet, und in ihrer Mitte läuft die Schlucht, wo in einem dichten, geheimnisvollen Dickicht grauer Haare die Muskeln verankert sind. Er atmet langsam, tief und geräuschlos. Er bläht sich auf, als würde er erwachen, doch nach und nach sinkt er wieder in sich zusammen. Er hat kein Kopfkissen unter seinem Kopf, und die Haut seines Halses ist gespannt. Er hat sich am Morgen rasiert. Sein Kinn ist nur Haut und Knochen. In seiner Jugend mag es ein wenig feist gewesen sein. Jetzt ist es eingetrocknet und knapp wie ein Bug. Die gelbe Haut klebt eng am Knochen, an der Spitze jedoch sitzt noch, wie ein Daumendruck im Ton, ein kleines Grübchen. Der Mund ist schmal. Die fadendünne Oberlippe ist geschweift und in der Mitte zugespitzt; in den Winkeln senkt sie sich um die Unterlippe, die noch geschwellt, wenn auch durch das Alter ein wenig eingetrocknet ist, aber sie muß einmal dick und fleischig gewesen sein und verschlossen. Sie hat nichts mehr zu verschließen. Man spürt, daß sie schon lange keine Freuden mehr kennt. Dieser graue Mund hat keine Farbe mehr und jetzt im Schlummer auch keine Kraft. Er hängt erschlafft. Franchesc hat zwei Profile. Wenn ich ihn von rechts betrachte, verleiht seine regelmäßige gebogene Adlernase diesem dreieckigen Gesicht etwas Rundes und Edles; von links betrachtet, neigt sich die Nase auf die Backe. Im Schatten dieser Nase verbirgt sich eine listige Sinnlichkeit, die aber voller Zärtlichkeit ist. Von dieser Seite erinnert Franchesc Odripano an François I. Die Augen sind geschlossen. Er hat keine Backen. Auch hier klebt die Haut eng am Knochen. Schon lange steigt sein Totenantlitz durch Leib und Seele hindurch auf, und jetzt liegt es dicht unter der Haut. Es wartet nur noch auf ein Zeichen, um aufzutauchen mit seinen Schlinggewächsen, seinen Tigern und Schlangenbergen. Die Augen sind geschlossen. Franchesc wird im Tode nicht sehr viel anders aussehen als jetzt hier vor mir. Er wird ganz einfach nicht mehr atmen, und das wird keinen großen Unterschied machen, denn ich kann noch so gespannt lauschen, ich höre seinen Atem nicht, ich sehe nur seine Brust, die sich hebt und senkt. Er hat sein Leben beendet; sein Jenseitsgesicht ist schon bereit. Die Augen sind geschlossen. Der Mund wird verschwinden, das ist alles. Und nicht einmal der ganze Mund: diese Oberlippe wird sich verhärten und bleiben; die Unterlippe, die wird vergehen, weil sie nicht mehr von den Freuden dieser Erde kosten wird. Sie weiß es. Sie ist schon bereit. Aber trotz der geschlossenen Augen – und selbst der Schlummer kann sie nicht hindern, unter den Lidern wie nackte Vögel zu erbeben – sickert ein wenig Licht durch die Wimpern.

Er hat mir erzählt, daß er einmal in Rom auf einem Diwan eingeschlafen ist. Er war zu Besuch. Man hatte ihm gesagt: »Legen Sie sich hin.« Er legte sich hin und schlief seiner Gewohnheit nach sofort ein: »Wie ein Taucher«, sagte er. »Es war bei einer Frau, die ich liebte. Sie ging hinaus, ich glaube, um ihre Toilette zu beenden, und ihre Freundin blieb bei mir, um mich zu behüten. Es scheint, ich habe reglos dagelegen wie ein Toter und so leise geatmet, daß diese Freundin erschrak. Als sie dann aber den Rhythmus meines Atems in seiner ganzen Tiefe und Ruhe erfaßte, bemerkte sie, daß auch sie eine große Ruhe in sich trug; sie kreuzte die Hände in ihrem Schoß, lehnte sich tief in den Sessel zurück und behütete mich. Zwischen ihr und mir stand ein niedriges Tischchen und darauf eine brennende Kerze, denn die Frau, die ich liebte, hatte das Licht mitgenommen.«

(Wenn Franchesc eine Geschichte erzählte, bezeichnete er die Personen stets nach dem sinnlichen Gewicht, das sie in ihrer Beziehung zu ihm hatten, und diese Bezeichnung kehrte dann durch die ganze Geschichte hindurch immer wieder. »Das enthüllt«, sagte er. Hier wiederholte er: »...denn die Frau, die ich liebte, hatte das Licht mitgenommen«.)

»Während der Zeit, da wir allein blieben, hob ich nun den Arm. Es scheint, das geschah ganz ruhig; nur den Arm, nicht mehr, schwer und langsam. Eine Bewegung, die von anderswo herkam. Eine Bewegung, die nicht ihre vorgemerkte Bahn in der Luft dieses Abends hatte. Und dann ließ ich ihn voll und wuchtig auf die Kerze niederfallen. Die Frau, die mich behütete, regte sich nicht, und nach einer kleinen Weile kam die Frau, die ich liebte, zurück. Sie sagte: ›Was macht ihr beide? Warum ist hier kein Licht?‹ Ich hörte jemanden sagen: ›Er war's. Er hat das Licht mit einem Faustschlag ausgelöscht.‹ Dann wachte ich auf, und das übrige ist nicht mehr wichtig.«

Franchesc schläft. Reglos liegen seine Arme an seinem Körper. Ich betrachte dieses makellos saubere und kahle Zimmer. Er hat alle Nagellöcher in den Wänden zugestopft, ehe er sie mit seiner Kalkmilch bestrich. Um ihn herum gibt es kein Fehl und keine Schwäche. Der Tisch aus Weidenholz, die beiden Stühle und diese Ledermatratze, die jener gleicht, auf die der Tierarzt die Pferde legt, um sie zu kastrieren. Das ist alles. Kaum ein wenig Beiwerk auf dieser Matratze, die einem Menschen als Lager dient. Und darum herum, da draußen die kochende und gleichzeitig verfaulte Stadt, diese Stadt, die schlecht riecht wie ein Stück verfaulten Fleisches, das man zum Braten auf die Kohlen gelegt hat, die Stadt mit ihren Typhuskranken, ihren Misthaufen und dem herrlichen Wollteppich ihrer grauen und rosa Dächer.

Franchesc regt sich nicht. Ich warte. Vielleicht wird er den Arm heben, schwer und langsam, wieder in solch einer nicht vorgezeichneten Bewegung. Vielleicht wird jener, der hinter ihm steht, jener, der die Vergangenheit und Zukunft kennt und das ganze Leben drunten und droben sieht wie das Rad des Regenbogens überm Meer, vielleicht wird jener ihm wieder eine jener Bewegungen eingeben, die nicht von dieser Welt und schwer von Deutungen sind. Ich warte. Er regt sich nicht. Er ist am Ende. Ihm braucht nichts mehr gedeutet zu werden. Es ist nicht der Mühe wert. Ihm bleibt nur noch der Schlaf. Nur noch dieses.

Ich schaue dich an, Franchesc, ich schaue dieses Totengesicht an, das langsam durch Fleisch und Bein aufsteigt. Schon ist es da unter deiner durchsichtigen Haut, mit allen seinen Knochen. Das Leuchten deiner Stirn erlischt; deine weißen Wollhaare legen sich flach wie reife Halme, deine glanzlose Haut schwitzt den rötlichen Schweiß der Greise. In dir ist schon kein Mensch mehr, in dir ist nur noch Stoff zu hundert neuen Heuschrecken, zu zehn Eidechsen und drei Schlangen, zu einem schönen Rechteck von dichtem Gras und vielleicht zum Mark eines Baumes. Ich beuge mich über dich wie über den Widerschein eines Spiegels.

Fast gleichzeitig machte ich Bekanntschaft mit der Liebe, wie mir schien, und mit der Freundschaft. Die jungen Büglerinnen meiner Mutter waren jetzt in meinem Alter. Die beiden Louisen waren weg. Antonine sah man hin und wieder müde, sehr müde durch die Straßen gehen. Drei andere junge Mädchen nahmen jetzt ihre Stellen ein. Man konnte Hahn und Hennen nicht mehr zusammenlassen, ohne daß es Eier gab. Marie-Jeanne und ich hatten miteinander die Liebe gelernt. An den Sonntagnachmittagen wartete ich auf sie in einem Hohlweg in den Hügeln. Sie kam. Ich hörte ihren Schritt schon lange im voraus. Endlich trat sie aus den Bäumen; ich erinnere mich: sie trug eine Bluse aus leichtem roten Baumwollstoff mit weißen Punkten. Ich kannte eine kleine Grotte, die durch die Äste eines alten Feigenbaums versperrt wurde. Der Boden darin war aus feinem Sand. Man machte sich nicht schmutzig; in keiner Weise. Lange küßten wir uns, dann berührte ich sie.

Es war eine ungeheure neue Freude, ihre Haut unter meiner Hand zu spüren, ihre empfindlichen Brüste, ihre zierlichen Knöchel, ihre Waden, ihre Schenkel, jene warme und tierhafte Frucht des Lebens. Dann legte sie sich hin.

Franchesc Odripano schenkte mir ein Gedicht.

Ich begegnete meinem Vater auf der Treppe. Er hielt eine Zeitung in der Hand.

»Hast du gelesen«, sagte er, »hast du gelesen, der Amerikaner ist geflogen!«

»Wie denn: geflogen?«

»In der Luft!«

Er breitete die Arme zum Kreuz aus und bewegte sie wie Flügel.

»Fünfzig Meter«, sagte er.

Die Frau des Schweinemetzgers unten im Haus hatte sich einen ganz neuen Apparat gekauft. Man zog ihn mit einem Schlüssel auf, setzte einen Wachszylinder darauf, und dann spielte er: »Du kennst sie, die Husaren.« Sie ließ ihn gerade spielen.

»Hörst du«, sagte mein Vater, »das da, und dann fliegen wie die Vögel, und dann die Laterna magica... Warte, was du noch alles sehen wirst, jung wie du bist.«

Wir standen auf dem Treppenabsatz. Odripano trat auf seine Türschwelle.

»Was gibt es, Vater Jean?«

Mein Vater zeigte ihm die Zeitung.

»Der Amerikaner ist geflogen.«

»Ah ja!« sagte er.

»Du scheinst nichts weiter daran zu finden?«

»Nein, nichts.«

»Es ist aber immerhin etwas.«

»Nein«, sagte Odripano, »es ist nichts. Versteh mich recht«, fügte er hinzu, »es ist nichts, weil es nichts ändern wird.«

»Wieso wird es nichts ändern?« sagte mein Vater. »Überlege doch. Ich sage nicht, daß fünfzig Meter das Ende der Welt

215

sind, aber für heute ist es doch was Ungeheures. Morgen werden es fünfzig Kilometer sein, und dann, wer weiß...«

»Ich weiß«, sagte Odripano, »ich weiß.«

»Was weißt du?«

»Ich weiß, daß es sicher fünfzig Kilometer sein werden, und vielleicht sogar gut und gern fünfhundert oder fünftausend Kilometer«...

»Oh! Fünftausend, na...«, meinte mein Vater.

»Jawohl, fünftausend, fünzigtausend, wenn du willst. Bis zum Mond wird man fliegen können; es wird nichts ändern.«

»Meinst du«, sagte mein Vater, »und warum?«

»Weil alles Glück der Menschen in kleinen Tälern liegt.«

In der Mauer ganz in unserer Nähe waren Schwalbennester, und die Mütter kamen, um die Jungen zu füttern.

»Jawohl«, sagte Odripano. »Wir wollen uns hier auf die Treppe setzen. Du hast Zeit, Vater Jean. Es gibt eine Sache, die die ganze Tragödie des Lebens ausmacht...«

»Setz dich, Junge«, sagte mein Vater.

»Ja, des Lebens, und darum, weil wir alle nur Hälften sind. Seitdem man angefangen hat, Häuser zu bauen und Städte, und Räder zu erfinden, ist man dem Glück nicht um einen Schritt näher gekommen. Wir sind und bleiben Hälften. Solange man Erfindungen nur in der Mechanik macht und nicht in der Liebe, solange wird es kein Glück geben.«

»Rede«, sagte mein Vater, »ich hör dir zu.«

Und er stopfte sich seine Pfeife.

»Verstehst du, ich pfeife auf deine Fliegemaschine, wenn mir die Hälfte meines Herzens blutet, weil ihm die andere Hälfte fehlt, ohne die es nicht zu einer schönen Erdenfrucht werden kann. Verstehst du?«

»Ich verstehe.«

»Alle diese fliegenden Zauberteppiche, die werden dir frachtweise Ärger und sogar furchtbaren Verdruß mitbringen, wenn du von ihnen Ladungen von Sinnenlust und Liebe erwartest. Mach dem Jungen hier nicht zu viel Hoffnung, es sei denn, daß du ihn für den Handel bestimmst.«

216

Mein Vater lächelte.

»Ja, ich bestimme ihn für den Handel, für jeden Handel in der Welt.«

Odripano klopfte meinem Vater leise mit der flachen Hand aufs Knie.

»Schuster meines Herzens«, sagte er, »ich weiß, du bist in alledem ebenso gescheit wie ich. Nicht gescheiter, aber ebenso gescheit. Darum hast du mir eben Kummer gemacht mit deiner Zeitung.

Weißt du, wo man Erfindungen machen müßte? Im Ruf, in der Stimme, im Ton, der aus deinem Herzen dringt. Ich bin in Tirol gewesen und im Tal von Aosta. Jedesmal, wenn Mondschein war, traten die Hirsche aus dem Wald. Sie blieben am Wiesensaum stehen, sie hoben die Köpfe, und dann schrien sie. Ich sah sie von meinem Zimmer aus dort ganz weiß im Mondschein. Einmal, als ich vom Dorf San-Toretto fortging und den Wald durchquerte, habe ich auch Hindinnen gehört, die ganz leise riefen. Ich habe in Fiesole auf dem Hügel gewohnt. Kennst du die Stimme der Eidechsen? Es ist, als ob du mit dem Nagel an einer Samthose entlangfährst. Und die Maulwurfsgrillen in der Nacht! Und die Vögel und alles. Alles sucht sich. Alles ruft sich.

Der große Fluch des Himmels für uns ist, daß er jedem einzelnen von uns nur ein Herz gegeben hat. Eines für jeden. Ist es einmal geteilt, mußt du deine passende Hälfte suchen und finden. Sonst bleibst du dein ganzes Leben lang allein. Und das ist die Tragödie. Du kannst dir gar nicht vorstellen, wie viele ein Herz haben, das falsch ergänzt ist.

Soll ich dir voraussagen, was geschehen wird, und der Junge wird es sehen, wenn er's erlebt. Nun also! im Augenblick der größten Hoffnung wird der Zauber Bankrott machen. Man wird deine fliegenden Teppiche mit Kartoffeln und Mohrrüben beladen. Und man wird sich fragen: ›Was? wir sind nicht glücklicher als zuvor?‹ Ihr seid nicht glücklicher, weil ihr nichts Neues für den Ruf erfunden habt, um die andere Hälfte eures Herzens zu finden. Ihr habt noch immer eure schwache Stimme aus der Zeit der Höhlenbewohner. Eine weit schwächere. Und ihr findet nicht. Dann aber wird man sein Herz abtöten, weil es zu schwer sein wird, mit ihm zu leben.

Du siehst, Schuster, schlechte Nachrichten in deiner Zeitung.«

»Aber«, sagte mein Vater, »vielleicht werden einige übrigbleiben, die fortfahren zu rufen, was, mein Junge?«

»Ja«, sagte Odripano, »ich, ich rufe noch immer. Obgleich ich weiß, daß man mich nicht mehr hören wird.«

»Und nun, da wir die Dinge richtiggestellt haben«, sagte mein Vater, »an die Arbeit. Du hast uns recht vom Herzen gesprochen und kaum vom Wanst.«

Ich saß eine Weile ganz allein auf der Treppe und schaute den Schwalben zu, als Odripano mich leise hinten aus seinem Zimmer rief.

»Komm her, Junge.«

Er hatte die Schublade seines Weidenholztisches aufgezogen und ein dickes Heft ohne Deckel herausgenommen. Auf die erste Seite hatte er geschrieben:

»Franchesc Odripano« und hinterher »I sposi.«

Er reichte mir ein Blatt Papier hin.

»Da«, sagte er, »ich hab das für dich abgeschrieben und übersetzt, weil es italienisch ist. Ich kann in meiner eigenen Sprache besser sagen, was ich will.

Das soll eine Fortsetzung sein«, fügte er hinzu, »eine Fortsetzung zu dem, was wir geredet haben. Merke dir, alles Glück der Menschen liegt in kleinen Tälern. In sehr kleinen; man muß sich von einem Rand zum andern rufen können.«

Ich schaute das Blatt an. Es war ein Gedicht des heiligen Franziskus an die heilige Klara:

Hörst du die Glocke, heilige Klara?
Ich hatte sie mit Gras und Erde verstopft, damit der Klöppel
nicht mehr schlüge, und ich habe auf meinem gebogenen
Arm geschlafen, um meine Kraft zu brechen. Jetzt aber will

ich dich rufen, und ich schlage das Erz mit den Knöcheln
meiner Faust, auf daß meine Stimme über die Hügel fliegt.
Hörst du die Glocke, heilige Klara?
Nein, denn man hat dir die Ohren abgeschnitten und ihre
Löcher mit Fliegenhonig verstopft, wie man den Kranichen
vor dem Wettkampf tut, um sie scharf und kampflustig zu
machen.

Franchesc Odripano. – I sposi.

Ich weiß nicht mehr, auf welche Art meine Freundschaft mit
Louis David begann. In dem Augenblick, da ich von ihm spre-
che, vermag ich meine reine Jugend, das Entzücken der Tage,
jene Entrückung nicht wiederzufinden; ich bin mit Blut befleckt. Hinter diesem Buch liegt die große Wunde, an der alle
Männer meines Alters kranken. Die Kehrseite dieser Blätter
ist mit Eiter und Dunkel bedeckt.

Kurze Zeit vor mir ist er im August 1914 hinausgegangen.
Sein Vater und ich geleiteten ihn zum Bahnhof. Jenseits der
Baumgruppe schnaufte die Lokomotive.

Er sagte zu mir:

»Kehr hier um, komm nicht bis dorthin mit. Ich möchte
dich bei der Abfahrt nicht sehen.«

Und ich umarmte ihn auf der Landstraße.

Im Juli 1916 kehrte ich von Verdun mit Lazaretturlaub
heim. Meine Mutter erwartete mich am Bahnhof. Vom »goldenen Korn« war nicht mehr die Rede, und »die Schmerzen
waren nicht mehr töricht«. Ihre armen blonden Haare waren
aschgrau. Wir stiegen durch die Wiesen nach der Stadt hinauf. Das Wetter war schön. Überall schwärmten Bienen. Ich
fragte:

»Und Vater? Und alle andern?«

Sie blieb stehen und sagte:

»Paul Hode ist gefallen.«

Und nach ein paar Schritten:

»Nimm deinen Mut zusammen: David ist tot!«

Nimm deinen Mut zusammen!

Ich habe hier neben mir das Taschenbuch, das er mir hinterlassen hat. Ich weiß, daß sich in der kleinen Seitentasche des Umschlags eine Strähne Frauenhaar befindet. Ich habe sie eben angesehen; sie zerfällt zu Staub.

Ich schlage das »Taschenbuch für das Jahr 1913« auf.

»Erster Januar, Mittwoch, Fest der Beschneidung:

Die Kurve, die eine Kugel auf ihrer Bahn durch den Raum beschreibt, heißt Flugbahn.

Die in die Unendlichkeit verlängerte Achse des Geschützrohres heißt Schußlinie.

Der Punkt, wo das Geschoß aufschlägt, heißt...«

Das hat er geschrieben!

Das hat er schreiben müssen!

Mein armer Louis! Um das kleine Zimmer herum, in dem ich schreibe, liegt das Leben. Horch auf die Pappel und den Südwind; rieche diesen Geruch der Eichenscheite! Schau: das ganze schwarze Tal vor dem Fenster hat Lichter angesteckt. Es ist Nacht. Die Bauernhöfe unten verbrennen welkes Kraut, die Wagen rollen auf den Landstraßen. Ein ängstliches junges Mädchen singt unter den Weiden, während sie tastend ihre ausgebreitete Wäsche zusammenliest. Ich weiß, daß du da bist, ständig hinter mir. Ich weiß, daß in diesem Augenblick, da ich schreibe, daß deine Freundschaft da hinter mir treuer als alle Lieben dieser Welt und bescheiden, von andrer Art ist. Aber ich wollte, du hättest deinen Platz unter denen, die nach Äpfeln greifen, die Feigen essen können, unter denen, die laufen, schwimmen, Kinder machen, leben.

Und aus egoistischeren Gründen, Louis, möchte ich, daß du für mich da wärst. Ich lausche. Kein Laut hier drinnen. Nur draußen setzt Wind und Regen ein. Hier, hier – wo bist du hier? Dort im Schatten der Kommode steht nur mein Bett. Das dunkle Ding da drüben ist mein Hirtenmantel. Ich will nachsehen. Nein, nichts wie mein Mantel, mein Halstuch und meine Mütze. Leer die Mütze; kein Schädel darin, schlapp.

Da bist du nicht... Wo sonst? Vor den Büchern? Vor deinen Lieblingsbüchern, jenen zwei oder drei Bänden, die du immer herausnahmst und in denen du dann im Stehen lasest? Bist du da? Ich berühre die Bücher. Sie sind noch voll Staub. Louis, ich sag es dir, ich brauche dich heute abend! Heute abend und alle Tage, die ohne dich vergangen sind, und alle Tage, die noch kommen werden; ich brauche deine Freundschaft. Oh! Ich habe gesucht, Freund; erinnerst du dich an die Zeit, da wir von alledem in den Hügeln sprachen? Ich habe auf unsere Art gesucht. Du weißt, was ich hingeben mußte, hast du es gesehen? Du weißt, was man damit gemacht hat. Ja, ich brauche dich! Und wo dich suchen? Ich fühle dich in meinem Herzen, aber ich weiß, daß ich Ruhe fände, wenn ich dich da im Lehnsessel sitzen und deine Pfeife rauchen sähe.

Wenn du noch für rühmliche Dinge gestorben wärest: wenn du dich für Frauen geschlagen hättest, oder als du Nahrung für deine Kleinen suchtest. Aber nein, erst hat man dich getäuscht und dann getötet.

Was soll ich jetzt mit jenem Frankreich anfangen, das du, so scheint es, erhalten halfst, wie ich? Was willst du, was sollen wir denn damit anfangen, wir, die wir alle unsere Freunde verloren haben? Ja! wenn es gälte, Flüsse zu verteidigen, Hügel, Berge, Himmel, Wind und Regen, dann würde ich sagen: »Einverstanden! das ist unsere Sache. Laßt uns kämpfen, denn das ist all unser Lebensglück.« Nein, wir haben nur den Decknamen für alles das verteidigt. Wenn ich einen Fluß sehe, dann sage ich »Fluß«; und sehe ich einen Baum, sage ich »Baum«; niemals aber sage ich »Frankreich« zu alledem. Das gibt es nicht.

Ach! Ich würde diesen Namen voll und ganz dafür geben, damit auch nur ein einziger dieser Toten, der schlichteste, bescheidenste, lebte. Nichts kann das Herz eines Menschen aufwiegen. Da reden sie immer groß von Gott! Gott, Gott hat dem Pendel der Lebensuhr jenen kleinen Stoß mit dem Zeigefinger gegeben in dem Augenblick, da das Kind aus dem Tor seiner Mutter fiel. Da reden sie immer groß von Gott, und das einzige, was ein Stück gute Arbeit von ihm ist, das einzige, was ein Werk Gottes ist, das Leben, das er allein meistert, trotz aller Wissenschaften eurer bebrillten Idioten, das Leben, das zerstampft ihr nach Herzenslust in einem niederträchtigen Mörser von Dreck und Auswurf mit dem Segen aller eurer Kirchen. Eine schöne Logik!

Es ist keine Herrlichkeit, »Franzose« zu sein. Es gibt nur eine einzige Herrlichkeit: am Leben zu sein.

Du da hinter meinem Stuhl, du bist Schatten. Ich werde deine Hand nie mehr berühren. Du wirst dich niemals mehr auf meine Schulter stützen. Ich werde deine Stimme niemals wieder hören. Deinen guten Blick mit seiner Redlichkeit und seinem Strahlenfeld werde ich nicht mehr sehen. Ich weiß, daß du da, daß du mir nah bist, wie alle Toten, die ich liebe und die mich lieben, wie mein Vater, wie ein oder zwei andere noch. Aber du bist tot.

Ich rechte nicht mit dem, der dich durch einen Bauchschuß tötete. Man hatte auch ihm gesagt, daß die Flüsse »Deutschland« hießen. Er hatte in sein Taschenbuch schreiben müssen:

»Der Punkt, wo das Geschoß aufschlägt, heißt...« Ich rechte mit dem, der diktierte.

Ich hatte noch zwei lange Unterhaltungen mit meinem Vater. Er war krank. Ein unheimlicher und dumpfer Schmerz zehrte an seiner Leber. Er klagte nicht. Wir spürten nur, daß es ihn hart am empfindlichsten und lebendigsten Punkt seines Innern gepackt hatte. Er war abgemagert. Der Bart machte seine Backen ein wenig voller, aber wenn er vom Friseur kam, brachte er ein seltsames Gesicht mit heim, das immer knochiger wurde; seine Hand, die den Türgriff losließ, schwebte einen Augenblick lang gewichtlos in der Luft. Seine Augen blickten über die Dinge hinaus, und er machte zwei, drei schlaffe, wankende Schritte, als sänke er in eine Wolke ein.

»Was schaut ihr mich denn so an?«

Meine Mutter versuchte mit ihren zitternden Lippen zu antworten.

»Bloß um dich zu sehen, Vater.«

»Gefall ich euch?«

Er war hart und grausam geworden. Sein schmaler, von einer Art säuerlichem Fieber verzehrter Mund war unter seinem Schnurrbart nur noch eine Essigrinne.

Seit einigen Jahren besaßen wir einen kleinen Garten am Hügelhang. Das Terrain und die Olivenbäume hatten hundertfünfzig Francs gekostet. Mein Vater hatte ein kleines Ziegelhäuschen dort bauen und neben einer Linde, einem Kastanienbaum und einer Zypresse einen Brunnen graben lassen. Alle Tage ging er bis dort hinauf. Er fütterte seine Kaninchen. Zuweilen kam ich unhörbar hin. Ich versteckte mich hinter einem Geißblattbusch. Um diese Zeit gewöhnte sich mein Vater an, mit geschlossenem Mund zu brummen, ein dumpfes Brummen, ohne Form und Farbe, eintönig, verhalten, seltsam magnetisch und bannend, wie das Schlagen einer dumpfen Trommel.

Wir saßen unter der Linde. Er legte seine Hand auf meinen Arm:

»Sohn«, sagte er, »ich hab ein bißchen mit dir zu reden. Seit einiger Zeit möchte ich es schon. Ich grüble. Ich bin allein. Ich denke an viele Dinge. Ich werde nicht mehr da sein, wenn du ein Mann sein wirst. Nein, du bist noch kein Mann. Man lernt nach und nach. Bis jetzt sind wir miteinander gewandert.«

Eine Weile schwieg er und brummte.

»Es ist nicht schwierig, allein zu leben, Sohn. Das Schwierige ist, allein zu leiden. Darum gibt es so viele, die Gott suchen. Wenn man ihn gefunden hat, ist man nicht mehr allein, niemals mehr allein. Nur, höre mir gut zu, man findet ihn nicht, man erfindet ihn.

Selbst wenn man sehr leidet, im Grunde seines Herzens will man doch fortfahren. Womit? Zu leben. Selbst wenn man stirbt, will man noch fortfahren. Ja, zu leben: fortfahren zu leben. Ein anderes Leben. Das Leben im Jenseits, das Paradies, gleichviel was. Ja, an der Stelle, wo der Weg wieder ins Dunkel führt, setzen wir einen Spiegel hin. Statt nachzusehen, was dahinter kommt, statt uns ans Dunkel zu gewöhnen, setzen wir einen Spiegel hin. In dem Spiegel aber erblickt man diese Seite des Lebens, den Weg, den man eben zurückgelegt hat und der sich auf der andern Seite des Spiegels fortzusetzen scheint. Es ist ein wenig zittrig, ein wenig geheimnisvoll, ein wenig verschwommen, wie aller Widerschein im Spiegel. Es spiegelt das Jenseits ganz gut vor. Da sind Bäume, Himmel, Erde, Wolken, da ist Wind, Leben. Das ist es, was man will.

Solange wie man sich auf dieser Seite des Spiegels befindet, ist das ganz brauchbar. Aber sobald man hinüber ist – ein Spiegel, siehst du, ist nicht sehr dick, nur einen Finger breit –, sobald man also einen Schritt nach der andern Seite tut, weiß man sofort alles. Man weiß, daß alles Lug und Trug ist, und man schreit... Daher sagt man manchmal: ›Er hat einen fürchterlichen Todeskampf gehabt.‹ Was auf der andern Seite ist? Ich weiß nicht. Ich könnte dir sagen: nichts. Ich glaube nicht, daß da nichts ist. Ich weiß es nicht. Ich sage dir nicht, daß da nichts ist. Im Augenblick, da man weiß, brüllt man, und weiter nichts. Das ist hier auch nicht die Frage.

Wenn es einem gelingt, Gott zu erfinden, dann sieht dieser Gott so aus. Er ist an deiner Seite. Er behütet dich, er streichelt dich. Du bist der Allerschönste. Es ist, als gäbe es nur dich auf der Welt. Er ist dein Vater und deine Mutter. Wenn du unrecht tust, bestraft er dich. Wenn du recht tust, legt er Bonbons in eine Schachtel und sagt zu dir: später, da kriegst du das. Es ist wie der Mann, der beim Pflügen mit einer Handvoll Salz vor den Ochsen hergeht, um sie bei der mühsamen Feldarbeit vorwärts zu bekommen, und der sie dann mit derselben Handvoll Salz zum Schlachthaus führt. Solch einen Gott erfindet man. Er verspricht dir alles. Sohn, auch der Spiegel verspricht.

All die Zeit aber, die du neben deiner Erfindung verbringst, ist angenehm. Ich gebe zu, es ist angenehm, mit jemandem reden, sich beklagen, bitten, jammern zu können. Und ich weiß nicht, ob es alles in allem nicht besser ist, ob es nicht besser ist, Gott zu erfinden, Augen und Ohren zu schließen und tausend und abertausendmal zu sagen: ›Es ist wahr, es ist wahr, es gibt ihn.‹ Und dann daran zu glauben. Ich weiß es nicht.

Denn das Furchtbare ist, allein zu leiden, Sohn, du wirst es später erfahren.«

Er stopfte seine Pfeife.

»Ich habe mich geirrt, wenn ich gut und hilfreich sein wollte. Du wirst dich auch irren. Wie ich.«

Er begann still seine Pfeife zu rauchen und sein eintöniges Brummen zu spinnen, das ihn einhüllte wie das Gespinst einer Seidenraupe.

Ein zweites Mal sprach er mit mir vor einem wunderbaren Sonnenuntergang. Es war wie ein ungeheueres, vom Wind bewegtes Erntefeld. Garbenhaufen von Wolken schichteten sich in den Hügelbuchten auf. Ungreifbarer goldgelber Weizen flammte rauchig auf dem ganzen Himmelsfeld. Die Sonne steckte mit ihren Strahlen im Schlamm wie ein zerbrochenes Rad.

»Einmal«, sagte mein Vater – er war an diesem Tag sehr still und schön mit seinem armen lehmgrauen Gesicht, das der Tod grausam durchfurcht hatte –, »einmal hatte ich mich in eine Bilderzeitschrift vertieft. Es war sehr interessant. Sie brachte ein bißchen von allem. Man hatte was daran zu lesen: ›Eiserne Arme‹, ›Die Geheimnisse von Paris‹, ›Der ewige Jude‹. Auf den beiden Mittelseiten waren Abbildungen von Bildern und Statuen. Ich schnitt einige aus, um sie in meine Werkstatt zu hängen: die Venus von Milo, und dann irgend so einen großen Kerl, steif und gerade wie ein Baumstamm, einen Sieger im Wagenrennen. In dieser Zeitschrift hab ich eines Tages ein schönes Bild gesehen. Da war zuerst, vorne, ein riesenhafter Mann. Man sah seine nackten Beine. Seine Waden waren aus Muskeln gefügt, dick wie meine Faust. In der einen Hand hielt er eine Sichel und in der andern ein Büschel Ähren. Er betrachtete die Ähren. Man brauchte nur seinen Mund zu sehen, und man wußte, daß er beim Mähen sicher

Wachteln tötete. Man wußte, daß er bestimmt fette, in der Pfanne gebratene Wachteln liebte und schlechten, stark gefärbten Wein, solchen, der Bodensatz im Glas und im Mund zurückläßt. Hinter ihm – hör gut zu, es ist ziemlich schwierig, dir das begreiflich zu machen –, hinter ihm stell dir ein weites Land vor, so wie dieses, noch weiter als dieses, weil der Künstler alles auf einmal abgebildet hatte, alles durcheinander, um verständlich zu machen, daß er die ganze Welt malen wollte. Ein Strom, ein Strom, der durch Wälder, Wiesen und Felder, durch Dörfer und Städte floß. Ein Strom, der schließlich da hinten als ein gewaltiger Wasserfall herunterfiel. Auf dem Strom schossen Schiffe von einem Ufer zum andern, Frachtkähne schliefen im Wasser, das um sie herum Wellen schlug, Flöße aus gefällten Bäumen trieben flach in der Strömung; von den Brücken herunter fischten Männer mit der Angel. In den Dörfern rauchten die Schornsteine, läuteten weitausholend, daß man ihre Klöppel sah, die Glocken. In den Städten wimmelten Wagen wie Ameisen herum. Von einem Hafen des Flusses fuhren große Segler aus; andre lagen in einer kleinen Wiesenbucht vor Anker; andre schwankten am Rand der reißenden Strömung des Flusses, wieder andere wurden schon von dieser reißenden Strömung zum Meer getragen. In einer Ecke des Bildes war nämlich auch das Meer. Am Ufer sah es ruhig aus, gerade gekräuselt genug, um große auf dem Sand gestrandete Fische zu belecken. Männer zerstückelten diese Fische mit Beilhieben, andere trugen große Lappen Fleisch auf ihren Schultern nach ihren Häusern. Die Hausfrauen sahen ihnen von der Türschwelle entgegen. In den Häusern brannten die Herdfeuer. Ein junges Mädchen wiegte ihren kleinen Bruder. Durch ein Fenster sah man einen jungen Burschen, der ein Mädchen auf ein Bett warf. In den Wäldern fällten die Männer Bäume. Auf den Höfen wurden Schweine geschlachtet. Kinder tanzten um einen Betrunkenen. Eine alte Frau schrie aus dem Fenster, während man ihr Hühner stahl. Eine Hebamme trat aus einem Haus, um sich am Bach die Hände zu waschen. Die Gevatterin verlangte die

Schere von ihr. Der Vater rauchte die Pfeife. Die Kindbetterin wandte den Kopf ab, um nicht zu sehen, was zwischen ihren Schenkeln vorging. Am Feuer wurden Windeln angewärmt. An einem andern Feuer wurde Fleisch gekocht. Und noch auf einem andern Feuer wurden Tote verbrannt. Die Felder waren voller Arbeit. Männer pflügten, säten, ernteten, andere hielten Weinlese, droschen das Getreide, schwangen das Korn, rührten den Teig, zogen die Ochsen, schlugen den Esel, zügelten das Pferd, schwangen Axt, Hacke oder Beil oder drückten so auf den Pflug, daß sie die Holzschuhe dabei verloren.

Alles das!

Es hatte mir ordentlich Lust gemacht. Es war ›Der Sturz des Ikarus‹ betitelt.

Im ersten Augenblick sagte ich mir: ›Man hat sich im Titel geirrt.‹ Ich suchte noch eine Weile, dann setzte ich mich an meine Arbeit und ans Schuhemachen.

Den ganzen Tag lang, Sohn, den ganzen Tag lang hab ich mir immer wieder gesagt: der Sturz des Ikarus, der Sturz des Ikarus! Ikarus, der tausend Hähne getötet hat, und tausend Hühner, selbst Adler, der sich die Federn von allen an die Arme und den Flaum unter den Bauch geklebt und dann versucht hat, zu fliegen. Wo ist er?

Man hat sich im Titel geirrt!

Nein.

Am Abend hab ich die Lampe angezündet und geschaut. Es stimmte schon.

Da oben mitten am Himmel, hoch über all dem andern, was unentwegt schaffte, nicht hinschaute, nichts wußte, über all dem andern, was im vollen Leben lebte, da oben, noch hoch über allem – stürzte Ikarus.

Er war, schau – nicht größer als die Spitze meines Fingernagels. Schwarz, ein Arm hier, ein Bein da, verloren, wie ein kleiner toter Affe.

Er stürzte.«

Die abgezehrte Hand meines Vaters machte eine Bewegung, um anzudeuten, daß das keine Wichtigkeit besaß.

Nach einer Pause setzte er hinzu:
»Merke dir das, mein Sohn.«

Man trat ins Jahr vierzehn ein, ohne es zu merken. Es spielte sacht sein Spiel mit Schnee und Schwalben und Mandelblüten. Das Korn ging auf wie immer. Die Wiesentulpen kamen pünktlich, friedlich entkeimten sie den alten Zwiebeln des Frühlings dreizehn. Die Schwalben fanden ihre Nester wieder. Die Häsinnen warfen scharenweis Junge. Man erweiterte die Hürden um die Weideplätze, denn das Bocksalz hatte in diesem Jahr gut angeschlagen; man hatte fast ein Drittel Lämmer mehr als sonst. Das Gras wuchs besser und war besser als im Vorjahr. Das Vieh auf der Weide fraß mit Lust. Es käute lange und blickte dabei zum Himmel. Die Landbestellung ließ sich gut an. Es hatte zur rechten Zeit geregnet. Der richtige Wind hatte geweht. Die Sonne tat ihre Pflicht. Alles ging friedlich seinen Gang. Friede und Freude stieg aus den Tiefen der Erde in die Gräser, in die Bäume, in die Adern der Hasen, der Füchse, der Eber, Widder und Schafe, und der Samen der Männchen floß ruhig und lebensvoll gleich den Milchstraßen am Himmel. Das Rad der Welt drehte sich geräuschlos in geschmeidigem Öl.

Die Menschen waren unruhig. Es ging ihnen zu gut. Es blieb ihnen zu viel Zeit für ihre Menschensorgen. Die Erde gab wie eine schöne, volle Brust von selber so viel her, daß man an ihr sog und nicht mehr daran dachte, sie zu liebkosen und daran seine Freude zu finden. Bedeutung maß man nur noch den Spielereien des Verstandes bei, und jede Sippe sah Tag für Tag mit Wollust alten Männern zu, die gewandt im Reden waren, gewandt im Regieren, gewandt darin, ihre Gier nach Reichtum zu vertuschen, und ihre Köpfe aufblähten wie Seifenblasen. Man war stolz darauf, die größten Blasen zu haben. Die Dichter gingen nicht mehr auf die Wiesen, sie sabberten ins Horn. Unterdessen rieselte die Milch der Erde in alles Wiesengrün, und die Herrlichkeit der Tiere und der Bäume wuchs. Die überernährten Menschen hatten ihr Zeugungswerk vergessen; sie buhlten mit Erdöl und Phosphaten, mit Sachen ohne Hüften; das machte ihnen Lust auf Blut.

Es wurde mir leicht, ohne besondere Bewegung in den Krieg zu gehen, ganz einfach, weil ich jung war, und weil man über alle jungen Männer einen Wind wehen ließ, der nach Meeressegel und Piraten roch.

ENDE

Madeleine Chapsal im Gespräch
mit Jean Giono (1960)

Nachdem ich eine Zeitlang in den Gäßchen von Manosques herumgeirrt war, ließ ich mir schließlich den von Büschen und Blumen gesäumten Weg zeigen, der zum Eingang von Jean Gionos Haus und Garten führte.

Seine Frau öffnete mir. Sie führte mich in das Zimmer, in dem der Schriftsteller arbeitete mit einer Selbstverständlichkeit, wie sie nur Leute haben, die im Einklang mit der Natur und mit der Poesie leben.

Im Samtanzug und mit offenem Hemdkragen wirkte er im ersten Moment wie ein Landjunker. Aber seine feingliedrigen Hände und seine zarte Haut machten diesen Eindruck sogleich wieder zunichte. Giono liebte die freie Natur, doch er war weder sonnenverbrannt noch abgehärtet. Der Blick seiner milchig-blauen Augen ruhte kurz auf mir und wandte sich rasch wieder ab. Er hatte mich gesehen, taxiert. Das leise, gewinnende Lächeln ließ mich wissen, was er dachte: Wir würden uns verstehen.

Ich hatte seine Bücher gelesen. Für die Art seiner ersten Bücher war ich sehr empfänglich. Giono hatte die Glanzleistung vollbracht, die Welt der Bergbauern zu beschreiben, als wäre er einer von ihnen. Und es wirkt weder gekünstelt noch aufgesetzt. Das Wesen der Bauern, die nicht schreiben, kommt hier zum Ausdruck. In sehr einfachen, sehr poetischen Worten, die den Einklang mit der Erde wiedergeben, das »Lied der Welt«.

Aber seine letzten Bücher mochte ich noch lieber. »Man

macht sein Leben mit Worten«, sagte er zu mir. Indem er an seinen Worten arbeitete, öffnete er seiner Phantasie unendliche Räume. Romantische Begegnungen, Greuel des Krieges, unerwartete Freuden, unglaubliche Gewalttaten, unbändiges Glück. Seit *Der Husar auf dem Dach* hat Giono nicht aufgehört, Begierden zu stillen... die Begierden eines jungen Mannes.

Als ich ihm begegnete, war er fünfundsechzig Jahre alt, aber seinen Büchern nach zu schließen war er nicht mehr als zwanzig. Und je rascher sich seine Feder bewegte, die seinen Stil rasanter machte, sein Herz und seinen Atem aktivierte, desto ruhiger lebte er. Er haßte Ungelegenheiten, Reisen, Unterbrechungen, alles, was seinen Rhythmus und das Vergnügen, wie ein Verrückter zu schreiben, störte.

Ich spürte sogleich: Jean Giono, der liebenswürdige, reizende Mann, der es in diesem Fall schätzte, Besuch zu bekommen, wollte alles, was man selbst wollte, vorausgesetzt, daß es... schnell ging! Er war in Eile. Das Verlangen war es, das ihn drängte. Das Verlangen, wieder hinter seinen Helden nachzuspringen, diesen prächtigen Burschen, die er sich als Gefährten für seinen Lebensabend genommen hatte.

Zwanzig Jahre, Jean Giono? Eigentlich war er höchstens zwölf... Während der letzten zehn Jahre seines Lebens, in denen ich ihn mehrmals besuchte und ihm schrieb – er antwortete mir immer –, erinnerte er mich an eines jener Kinder, die rittlings auf einer Mauer sitzen, zwischen Vögeln und Eidechsen, und sich vorstellen, auf einem weißen Streitroß zu reiten, umgeben von ihren treuen Rittern. Im nächsten Moment werden sie mit dem Schwert in der Hand die Burg des Schwarzen Drachen erstürmen – doch da reißt sie die Stimme der Mutter aus ihren Träumen. Und dazu war Giono noch unbarmherzig, wie alle Kinder. Ich kenne keine grauenvolleren Schilderungen des gewaltsamen Todes, der Cholera, der Folter, des Kampfes mit bloßen Händen als Gionos Schilderungen; sie sind immer schnell, wie sein Auge, und zerstörerisch.

Am Tag unserer ersten Begegnungen tranken wir in seinem

Arbeitszimmer Tee, und er sprach mit mir über die Natur, über Stendhal, über seinen Vater, den Schuhmacher, über das Glück, mit sich selbst zu leben... Wir hätten auch über jedes andere Thema sprechen können. Wie die Bauern, die er so liebte, hatte Jean Giono zu allem fixe, einfache Vorstellungen, die er sich mit der Zeit erworben hatte, indem er sie in seinem Kopf wälzte, wie ein Fluß auf dem Weg die Steine wälzt. Und an diesen Vorstellungen hielt er fest. (Um so mehr, denke ich, als ihm einige davon teuer zu stehen gekommen waren, wie sein Pazifismus, der ihn ins Gefängnis gebracht hatte.) Anscheinend ohne zu merken, daß sie oft in krassem Widerspruch zu seiner Zeit standen.

Er hielt nicht viel von dem, was man den »Fortschritt« nennt. Er war eher der Ansicht, daß es den Fortschritt nicht gibt. Was bedeutet »Fortschritt«, wenn man zum Beispiel die Sterne betrachtet? Was sie betrifft sind wir nicht weiter als die Neandertaler...

Er wollte mir beweisen, daß sich nichts geändert hatte. Er traf sich mit mir, um mich in das Gebirge mitzunehmen, das er am liebsten hatte: la Montagne de Lure, nahe dem Mont Ventoux. Er führte mich auf das Plateau du Contadour, zeigte mir die kahlen Hügel, die kaum gezeichneten Pfade, die verkümmerten Eichen, die man hier »Buchen« nennt... Er erzählte mir, daß er eine Schäferhütte besaß, eine sehr abgelegene Hütte, die er mir leihweise überlassen würde, und wo ich, wenn ich wollte, ein paar Tage verbringen könnte. Dort würde ich sehen, was es bedeutete, mit sich selbst allein zu sein; wir verbringen das ganze Leben in Gesellschaft von uns selbst, also könnten wir ebensogut lernen, uns diese Gesellschaft angenehm zu machen...

Ich glaubte, daß er recht hatte. Doch gleichzeitig spürte ich bei Giono so etwas wie eine Flucht. Wovor? Er kam sehr wenig nach Paris, meistens um seinen Verleger, Gallimard, zu sehen. Und zwei- oder dreimal traf er sich mit mir in einem Café in der Nähe der Rue Sébastien-Bottin.

Er hatte immer dasselbe flüchtige, spöttische Lächeln,

wenn er mir erklärte, daß er sich in der Stadt unwohl fühlte. Man ist hier von zu vielen Dingen abhängig, die einem Vorschriften machen. All die Schilder, der Lärm, die Verbote... Und dann die Leute, denen man begegnet; es sind Unbekannte, die allen ohne Unterschied feindlich gesinnt sind...

In Manosque wußte jeder, wer Giono war, und er wußte, wer die anderen waren: Haß und Freundschaft hatten präzise Ursachen und waren durch Jahre hindurch fest verwurzelt.

In der Stadt hatte er nur einen Gedanken: in seine Provence zurückzukehren. Er hatte so viel zu schreiben.

Seine Bücher entstanden in immer kürzeren Abständen. Beinahe alle zwei Jahre erschien eines: *La Déastre de Pavie, Deux Cavaliers de l'orage*... Eine gewisse Bosheit sitzt darin, neben dem Glück. Die Bosheit des menschlichen Herzens. Giono, der kein »psychologischer« Romancier war, wußte mehr über die anderen, als er durchblicken ließ. Doch er lehnte es ab, sich auf die verschlungenen Wege innerer Analysen einzulassen. Er war ein Erzähler, ein Romancier, der Handlung brauchte und setzte sich darüber hin wie sein Husar zu Pferd über eine Furt springt, um in ein neues Kapitel einzusteigen...

Giono war ein unermüdlicher Wanderer gewesen. Dann mußte er eines Tages aus gesundheitlichen Gründen das Wandern aufgeben. »Das macht nichts«, hatte er mir gesagt, »jetzt mache ich die Wanderungen in meinem Kopf!«

»Wie das?«

»Indem ich meine Landkarten betrachte. Sehen Sie...«

Er hatte vor mir Generalstabskarten der Region ausgebreitet. Sie enthielten farbige Eintragungen. Giono, der die Gegend wie seine Westentasche kannte, hatte es geschafft, diese extrem genauen Karten durch noch feinere Striche zu ergänzen: vergessene Plätze und Wege, die nur er kannte, Trampelpfade. Das faszinierte ihn. Es tröstete ihn – fast – über seine verlorenen Wanderungen hinweg. Er floh nicht vor dem Unglück. Er bewältigte es: Im Leid selbst fand er etwas, das es ihm ermöglichte, gegen das Leid zu kämpfen.

Ich habe ihn dabei erlebt. Eines Tages wurde er krank. Eine beginnende Aphasie. Die Nachricht erschütterte mich: Jean Giono, in seiner Sprache gestört! Ich besuchte ihn, und er sprach von dem Unglück mit einer inneren Distanz, die mich verblüffte: Er hatte seine Krankheit, das Auftreten seines Gebrechens »beobachtet« wie ein Arzt. Wahrhaftig: ein Romancier, der in allem, was ihn trifft, noch Material findet, um daraus Kunst zu machen!

»Es ist seltsam«, sagte er zu mir, »aber die Zeitwörter fehlten mir... Meine Frau half mir. Sie verstand zumindest, was ich sagen wollte... Dann war wieder alles da!« Und er sprach über die Bedeutung des »Verbums« in der menschlichen Sprache und darüber, was passiert, wenn diese »Gruppe« von Zeichen plötzlich nicht mehr verfügbar ist... Ich sah ihn an, bewundernd, sprachlos. Er erzählte mir dieses Drama mit erstaunlicher Munterkeit, fast belustigt... Er sah bereits den Nutzen, den er daraus für seine Schriften ziehen konnte.

Ich verstand nun besser, was Jean Giono animierte und was ich für eine Art Flucht gehalten hatte: Er distanzierte sich vollkommen von sich selbst. Oder vielmehr von den Umständen und Ereignissen seines eigenen Lebens, von den Unglücksfällen, die allzusehr durch die Zeit oder durch die Dummheit der anderen bedingt waren... Er lebte in seinem Werk, in einer Welt, die er mit eigener Hand geschaffen hatte. Der Rest sollte nur ohne ihn zurecht kommen. Sein Verleger bestätigte es mir: Jean Giono kümmerte sich kaum um seine Autorenrechte. Ein Detail? Vielleicht, aber ein aufschlußreiches... Ich nehme an, er war in allem anderen genauso.

Was ihn am stärksten geprägt hat, war das Beispiel seines Vaters. Er kam immer wieder darauf zu sprechen: »Stellen Sie sich vor, er konnte einen ganzen Schuh ganz allein machen... Welche Freiheit ihm das gab! Er machte die Schuhe, die man bei ihm bestellt hatte; dann nahm er sein Geld, packte sein Bündel und ging!«

Um diese Freiheit hat er ihn wahrscheinlich lange Zeit beneidet. Dann hat er sich diese Freiheit selbst geschaffen. In einer Zeit, in der man von allen Seiten numeriert und registriert wird und in der es noch schwerer ist, sie zu erlangen. Er arbeitete so viel, daß er eines Tages von den Einkünften aus seinen Büchern leben konnte.

Das meinte er, wenn er sagte, »ein glückliches Leben« gehabt zu haben. Eine Kurzfassung, die verschämt all seine mühsame Arbeit auslöscht – der große Schriftsteller, Sohn eines Schuhmachers und einer Büglerin, war Autodidakt – und die Mühe, die er sich gegeben hatte. Ganz zu schweigen von den Beleidigungen und Verfolgungen, die ihm sein Hang zum Individualismus eingetragen hatte; ein Individualismus, der wie bei seinem Vater bis zum Anarchismus ging.

Jean Giono wollte, daß man ihn in Frieden ließ. Anfangs glaubte er, das hieße, dafür zu kämpfen, daß man die anderen in Frieden ließ; das hieße gegen den Krieg zu kämpfen. Es war schwer, das verständlich zu machen. Es bedeutete vor allem, sich der Liebe zur Gewalt entgegenzustellen, die so tief in der menschlichen Rasse verwurzelt ist. Er gab auf. Er zog sich zurück. Arbeitete. Publizierte. Arbeitete immer mehr.

Eines Tages starb er, unerwartet.

Aber er verstummte nicht. Immer noch erscheinen Bücher von ihm, posthum. Ich lese sie nicht. Denn es war der Mensch Giono, in dem ich gerne las, den ich liebte. Er, der Einsiedler.

WAR es der Krieg 14/18, der Sie zum Pazifisten gemacht hat?

Jean Giono. Ich bin aus vielerlei Gründen Pazifist geworden, aus emotionalen Gründen, und aus persönlichen Gründen. Der Krieg 14/18, das war weniger schön als der von 1939. Es kam noch die Schmutzigkeit hinzu, die Häßlichkeit, der Dreck, das Ausharren. Es gab nichts Heldenhaftes mehr. Das Heldentum war eine verkürzte Form von Langmut... Tote, die niemals einen Deutschen gesehen haben. Während des ganzen Krieges – und ich war Schütze in der Infanterie, immer in vorderster Front –, also, während der ganzen Zeit habe ich, glaube ich, zwei Deutsche gesehen. In vier Jahren! Man sah niemanden. Man sah absolut nichts.

MANCHE Schriftsteller haben geglaubt, im Krieg 14/18 eine gewisse Romantik zu finden.

J. G. Ich habe sie auch gespürt, die Kriegsromantik!... Trotzdem, ich glaube, daß die Summe der Leiden, die ein Mann in diesem Fall ertragen mußte, in keinem Verhältnis zum erzielten Ergebnis stand... Ein Mann, der vier Jahre lang von Flöhen zerfressen wird, im Dreck lebt, ißt wie ein Schwein, sich nicht waschen kann, der stumpft ab, fühlt sich mehr und mehr erniedrigt, verachtet sich... Wenn wir auf der Straße an einem gut gekämmten, rasierten, gut frisierten Mann vorbeigingen, wir, in dieser grauenhaften Kleidung, schmutzbedeckt, darunter eine ganze Kolonie von Flöhen, die einen auffraßen... man fühlte sich erniedrigt und unglücklich. Er war der Held, nicht wir. Die Deutschen haben das begriffen, später. Aber es gibt nicht nur die Lager. Alle Gefängnisse sind erniedrigend... Man spricht immer von der Welt der Konzentrationslager... schon das normale Gefängnis gibt einem dieses Gefühl. Man kann einen Menschen allein durch Gerüche erniedrigen. Zwingen Sie ihn, im Geruch seines Urins und seiner Fäkalien zu leben... das genügt, dieser Mensch wird seine Würde verlieren.

UND Sie, welche Wirkung haben die Gefängnisse auf Sie gehabt?

J. G. Keine... Es war eine überaus amüsante Erfahrung, und es hat mich nie berührt.

WIESO amüsant?

J. G. Es war neu. Es ist komisch, im Gefängnis zu sein... Das erste Mal bin ich mit wahnsinniger Begeisterung hingegangen! Es war für mich ebenso wichtig, wie eine große Reise zu machen. Während meiner ganzen Jugend habe ich mir gewünscht, Griechenland kennenzulernen... Als ich ins Gefängnis ging, tat ich es mit derselben Vorfreude. Du wirst die Erfahrung der Einsamkeit machen, der Brutalität, der Schweinerei, du wirst sehen. Und ehrlich...

DIE Wirklichkeit entsprach den Erwartungen?

J. G. In beiden Fällen bin ich sehr gut zurecht gekommen. Ich kann es ehrlich sagen und aussprechen, denn ich hatte Tausende Zeugen... Jedesmal, nach drei Monaten, war ich der Chef, im Gefängnis! Im Militärgefängnis* war ich mit Strafgefangenen zusammen. Ich war mit vielen Typen zusammen. Sie waren entzückt, mit mir zusammen zu sein, denn ich erzählte ihnen Geschichten.

IST das Ihr Schäferblut?

J. G. Ich habe kein Schäferblut! Ich stamme nicht einmal aus der Provence. Ich bin in Manosque geboren, auch meine Eltern waren nicht aus der Provence. Meine Mutter stammte aus der Picardie. Sie hat bis zu ihrem achtzehnten Lebensjahr in Paris gelebt und ist erst 1870 nach Manosque gekommen. Mein Vater stammte aus Piemont. Er war in Frankreich geboren worden, aber piemontesischer Abstammung. Sein Vater war Piemonteser. Ich bin in Manosque geboren, weil meine Eltern sich hier kennengelernt haben.

SIE sagten, daß der Krieg Sie verändert hat?

J. G. Nach meiner Heimkehr aus dem Krieg sagte ich mir, wie alle, die zurückgekehrt sind, *nie wieder.* Das war es, was sich alle gesagt hatten, was sich die berühmte »himmelblaue« Kammer gesagt hatte, womit sie im übrigen die Stimmen aller Franzosen gewonnen hat...

Und dann, nach einem Jahr, nach dreißig Jahren, wurde die Zahl der Leute, die sich gesagt hatten *nie wieder,* kleiner, die einen, weil sie vergessen haben, andere aus Opportunismus, andere aus Nachlässigkeit, andere, weil ihre Überzeugung nicht deutlich genug zum Ausdruck kam, wieder andere, weil sie, je mehr der Krieg in die Ferne rückte, nur mehr die großartige Landpartie sahen, die sie fernab ihrer Frauen unternommen hatten; und dann gab es die, die immer noch sag-

---

* Wegen pazifistischer Aktivitäten war Jean Giono 1939 drei Monate lang in Fort Saint-Nicolas in Marseille eingesperrt und 1945 sechs Monate lang in Fort Saint-Vincent-des Forts (Hautes-Alpes).

ten *nie wieder*. Das waren die Hartnäckigen, die Idioten, zu denen auch ich gehöre, oder vielleicht gehörte: Jetzt habe ich viel weniger Illusionen als in jenem Alter. Man kann *nie wieder* sagen, soviel man will, es wird Kriege geben, es wird die ganze Zeit welche geben. Man wird immer wieder damit anfangen... Das hat einen guten Grund: Es ist ein wunderbarer Zeitvertreib. Selbst für normale Leute, wie Sie und ich, wie alle, die um uns sind. Es gibt immer einen Augenblick im Leben, wo man die Versuchung zum grundlosen Mord verspürt; nicht zum Mord aus Leidenschaft oder zum Raubmord, oder weil man eifersüchtig ist, oder weil die Frau, die man liebt, einen verläßt, überhaupt nicht... grundlos, um des Blutes willen, um zu sehen. Das Schauspiel. Der Anblick eines Menschen, der stirbt, ist etwas, das einen gleichzeitig abstößt und anzieht.

In *König Artus' Tafelrunde* sieht Lanzelote auf einer weiten Schneefläche einen Blutfleck. Es ist eine Wildgans, die soeben verblutet ist. Und plötzlich begreift er die Brutalität des Mordes. Es gibt nichts Schöneres. Nehmen Sie einen Unfall, alle stürzen hinaus. Man sagt, man tut es, um zu helfen, natürlich tut man es zum Teil, um zu helfen... vor allem aber, um herumzustehen und um den wohligen Schauer zu spüren, wenn man sich abwendet und sagt: »Oh! Wie schrecklich...« und wieder sieht man hin!

Ich habe kein Vertrauen ins Menschliche. Überhaupt nicht. Ich liebe die Menschen, ich liebe sie sehr, aber ich habe kein Vertrauen...

WARUM heißt es »Giono, der Einsiedler«?

J. G. Das ist auch so ein Mißverständnis. Nutzlose Unterhaltungen, die nichts bedeuten, habe ich nicht besonders gern. Zum Beispiel zu erfahren, wieviel Stundenkilometer jemand gefahren ist, um von A nach B zu gelangen... Ich höre gern Musik, ich lese gern, ich rauche gern Pfeife, das sind einsame Freuden, aber das heißt noch lange nicht, daß ich wie ein Einsiedler lebe. Ich wohne in Manosque, in einem Ort, der nicht einsam ist. Ich habe eine Familie, ich habe eine Frau, meine beiden Töchter, ich habe eine Haushälterin, ich habe einen Hund.

SIE mögen Städte nicht?

J. G. Nein. Vielleicht, weil ich sinnlich bin. Ich bin zum Beispiel lieber hier, weil die Luft besser ist. In der Stadt ist vielleicht das geistige Leben interessanter, aber anderswo gibt es diese herrliche Erziehung durch die Natur, die einem wunderbare Dinge gibt, das Wesentliche, Brot, Wasser... Die wesentlichen Dinge sind rein. Die Luft, das wird ein ungeheuerer Luxus werden.

VERFOLGEN Sie, was in Paris passiert?

J. G. Die Académie Goncourt. Ich bin verpflichtet, mich auf dem laufenden zu halten. Ich mache das so, wie ich Bewertungen gemacht habe, als ich noch Bankbeamter war.

LESEN Sie, was erscheint?

J. G. Ich lese Bücher wieder, Neues lese ich nicht mehr. Ich bin über das Alter hinaus, in dem man liest. Ich lese für den Prix Goncourt: Das ist nicht so mühsam, wie man immer sagt. Es gibt Bücher, die sind schnell gelesen... Zu meinem Vergnügen lese ich vor allem Bücher noch einmal, ich habe da alte Autoren, die ich wieder und wieder lese.

HOMER?

J. G. Homer, das ist noch weiter weg. Nein, was sich seit langem ununterbrochen wieder und wieder lese ist Stendhal... ununterbrochen.

WAS mögen Sie bei Stendhal am liebsten?

J. G. Ich mag alles gleich gern. Alles, alles. Man kann keine Auswahl treffen, immer interssiert mich das Buch am meisten, welches ich zuletzt gelesen habe.

KÖNNEN Sie Ihr Vergnügen an der Lektüre erklären?

J. G. Warum ich zum Beispiel eifriger Stendhal lese als Balzac? Hier werden Sie eine Antwort auf Ihre Frage finden: Ein Satz von Stendhal ist ein köstlicher Satz, sein Stil ist voller ungewöhnlicher Verkürzungen, bringt einen Zeitgewinn. Man kommt wunderbar rasch von einem Gedanken zum anderen. Es gibt kein überflüssiges Fett, es ist ein Stil, bei dem man die Muskeln sieht. Sie stehen vor einer Maschine, die großartig geölt ist, und die Dinge passieren immer zur rechten Zeit. Es gibt keine Sekunde Stillstand.

Und dann ist da Stendhals grandiose Naivität! Es ist großartig, die Dinge werden immer durch begeisterte Augen gesehen. Er ist einer, der alles bewundert, selbst wenn er Kritik übt.

Es gibt ein Gegenstück in der Musik, das ist Mozart. Mozart, das ist immer noch sicher.

HABEN Sie in Ihrem neuesten Stil nicht ziemlich unverblümt Stendhals Stil angenommen?

J. G. Oh! Davon bin ich weit entfernt! Was ich versucht habe zu erreichen, ist eine Art von Humor, die bewirkt, daß man meine Figuren sehr gut fühlt. Wenn das an Stendhal erinnert, dann deshalb, weil ich in derselben Richtung suche wie er! Aber Stendhal ist unnachahmlich...

WARUM?

J. G. Er ist sinnlich. Sinnlicher als Balzac, der sich in endlos langen Sätzen verstrickt.

Hingegen kann man auch endlos lange Sätze machen und dabei sinnlich sein, wie Proust. Das spürt man im einzelnen Satz, er gibt ihn auf, er ist gezwungen, ihn aufzugeben.

WAS ist ein sinnlicher Mensch? Sind nicht auch Sie einer?

J. G. Das ist jemand, der seine Sinne nützt, wenn man der Etymologie glauben darf! Er trifft keine Auswahl. Er versucht, sie zu kultivieren, sie zu nützen, sich durch sie soviel Freude wie möglich vermitteln zu lassen: durch den Tastsinn, den Geruch, den Geschmack... alle fünf Sinne. Ich glaube, daß Schüchternheit viel zur Prägung sinnlicher Menschen beiträgt. Es sind im allgemeinen schüchterne Menschen, die, weil sie nur wenige Mittel zur Verfügung haben, gezwungen sind, diese Mittel zu kultivieren.

Wenn Sie in den Bergen sind und es Ihnen gelingt, das Wasser so zu genießen wie andere den Wein... dann merken Sie plötzlich, daß das Wasser viel köstlicher schmeckt als der Wein, es ist einfach großartig! Ein sinnlicher Mensch, das ist vielleicht einer, der das Wasser dem Wein vorziehen wird. Das ist dann ein sinnlicher Mensch mit Feingefühl. Es ist einer, der – weil er keine Bücher hat, weil er vielleicht keine Gesellschaft hat, und zwar entweder aus Schüchternheit oder aus Geldmangel – größtes Vergnügen daran findet, die farblichen Unterschiede zwischen den Bäumen zu suchen, einem bestimmten Baum, einem anderen, dem Himmel, wie er sich abhebt... Er wird schließlich einen Stift nehmen und sie zeichnen. Er wird vielleicht Maler werden...

Don Giovanni ist ein schüchterner Mann. Man sieht das an der Brutalität seiner Handlungen. Wäre er nicht schüchtern, hätte er sich eine Frau genommen, er hätte sie behalten, eine einzige Frau hätte ihm genügt... Und er hätte sich dann einer anderen Aufgabe zugewandt. Es ist nicht Mut, was Don Giovanni antreibt. Er ist gezwungen, diesen einen Sinn zu vervollkommnen, denn er hat nur den einen...

WARUM sagen Sie, daß Sie kein Vertrauen in die Menschen haben?

J. G. Oh! Ich habe in sehr vielen Dingen Vertrauen in sie! Ich habe das Vertrauen, daß sie viele schreckliche Dinge immer weiter tun werden. Das, da bin ich sicher, das wird ewig sein... Aber ich habe kein Vertrauen in die Fähigkeit des Menschengeschlechts, sich zu vervollkommnen. Von der Zeit des Neandertalers bis heute sind wir nicht einen Millimeter vorwärts gekommen. Nehmen Sie eine hochentwickelte Gesellschaft und konfrontieren sie ihre Mitglieder mit einer großen Leidenschaft, Sie werden sehen, daß sie ganz genauso reagieren wie die Wilden in Äquatorialafrika. Das gleiche! Nicht einmal das Christentum hat etwas gebracht. Das ist die große Niederlage des Christentums. Es hat nur eine Art von Heuchelei gebracht.

SIE glauben nicht an den sozialen Fortschritt?

J. G. Überhaupt nicht. Ich glaube, daß im Gegenteil wahnsinnig viel verloren gegangen ist, in dem Augenblick, als wir den Handwerker zum Proletarier gemacht haben. Wir haben einen ziemlich großen Schritt rückwärts getan. Eines Tages werden wir den umgekehrten Schritt tun. Wir werden die Männer aus den Fabriken holen, und sie werden zum Handwerk zurückkehren. Sie werden an Würde gewinnen.

Ich werde Ihnen etwas sagen: Mein Vater war Schuhmacher und verdiente 13 Francs in der Woche. Meine Mutter war Büglerin und verdiente 8,21 Francs in der Woche, die ins Haus kamen. Und sie haben mich wunderbar aufgezogen. Es ist immer Wein auf dem Tisch gestanden. Sie haben mich bis kurz vor meiner Reifeprüfung zur Schule gehen lassen. Und außerdem, bevor er geheiratet hat, Sie werden staunen, was mein Vater da für Freiheiten gehabt hat, die kein Milliardär hatte. Er konnte einen Schuh machen! Und er wollte reisen. Also hat er in ein kleines Bündel (das war ein Stück schwarzes Leinen) etwas Leder getan, sein Werkzeug, hat das ganze auf einen Stock gebunden und sich zu Fuß auf den Weg gemacht! Wenn er kein Geld mehr hatte, ließ er sich mit seinem Ding auf dem Hauptplatz eines Dorfes nieder, und die Leute brachten ihm ihre Schuhe zum Reparieren. So ist er in ganz Europa herumgekommen, ohne daß ihn jemand störte, ohne die geringste Sorge zu haben. Er war ein Herr. Er führte das Leben eines Aristokraten. Er war ein echter Aristokrat.

Stellen Sie denselben Handwerker in die Schuhfabrik Bata, er wird sein ganzes Leben lang Schuhränder nähen. Sein ganzes Leben lang... Welch ein Unterschied!

Mein Vater konnte einen ganzen Schuh machen. Als Handwerker, der einen ganzen Schuh machen konnte, wurde er geachtet, weil jeder Schuhe brauchte. Er war ein König. Es gab weder Gewerkschaften noch Sozialversicherungen. Wozu auch? Er blieb in seinem Zimmer in einem Gasthof und bezahlte den Arzt, der kam. Wenn er eines Tages kein Geld mehr hatte, gewährte man ihm Kredit.

UND als er alt wurde?

J. G. Und als er alt wurde, hatte er seinen Sohn, nämlich mich, der ihn bei sich behalten hat. Wenn ein Arbeiter bei Bata aufhört, wenn er alt ist, geht er zur Fürsorge oder in ein Altersheim. Was für ein Leben!

SIE selbst, welchen Beruf haben Sie gewählt?

J. G. Ich habe meinen Beruf vor allem mit dem Gedanken an meinen Vater gewählt, den ich unterstützen mußte. Denn mein Vater war alt. Als ich geboren wurde, war er fünfzig. Er hatte spät geheiratet. Und als ich aus dem Krieg zurückkam, sagte ich mir: »Ich gehe nicht wieder zur Schule. Ich bleibe hier. Ich werde arbeiten.« Ich habe mich für den Beruf des Bankbeamten entschieden.

WANN haben Sie beschlossen, Bücher zu schreiben?

J. G. Die ganze Zeit. Ich schrieb, um meine Freunde zu unterhalten und meinen Freunden Geschichten zu erzählen. Ich habe niemals einem Verleger ein Buch geschickt. Mein Vater wußte nichts ... Er starb, ohne etwas zu ahnen.

WIE ist es zu Veröffentlichungen Ihres ersten Buches gekommen?

J. G. Einer meiner Freunde hat es herausgegeben. Als mein erstes Buch erschien, hatte ich neun geschrieben. Ich hatte neun Bücher geschrieben, und ich hatte nie den Drang verspürt, es an die große Glocke zu hängen.

VIELLEICHT haben Sie sich für das Schreiben entschieden, weil das auch ein Handwerk ist?

J. G. Ja, es ist eine handwerkliche Arbeit. Ich habe großes Vertrauen in eine Gesellschaft von Handwerkern. Ich glaube, sie unterscheidet sich stärker von der bürgerlichen als der Kommunismus, der eine andere Art von Bürgerlichkeit schafft.

SIE glauben, daß eine Weiterentwicklung der Gesellschaft vermeidbar gewesen wäre?

J. G. Es war unvermeidlich. Ich spiele mich nicht als Reformer auf. Ich sage nicht, daß ich die Lösung habe. Aber ich hätte mir gewünscht, diese wunderbaren Handwerker noch einmal zu erleben. Es waren überaus noble Menschen. Ein Zimmermann, das war im Mittelalter ein Herr. Der Bürger zitterte vor ihm. Wenn einer dieser Handwerker in eine bürgerliche Familie einheiratete, dann war er der Herr im Haus, weil er *das Ding zu machen* verstand ... Die anderen mußten hinter ihm hertrotten wie die Idioten!

Die wunderbaren Handwerker des 18. Jahrhunderts! Wenn man Ihnen sagt, daß die Französische Revolution in einem Land zum Ausbruch gekommen ist, in dem Elend herrschte – das stimmt. Aber wenn Sie die Möbel aus dieser Zeit sehen! Ein unglücklicher Handwerker hätte niemals so schöne und so fröhliche Möbel machen können wie die im Stil von Louis XV. oder Louis XVI. Sie müssen wirklich ein ruhiges Gemüt gehabt haben, um das zu machen...

ABER gab es denn nicht auch Menschen, die ärmer dran waren als Tiere?

J. G. Die gibt es überall. Es gibt sie in Rußland, in Amerika, auf der ganzen Welt. Das hängt von ihrem Charakter ab. Morgen früh sind wir noch gleich, am Abend werden wir nicht mehr gleich sein. Ich werde mein Marmeladebrot gegessen haben, Sie werden es beiseite gelegt haben. Am nächsten Tag – aus; Sie werden reicher sein als ich. Und dann werden wir nicht mehr gleich sein. Die Gleichheit ist eine Utopie. Es ist ein Witz. Also, natürlich können wir nicht bewirken, daß alle Menschen glücklich sind, das ist nicht möglich. Um so mehr, als jeder auf die ihm eigene Art und Weise dem Glück nachjagt.

Stellen Sie sich vor, die Regierung sagt morgen zu mir: »Es gibt obligatorische Freizeit. Sie werden sich sechs Tage in der Woche erholen. An diesen sechs Tagen werden wir Ihre Freizeit organisieren. Am Montag werden Sie sich ein Fußballspiel ansehen... (Das ödet mich an!) Am Dienstag einen Boxkampf... (Das ödet mich an!) Am Donnerstag werden Sie lesen...« Andere wieder, die man zum Lesen zwingt, wollen zu einem Fußballspiel... Man kann das Glück der Leute nicht machen!

HÄTTEN Sie lieber in einer anderen Zeit gelebt?

J. G. Nein, ich ziehe keine andere vor. Im Gegenteil, diese hier macht es mir möglich, Vergleiche anzustellen. Ich fühle mich sehr wohl, wie ich bin. Ich möchte nicht tauschen. Seit dem Beginn meines Lebens danke ich der Vorsehung für das Leben, das sie mir geschenkt hat. Es ist schwer, das in der heutigen Zeit zuzugeben, aber ich bin die ganze Zeit über glücklich gewesen.

Selbst im Krieg 14/18, selbst im Gefängnis, selbst im Angesicht des gewaltsamen Todes, ich war immer erstaunlich glücklich.

GIBT es ein Rezept dafür?

J. G. Ein speziell geformtes Herz? Eine bestimmte innere Einstellung? Ich weiß nicht... Ich glaube, man muß vor allem mit sich selbst im Reinen sein.

Mein Vater sagte immer zu mir: »Es gibt jemanden, mit dem du dein ganzes Leben zusammen sein wirst, das bist du selbst. Sieh zu, daß es keine unangenehme Gesellschaft ist.«

Ich wünsche mir nicht Dinge, die ich nicht haben kann. Ich kann mir nur schwer vorstellen, daß diese Dinge mir das Glück bringen sollten.

Nein, oder höchstens wenn ich einmal sehr alt bin. Meine Memoiren schreiben, das ist eine Arbeit für einen alten Mann. Es hat in meinem Leben ziemlich merkwürdige und aufregende Dinge gegeben... Doch nein, in Wirklichkeit habe vielleicht nur ich sie merkwürdig und aufregend gefunden! Es hat Höhepunkte gegeben, an die ich aber nicht geglaubt habe. Ich habe sie nachträglich entdeckt, als ich wieder unten war. Nun, es war schön, nach oben zu blicken, dorthin, wo ich gewesen war! Und dann bin ich wieder hinaufgeklettert... Und dann wieder hinunter... In Wirklichkeit war das alles wahrscheinlich ziemlich banal und alltäglich. Deshalb glaube ich, daß es ein glückliches Leben war.

INHALT

Matthes & Seitz

Jean Giono

Bleibe, meine Freude. *Roman.*

Aus dem Französischen übersetzt von Ruth und
Walter Gerull-Kardas. Mit einem Exkurs von
Stephan Broser. 560 Seiten, gebunden mit
Schutzumschlag, DM 44,–/sFr. 45,–/öS 343,–
(ISBN 3-88221-794-4)

Leo Schestow

Tolstoi und Nietzsche
Die Idee des Guten in ihren Lehren

Aus dem Russischen übersetzt von Nadja
Strasser. Mit einem Nachwort von Boris Groys.
280 Seiten, gebunden mit Schutzumschlag,
DM 48,–/sFr. 49,–/öS 375,–
Batterien, 51 (ISBN 3-88221-266-7)

Felix Somary

Erinnerungen eines
politischen Meteorologen

Mit einem Vorwort von Wolfgang Somary.
Erweiterte Neuausgabe. 480 Seiten, gebunden
mit Schutzumschlag, DM 48,–/sFr. 49,–/öS 375,–
(ISBN 3-88221-796-0)

Georges Bataille

Die Erotik

Herausgegeben, übersetzt und mit einem Essay
versehen von Gerd Bergfleth. 440 Seiten, 20 Bild-
tafeln, gebunden mit Schutzumschlag, DM 78,–
(ISBN 3-88221-253-5) (Batterien, 43)

Aus Freude am Lesen

Einar Kárason

Einar Kárason lebt in seiner isländischen Geburtsstadt Reykjavik. »Die Teufelsinsel« ist der erste Band einer hochgelobten Trilogie, die ihn auf Anhieb zum meistgelesenen Erzähler seines Landes und zum würdigen Nachfolger von Halldor Laxness machte.

Roman
300 Seiten
btb 72142

Dicht unter dem Polarkreis treibt die Anarchie üppige Blüten. Statt Selbstmitleid und Resignation herrschen trotzige Ironie, brutale Lebensfreude und bedenkenlose Liebe. »Wie ein Geysir läßt Einar Kárason seine burlesken Geschichten aus dem Leben einer isländischen Großfamilie sprudeln.«
Der Spiegel